Ivan Calbérac

Der Sommer mit Pauline

Roman

Aus dem Französischen von
Anne Maya Schneider

Blumenbar

Ivan Calbérac

Der Sommer mit Pauline

Blumenbar

Venedig ist nicht in Italien, nein,
Venedig ist, wo immer du bist,
Ganz egal wo, es kann überall sein,
Aber nur in Momenten, die du nicht vergisst.

Venedig ist, wenn der Himmel in Blau
Unter goldgelben Brücken fließt,
Venedig, das ist kein Morgen in Grau,
Es ist der Ort, an dem du glücklich bist.

»Venise n'est pas en Italie«

(Text: Claude Lemesle,
Interpret: Serge Reggiani,
Übersetzung: Anne Maya Schneider)

Montag, 12. März

Wir waren gerade beim Mittagessen, sie saß mir gegenüber. Es gab Radieschen mit Butter und Salz, dann Putenschnitzel auf Reis und Pilzen, megalecker, mein Lieblingsessen. Und dazu: Schweigen. Ich musste an ein Mädchen denken, das ich gar nicht kannte, die hatte auf dem Schulhof gesagt, dass sie Tagebuch schreibt. Das hat mich nicht losgelassen. Während ich mein Schnitzel mampfte, sagte ich wie aus dem Nichts zu Mama: »Wer Tagebuch schreibt, nimmt sein eigenes Leben zu wichtig.« Meine Mutter schaute mich an und erwiderte, viel sanfter als sonst: »Wenn man selbst sein Leben nicht wichtig nimmt, wer dann?« Da kam ich mir echt dämlich vor. Meine Mutter schwingt eigentlich keine großen Reden, eine Intellektuelle ist sie nicht gerade, aber da ist mir die Spucke weggeblieben. Also bin ich letzten Mittwoch, an meinem freien Nachmittag, in die Rue Dorée gegangen, zur Buchhandlung Soret, und habe mir dieses schicke Heft gekauft, in das ich jetzt mit meinem Waterman-Füller schreibe – einer mit diesen Tintenpatronen, die immer irgendwann auslaufen und einem die Finger versauen, und dann gibt das Ding den Geist auf. Angeblich sind Waterman-Füller trotzdem die besten. Bis auf Montblanc, klar, aber das ist ein anderes Kaliber, für das Geld kriegt man ein Moped, und außerdem geben die garantiert auch irgendwann den Geist auf, es dauert nur ein bisschen länger.

Alles gibt irgendwann den Geist auf, das ist ein Naturgesetz, bei den Füllern geht es los und bei der Großmutter hört es auf. Dann klingelt eines Abends das Telefon und Mama sagt dir, sie kommt heute nicht nach Hause, weil Oma von uns gegangen ist. Das Telefon hat geklingelt wie immer, aber nach dem Auflegen fühlt man sich ganz und gar nicht wie immer, da wird es still, so still wie ein See, wie der Spiegel eines Sees in der Nacht, und man sagt sich, der Tod schluckt jeden Lärm. Tja, jedenfalls gibt alles irgendwann den Geist auf, man sollte sich also nicht zu sehr an die Dinge binden, erst recht nicht an sein Schulzeug. Aber das ist gar nicht mein Thema. Sondern Pauline, weil ich praktisch nur noch an sie denke. Sie geht in die Zehnte. Bei uns auf dem Gymnasium gibt es neun Parallelklassen, am besten wäre es natürlich gewesen, wenn wir in dieselbe gekommen wären, aber da hatte ich rein statistisch gesehen schlechte Karten. Außerdem habe ich ein Jahr Vorsprung, ich gehe in die Elfte. Ich hätte also eine Klasse wiederholen müssen, und selbst dann wäre die Chance eins zu neun gewesen. Und wenn ich sitzen bleibe, bringen meine Eltern mich um. Im Ernst.

Pauline habe ich im Freizeitraum getroffen. Also unsere Blicke haben sich getroffen, aber manchmal reicht das ja, um ein Leben zu verändern. Ich spielte gerade Tischtennis, zwischen zwölf und zwei Uhr darf man das dort, echt super. Ich war mal Bester in der Mannschaftswertung der Kreisliga hier im Loiret, ich kann stundenlang spielen, ohne dass mir langweilig wird, und wenn man was pausenlos macht, wird man zwangsläufig ein bisschen besser. Jedenfalls stand ich mit Jérémie an der Platte, und der Ball zog an mir vorbei, oder ich schlug einfach daneben. Ich drehte mich um und da stand sie: Ein braunhaariges Mädchen mit dunklen Augen, etwa fünfzehn, in Jeans und einem blau-weiß gestreiften Pullover mit großen Knöpfen, seitlich von der Schulter bis zum Hals. Sie hockte sich hin, nahm den Ball und richtete sich auf. Sie gefiel mir auf den ersten Blick. Wenn sie ernst guckt, sieht sie abweisend, fast unfreundlich aus, aber sobald sie lächelt, geht die Sonne auf. Ich hatte das Gefühl, sie schon immer zu kennen – vielleicht ist das ja Liebe, wenn dir eine Fremde ganz vertraut vorkommt. So, wie wenn du eine Melodie zum ersten Mal im Radio hörst und sofort weißt, dass dieses Lied dich begleiten wird, dass du es in Dauerschleife hören wirst, und das auch noch Jahrhunderte später. Erklären kann man das nicht, aber es liegt auf der Hand. Pauline war offensichtlich schon immer Teil meines Lebens, auch wenn ich bisher nichts davon wusste.

Sie drückte mir den Tischtennisball in die Hand, das ist nicht weltbewegend, aber der Moment hat sich mir eingebrannt. Selbst auf dem Sterbebett werde ich mich noch daran erinnern, auch wenn bis dahin noch viel Wasser den Fluss hinabfließen wird, wie meine Mutter immer sagt. Ich würde mich so oder so daran erinnern, weil ich mich an alles erinnere. Ich habe ein supergutes Gedächtnis, nicht, dass ich damit angeben wollte, haut sowieso keinen vom Hocker, so ein Elefantengedächtnis. Jedenfalls ist das nicht das Erste, worauf Mädchen bei Jungs achten. Ich kann mir alles merken, was ich jemals gelesen habe, ich muss es nicht mal lernen. PINs, Telefonnummern, Geburtstage … Filmtitel und dazu die komplette Besetzung, keine Ahnung, wo ich das alles aufbewahre. Aber irgendwann kann selbst ich mich garantiert an gar nichts mehr erinnern, Vergesslichkeit macht vor niemandem halt. Das ist wie bei den Füllern, irgendwann gibt auch der eigene Geist auf, aber sogar wenn ich alle Nummern und Namen, Ereignisse und Orte und, schlimmer noch, Bilder und Gefühle vergessen haben werde: Was bleibt, ist das Gesicht von Pauline, als sie mir den Tischtennisball gibt. Und dann kann ich die Augen schließen und sterben.

Mittwoch, 14. März

Irgendwie muss ich einen Weg finden, mit ihr zu reden. Wie soll man ein Mädchen küssen, wenn man noch kein Wort mit ihr gewechselt hat? Okay, manche Jungs kriegen das hin, aber die spielen in einer anderen Liga. So wie Pierre-Emmanuel, eine Art Kumpel, mit dem ich Tennis spiele. Manche Mädchen schauen ihn so versteckt an, aus dem Augenwinkel. Für seine fünfzehn ist Pierre-Emmanuel schon ziemlich behaart, er hat blaue Augen und ein perfekt symmetrisches Gesicht. Er könnte glatt als Fernsehfuzzi durchgehen.

Mich schauen Mädchen eher selten an, egal ob offen oder verstohlen. Meine Mutter sagt, meine Schönheit wäre unauffällig, keine Ahnung, was ich davon halten soll. Unauffällig schön, das grenzt gefährlich an voll hässlich. So schlimm ist es bei mir hoffentlich nicht, ich müsste im Mittelfeld liegen, etwas darüber, etwas darunter, das ist natürlich Geschmackssache. Klein bin ich aber auch noch, und Mädchen stehen auf große Kerle, also muss ich einen auf geistreich, humorvoll und charmant machen, das komplette Programm. Und mich intensiv mit Mädchen befassen, um herauszufinden, wie man ihnen gefällt. Eigentlich mache ich den ganzen Tag nichts anderes. Ein Junge, der gut aussieht, muss kein Frauenversteher sein, der hat das nicht nötig, dem fliegen die Mädchen wie gebratene Hühnchen in den Mund. Ich dagegen muss Experte werden. Wenn ich fertig studiert habe, bin ich Doktor der

Frauenkunde. Beziehungsweise der weiblichen Psychologie, wie man's nimmt.

Dass man unbedingt lustig sein muss, ist allerdings Quatsch. Man sieht ja, was für Spaßbremsen die süßesten Mädchen im Schlepptau haben – Humor beim Verführen, das ist wie Grand Marnier im Crêperezept: das gewisse Etwas, aber definitiv keine Grundzutat. Eins hab ich schon kapiert: Auf den Blick kommt es an. Daran erkenne ich sofort, ob ein Mädchen auf einen Jungen steht, selbst wenn sie es verheimlichen will und ihn so extra unauffällig anschaut, nur eine Hundertstelsekunde bevor sie sich wegdreht, dann sagt sie mit ihren Augen: »Ja«, »Du bist der Richtige«, »Nimm mich mit«. Das denke ich mir nicht aus, das ist sogar wissenschaftlich erwiesen, anscheinend gibt es da ein Phänomen der Pupillenweitstellung, das hat jedenfalls Monsieur Fabre erklärt, unser Physiklehrer. Wenn die Pupillen sich weit stellen, ist das kaum zu erkennen, man muss höllisch aufpassen, aber ich sehe alles. Wahrscheinlich habe ich einen sechsten Sinn. Oder einfach eine gute Beobachtungsgabe. Stimmt schon, für mich stellen sich selten Pupillen weit. Aber vielleicht versagt dann auch mein sechster Sinn, und die ersten fünf gleich mit. Oder man bemerkt solche Naturwunder gar nicht, weil man fest davon überzeugt ist, sie nicht zu verdienen. Genauso wenig wie die schönsten Mädchen. Oder es ist noch viel komplizierter, wer weiß.

Na gut, ich höre jetzt auf, meine Mutter will, dass ich Hausaufgaben mache. Bei ihr heißt es immer Hausaufgaben zuerst, und ich will sie lieber nicht ärgern, weil sie sich ziemlich schnell aufregt, und das kann übel ausgehen. Ich kann noch so oft behaupten, dass Tagebuchschreiben dazugehört, sie denkt nur an mein Hausaufgabenheft und die Liste darin, die immer länger wird. Solange ich damit nicht durch bin, lässt sie mich nicht in Ruhe. Systematisch und extensiv muss es sein. Dieses

Wort habe ich vor kurzem gelernt, extensiv, und darauf hätte ich gut verzichten können.

Meine Mutter, die hat etwas Hartes und Kaltes, wie Eisen oder Beton, keine Ahnung weshalb, vielleicht wegen ihrer Jugend, sie beschwert sich manchmal drüber, da gab es offenbar nicht nur Streicheleinheiten. Die unglückliche Kindheit hätte man gleich mit der Todesstrafe abschaffen sollen. Meine Mutter kann auch sehr liebevoll sein. Und ich weiß, dass sie nur mein Bestes will. Selbst wenn sie mir oft erst Angst macht. Oder mir wehtut. Das klingt jetzt vielleicht nach einem Widerspruch, aber das Leben verläuft oft in alle Richtungen gleichzeitig, im Guten ist Schlechtes und andersherum, das ist schwer zu trennen, das habe ich kürzlich festgestellt, ein Problem, das geradewegs zur Philosophie führt. Oder ins Irrenhaus, je nachdem. Nicht, dass sie mich oft schlägt oder so, ich meine eher seelische Gewalt. Etwas Unausgesprochenes, das aber in der Luft liegt und dich bedrückt, manchmal sogar bedroht. Wenn das losbricht, ist das der reinste Horror. Und hinterher, wenn alles wieder abgeflaut ist, schaut sie mich an und erklärt mir, das wäre alles nur zu meinem Besten. Wenn ich mir wie ein Irrer den Schulstoff reinziehen soll, um Klassenbester zu bleiben, heißt es, so bekomme ich mal einen guten Job. Oder gutes Arbeitslosengeld, mal sehen. Und wenn ich zweimal die Woche ohne Ende Bahnen im Schwimmbad ziehen muss, sogar im Winter, sorgt das für einen gesunden Körper in einem gesunden Geist, keine Ahnung, wo sie diese dämliche Redewendung herhat.

Muss man sich wirklich quälen, damit es einem hinterher besser geht? Gibt es Leute, die nicht den kleinsten Regentropfen abkriegen? Und was ist mit denen, die ständig bis zum Hals im Matsch stecken, bringt ihnen dieses saumäßige Elend etwas? Und wenn ja, was? Und wie ist es eigentlich, wenn man älter wird – leidet man dann mehr, so im Durchschnitt? Oder ist die

Kindheit die härteste Phase? Als Kind kann man im Normalfall nichts dagegen tun, wenn das Unwetter losgeht. Man bekommt alles ab, man steht an vorderster Front, man muss einstecken können, das ist das Gesetz des Dschungels, und das gilt auch in der Stadt. Und wenn man sich beschwert, wird es doppelt hart. Bei alten Leuten ist das bestimmt auch so, weil sie sich nicht mehr wehren können, und das wird oft ausgenutzt. Und in der Zwischenzeit ist man erwachsen, da herrscht sozusagen Windstille. Aber wenn man sich morgens in der Bahn anguckt, was die für Fressen ziehen, die Erwachsenen, so zwischen dreiundzwanzig und achtundfünfzig, kann man sich nicht vorstellen, dass das die beste Zeit des Lebens sein soll. Die Wahrscheinlichkeit strebt gegen null, wie der Statistiker sagen würde. Vielleicht gibt es einfach keine beste Zeit. Nur kleine Glücksmomente. Die man so lange wie möglich festzuhalten versucht. Wie die Sommerferien. Die sind mir am allerliebsten auf der Welt.

Manchmal hat man so viele Fragen, die einem im Kopf herumschwirren, und so was von niemanden, dem man sie stellen kann, und dann liege ich im Bett und starre an die Decke und kann nicht schlafen. Gegen vier oder fünf döse ich aber doch ein. In Sachen Schlaflosigkeit bin ich noch Anfänger. Und wenn ich morgens aufwache, sehe ich ein bisschen klarer, aber nur weil ich die Fragen vergessen habe. Jedenfalls für den Moment.

Freitag, 16. März

Heute Abend kommt mein Vater nach Hause, weil Wochenende ist. Unter der Woche arbeitet er in Paris, und es ist zu weit, um jeden Abend heimzufahren, also nach Montargis. Trotzdem tun sich viele diese Gurkerei tagtäglich an, mit den ganzen Staus und Bahnstreiks, und dann geht dieser Tarifkonflikt wieder los, und im Fernsehen ist nur noch davon die Rede. Aber mein Vater arbeitet oft bis spät in die Nacht, wie die Leute im Showbusiness. Er würde dann erst kommen, wenn meine Mutter und ich schon längst im Bett wären, und könnte sich nur noch mutterseelenallein zwei Eier in die Pfanne hauen und die Spätnachrichten gucken, und das ist keine gute Idee, vor allem, wenn man leicht Albträume kriegt.

Mein Vater hat einen komischen Beruf, eher von der peinlichen Sorte, er ist Vertreter. Ja, ich weiß, das klingt mies. Er ist Klinkenputzer. Er besucht die Leute zuhause und verkauft ihnen Panzertüren, Alarmanlagen und Sicherheitssysteme. Und weil heutzutage alle völlig paranoid sind, ist sein Geschäft eine Goldgrube. Durch die Krise »wird sich das noch erhärten«, wie mein Vater gern sagt. Ich frage mich, ob es auch Zeiten gibt, in denen das erschlafft, und wenn ja, was genau. Mein Vater sieht schon kommen, dass es seinen Job nicht mehr lange gibt, weil die Leute keinen mehr reinlassen. Überall werden Türcodes und Gegensprechanlagen eingerichtet, überall Riegel vorgeschoben. Streng genommen darf er sich nicht beschweren, denn mit seiner Sicherheitsproduktpalette unterstützt er ja den Fimmel, sich bis ins Allerletzte zu verbarrikadieren. Es ist, als würde man den Strick verkaufen, mit dem man sich erhängt. Das ist Kamikaze, aber das stört ihn anscheinend nicht weiter. Die ganze Welt ist Kamikaze, das ist Trend, man nehme nur Drogenhandel, Abholzung, Überbevölkerung, Doping im Leistungssport, das zu Bauchspeicheldrüsenkrebs führt, und Pestizide im Brokkoli. Das ist jetzt ein ziemliches Durcheinander und ich habe bestimmt etwas vergessen, aber es ist ja klar, was ich meine. Und vielleicht ist es auch heldenhaft, in vollem Tempo auf die Wand zuzurasen. Letztes Jahr habe ich einen Film gesehen, da kamen Samurais vor, so eine Art japanische Ritter, die Selbstmord begehen, wenn sie ihre Ehre verlieren. Die Menschheit muss irgendwie entehrt sein, das würde alles erklären.

Eins ist jedenfalls klar, Typen, die wie mein Vater Klinken putzen, sind Helden. Helden ohne Superkräfte, total verkannt und vor allem ziemlich schlecht angesehen. Wenn wir zu Beginn des Schuljahrs den Beruf unserer Eltern auf die Auskunftsbögen schreiben müssen, ist mir das V-Wort jedes Mal peinlich. Die reinste Demütigung. Ich passe immer auf, dass meine Nachbarn nicht mitlesen können. Vor meinem inneren Auge sehe ich, wie der Lehrer sich einen Schnurrbartträger mit altmodischer Krawatte vorstellt, sympathisch, aber nicht gerade clever, der an jeder Tür klingelt und dann augenrollend abgewimmelt wird. So was von uncool. Ich würde gern »Arzt« auf das Blatt schreiben, »Anwalt« oder »Französischlehrer«, einen echten Beruf, würdevoll und ehrenhaft, nicht so einen Abzocker-Job, so einen Schmarotzer, der dir irgendeinen Schrott andreht. Dabei leben wir von diesem Schrott, ich auch. Und laut meinem Vater ist der Direktverkauf an den Endkunden ja die krasseste Herausforderung überhaupt. Man landet ungefragt bei Leuten, die nichts brauchen, und am Ende haben sie einen Riesenscheck unterschrieben, für ein Produkt, das sie nie kaufen wollten. Und wenn du es gut eingefädelt hast, sind sie auch noch zufrieden. Das Geheimnis ist: Ein Verkäufer verkauft nicht. Jedenfalls darf es nicht so wirken. Er interessiert sich für die Menschen. Er redet mit ihnen. Er wird ihr Freund. Und dann macht er ihnen ein einmaliges Angebot. Das ist eine Kunst. Nur ist die nicht gerade hoch angesehen, anders als Dichtkunst, Musik, Schauspielerei. Dafür gibt es keinen Adelsbrief und wird es nie einen geben. Weil dieser Beruf vorher ausstirbt.

Mein Vater bekommt nur Provision. In den Wochen, in denen er wenig verkauft, ist er nicht ganz so gut gelaunt. Er sagt zwar nichts, aber ich merke es sofort, er lacht weniger. Er tut so, als wäre alles in Ordnung – das nehme ich ihm aber nicht ab. Er sagt, dass man in manchen Wochen viel verkauft und in anderen eben nicht, auf keinen Fall darf man sich verunsichern lassen, man muss unermüdlich weiter klingeln, weiter lächeln, weiter verführen, sich das Gezeter der Leute anhören und ihnen das Gefühl geben, sie seien wichtig und intelligent, selbst wenn sie den blödesten Quatsch erzählen. Und man muss es wirklich ernst meinen, sonst funktioniert es nicht. Keine Ahnung, wie er das schafft, wahrscheinlich ist er so eine Art Sophist. Wie diese Griechen, von denen Monsieur Merlet so gern redet, eigentlich soll er Französisch unterrichten, aber er macht immer Philosophie – er hat seinen Beruf verfehlt, nur knapp, das muss man ihm lassen. Mein Vater kann einen Standpunkt vertreten und anschließend das genaue Gegenteil, das stört ihn null, was ihn interessiert, ist der Austausch, die Dialektik, man solle sich nicht zu sehr an einer Meinung festbeißen, eine sei so gut wie die andere, jedenfalls sagt er das so, und das ist die Grundlage, um mit wem auch immer einig zu werden, die Grundlage für einen gelungenen Verkauf. Sein Leitspruch lautet: »Überall Leute, die im Nebel stochern und behaupten, die Welt sei grau.«

Was beweist, dass Vertreter und Philosoph quasi dasselbe ist. Aber das darf man keinem Philosophen erzählen. Und erst recht keinem Vertreter. Dabei sind die Leute heutzutage alle Vertreter, das würden sie nie eingestehen, aber wenn man ihnen nicht abkauft, was sie einem andrehen wollen, sind sie traurig und enttäuscht. Man braucht nur den Fernseher anzuschalten, um das zu kapieren. Mein Vater tut wenigstens nicht so, als wäre er etwas Besseres. Auch wenn mir das meistens ganz lieb wäre. Aber da ist sie wieder, diese Widersprüchlichkeit in der Welt, von der ich schon gesprochen habe.

Jedenfalls erkenne ich sofort, was er beim Nachhausekommen für eine Laune hat. Man weiß nie, auf welchem Fuß man ihn erwischt, mal ist er richtig lieb, mal tobt er vor Wut. Mein Vater redet laut, lacht laut, brüllt laut, und wenn er zuschlägt, knallt's. Er ist insgesamt ein lauter Typ. Und ein bisschen gefährlich. Was ihn aber von allen anderen Vätern unterscheidet und mich manchmal mit ihm versöhnt, sind einzelne Momente. Wenn wir im Auto an der Ampel stehen, macht er das Lenkrad zur Trommel und stimmt afrikanische Gesänge an, keine Ahnung, wo er die herhat, er muss sie auf Radio Antilles gehört haben, mitten in der Nacht, auf der Heimfahrt von einem Kunden (übrigens ist mein Vater null rassistisch, bitte nicht falsch verstehen, ist nicht als Angeberei gemeint). Er singt aus vollem Hals, bis uns die Ohren wegfliegen, aber mit so einem breiten Grinsen, dass er sogar den weltgrößten Miesepeter aufheitern würde. Beim Tanzen genauso. Ich brauche sonntags nur eine CD einzulegen, diese bescheuerten Chansons, die meine Eltern so lieben und die einem unter die Haut gehen, ohne dass man genau weiß warum – lieber würde man sich von Bach oder Mozart rühren lassen, stattdessen wird man von Michel Sardou oder Alain Souchon zum Heulen gebracht, oder fast –, ich muss nur so ein Lied abspielen, schon rennt mein Vater zu meiner

Mutter und fordert sie mitten im Wohnzimmer zum Tanz auf – als wir noch ein Wohnzimmer hatten. Meine Mutter ziert sich, sie sagt so was wie »Ach Bernard« oder »Ich muss mich ums Essen kümmern«, aber er legt sich so richtig ins Zeug, und dann gibt sie doch nach. Das mögen die Frauen anscheinend, dass man sich so richtig ins Zeug legt.

Und dann tanzen sie, ganz langsam, Wange an Wange, mit mir als einzigem Zuschauer, peinlich berührt, aber irgendwie auch froh über diese Annäherung. Keine Ahnung, ob sie sich wirklich lieben, ob sie je ineinander verliebt waren, so ganz klar ist mir das nicht. Ich sehe ja, dass irgendeine Kraft sie zusammenhält, ein Elektromagnet mit ultrastarker Anziehung, und ich glaube, sie werden sich niemals trennen. Aber Liebe, zum Beispiel wie ich sie für Pauline empfinde, sieht anders aus. Wenn zwei Menschen sich lieben, ist es vielleicht wie beim Wein: Es gibt einen langen Reifeprozess, und man weiß erst am Ende, ob dabei Essig herauskommt oder ein besonders edler Tropfen. Und bei meinen Eltern ist anscheinend nie klar, worauf es hinausläuft.

Dienstag, 20. März

Im Freizeitraum steht ein Fernseher. Heute lief Tennis, mega, mein Lieblingssport. Und dann war es wie Weihnachten, nur dass ich Weihnachten hasse, sagen wir mal so, es war, als hätten die Götter meine Gebete erhört: Pauline kam rein und setzte sich zwei Stühle weiter, um sich das Match anzuschauen. Unfassbar. Aber so war's. So ist das Leben: Wenn alles verloren scheint, lässt es auf einem Misthaufen Rosen blühen – noch so eine Theorie meines Vaters. Pauline ist erschienen, als hätte ich aus der Tiefe meines Inneren nach ihr gerufen und sie den Ruf endlich vernommen. Außerdem war sie vom Match ziemlich gebannt. Wenn man sich zu jemandem hingezogen fühlt, weiß man nie, wie man ein Gespräch anbahnen soll, man legt sich tausend Sätze zurecht, aber keiner passt, das ist wie mit dem Outfit für eine Party, auf der auch Mädchen eingeladen sind: nie kann ich mich entscheiden, dabei habe ich nicht mal tausend Outfits, höchstens zwei. Ich probiere eins an, betrachte mich im Spiegel und finde mich blass und unförmig, die Beine zu kurz, den Kopf zu groß, im Ernst, als stünde ich nicht vor dem Schrankspiegel, sondern vor einem dieser Zerrdinger auf dem Jahrmarkt. Echt deprimierend.

Aber jetzt konnte ich mit Pauline ganz selbstverständlich über Tennis reden, Vorhand, Rückhand, es hat einfach so angefangen. Ihr gefielen die schwedischen Spieler, sagte sie. Das war ein Schlag in die Magengrube, ich sehe nämlich kein bisschen schwedisch aus, aber ich bin ganz cool geblieben, eben wie die Schweden, die sich nie aus der Ruhe bringen lassen. Pauline war nett, lustig, sie konnte sich super ausdrücken, treffsicher, klar, wie ein gut gestimmtes Klavier. Sie sagte, dass der Schwede den zweiten Aufschlag nie hoch genug spielte und dass seine einhändige Rückhand ihn bei den schulterhohen Schlägen behinderte. Eine richtige Expertin. Ich war hin und weg. Als sie mir erklärte, dass der Amerikaner mehr ans Netz gehen und dabei in der Feldmitte mit der Rückhand einen Slice schlagen müsste, um keine Ecke freizugeben und die Passierbälle des Gegners zu verhindern, bin ich ihr völlig verfallen. Wobei, verfallen war ich ihr schon seit der Geschichte mit dem Tischtennisball. Ich bin ihr also rückverfallen. In diesem Moment wurde mir schlagartig klar, dass ich ihr bei jedem Wiedersehen erneut rückverfallen und in der Zwischenzeit nur auf die nächste Begegnung warten würde. Das wäre also mein Leben, und das Schlimmste, oder vielleicht das Beste daran war: Es gefiel mir, ich freute mich wie ein Schneekönig.

Dann schauten wir das Match weiter, jedenfalls den ersten Satz, der mit einem Tie-Break endete. Ich betete, dass es möglichst lange dauern würde. Schließlich fragte sie mich nach meiner Klasse, meinen Lehrern, fast schon persönliche Fragen, sie interessierte sich für mich, ehrlich. Auch wenn ich bei ihren Pupillen keinerlei Weitstellung beobachten konnte. Das ist der einzige Haken, zugegeben, so viel Ehrlichkeit muss sein. Dafür hat sie drei Mal gelächelt, von einem Ohr bis zum anderen, vor allem bei der Story über unsere Mathelehrerin, wir hatten nämlich festgestellt, dass wir dieselbe haben. Auf den zweiten Blick sieht diese Lehrerin richtig gut aus, zunächst war mir das nicht aufgefallen, weil sie für mich eigentlich zu alt ist, so um die 40 oder 50, aber mit Stil, so eine kühle Schönheit. Einmal trug sie eine schicke beige Flanellhose mit einem ziemlich langen

Reißverschluss, der die ganze Unterrichtsstunde offen stand. Man konnte ihre Spitzenunterwäsche sehen, und sogar noch darunter, ein Transparenzeffekt, wie unser Kunstlehrer sagen würde. Kein Wunder, dass ich nicht mehr weiß, was sie uns an diesem Tag beigebracht hat, ob Funktionsgraphen oder Kurvendiskussion. Ich hatte andere Kurven im Kopf, ist ja klar.

Über diese Geschichte hat Pauline Tränen gelacht, damit konnte ich wohl punkten. Das hat mir echt gutgetan, weil sie richtig laut lacht, ich liebe das. Ich lache auch richtig laut. Nicht so laut wie mein Vater und mein Bruder, aber trotzdem sehr laut, das ist anscheinend erblich. Und plötzlich kam es mir so vor, als wäre sie eine von uns. Aber auch bildschön. Wenn man sich anguckt, wo ich herkomme, müsste sich das eigentlich ausschließen. Meine Familie hat nicht gerade Model-Charakter, aber darauf komme ich später zurück. Jedenfalls war das eben der beste Nachmittag meines Lebens, nur dass sie irgendwann losmusste und ich nicht wusste, ob wir je wieder miteinander reden würden. Ich schmiedete also alle möglichen Pläne, um ein Wiedersehen herbeizuführen, ich suchte nach einem Vorwand, ich könnte ihr zum Beispiel ein Buch ausleihen, dann müsste sie es mir zurückgeben, aber ich hatte nur das Biobuch in meinem Rucksack, nicht unbedingt der beste Köder. Ich überlegte fieberhaft, ob ich sie ins Kino oder zu Boris einladen sollte, in die Cafeteria unserer Schule, aber für ein erstes Treffen war das alles zu überstürzt. Also habe ich einfach weiter ferngesehen. Ihr Abgang rückte immer näher, das hatte ich im Gefühl, der Schwede hatte das Break für sich entschieden, er führte also schon mit einem Satz, und der zweite war laut Kommentator nur noch Formsache. So hält man die Zuschauer nicht bei der Stange. Und erst recht nicht die Frau meines Lebens.

Sie nahm ihre Jacke und sagte, sie heiße Pauline und es sei cool gewesen, sich mit mir zu unterhalten. Natürlich wäre ein Kuss auf die Wange zum Abschied echt super gewesen, aber irgendwie auch merkwürdig. Sie stand auf und rief mir im Gehen zu: »Bis bald«, trotzdem fühlte ich mich auf Anhieb einsam und verlassen. Ich dachte an diese Fernsehreportagen über Hunde, die am Anfang der Sommerferien auf Autobahnraststätten ausgesetzt werden, und an alte Leute, die im August bei Gluthitze allein zuhause herumsitzen, ich dachte an eine Doku über Waisenhäuser in Bulgarien, an Robinson Crusoe auf seiner Insel, na ja, jedenfalls hatte ich einen heftigen Durchhänger, als sie weg war.

Mittwoch, 21. März

Heute Morgen bin ich Pauline auf dem Schulflur begegnet, sie hat mir zugelächelt, nur von weitem, aber mir wurde sofort ganz heiß ums Herz, ich kann das kaum beschreiben, eine Welle aus Freude, die auf dich zukommt, dich mitreißt und glückselig zurücklässt. Sozusagen eine Antwort auf alles. Wahrscheinlich ist Liebe genau das: die Antwort auf alles. Das hatte ich schon mal irgendwo gelesen oder bei einem Pfarrer in der Christmette aufgeschnappt – in meiner Familie ist man nur am 24.12. gläubig, dann haben wir zwischen Hauptgang und Nachtisch was zu tun, sozusagen einen Verdauungsgottesdienst –, aber jetzt habe ich es das erste Mal selbst gespürt, mit Haut und Haar. Das ist der Unterschied zwischen dem, was man glaubt, und dem, was man erlebt. Bei der Liebe, und bei Gott vielleicht auch, da geht es um Erfahrung, nicht um Vorstellungskraft, Ahnung oder einen Hoffnungsschimmer nach dem Lesen des Horoskops. Mir kommt es immer vor, als wollte man uns den Glauben an Gott beibringen wie einem Tauben den Glauben an Mozart.

Wenn ich die French Open gewinnen würde, wäre ich garantiert nicht glücklicher, als wenn Pauline lächelt. Und sofort habe ich mich gefragt, was sie wohl für mich empfindet. Findet sie mich einfach nur sympathisch, oder vielleicht auch ein bisschen attraktiv? Vielleicht findet sie mich auch nur witzig. Kommt es vor, dass man jemandem gefällt, der einem auch selbst gefällt? Mir ist das noch nie passiert. Pauline ist keine

Magazintraumfrau, sie ist nicht überirdisch schön, im Gegenteil, sie ist irdisch schön. Weil sie echt ist. Weil sie atmet, weil ihr Herz schlägt. Weil sie zittert, wenn ihr kalt ist. Weil ihre Augen so hell strahlen. Ich würde ihr eine glatte Eins geben. Aber sie? Kann sein, dass ich in ihren Augen eher eine Vier oder Drei bin. Mist. Vielleicht benotet sie auch richtig hart. Am Ende ist es eine Fünf.

Ich habe mein Rad aus der Fahrradgarage geholt und bin nach Hause gefahren, im Kopf schwirrten mir all diese Gedanken herum. Ich bin erst über den Radweg und dann rein in den Wald. Jeden Tag durchquere ich ihn ein Stück, weil meine Schule am Waldrand liegt. Oft fahre ich so schnell ich kann, ich trete mit Karacho in die Pedale, wie im Geschwindigkeitsrausch. Ich kenne jeden Stein auf dem Pfad, jede Wurzel, alle Gräben und Abhänge, ich weiß genau, wann man nach rechts ziehen muss, wann man am besten aus dem Sattel geht, Gas gibt und langsamer wird. Im Herbst liegt alles voller Laub, das oft feucht und glitschig ist, da ist es besser, man lässt das mit dem Bremsen ganz. Heute war ich langsam unterwegs, ich hatte es nicht eilig, ich war voller Hoffnung. Der Winter ging zu Ende, die Natur bereitete noch reglos, in Stille und Kälte, dem Frühling den Weg. Ich hörte das Rollen meines Fahrrads, ein leises Quietschen, das Krähen eines Raben, der aus dem Wipfel einer mächtigen Eiche stob.

Als ich zuhause ankam, wartete meine Mutter auf mich. Sie hatte mir Getreidekaffee gemacht und Brote, das ist mein Nachmittagssnack nach der Schule, mit vier Stückchen Schokolade – nie mehr als eine Rippe – oder mit Marmelade, das kommt auf den Tag an. Meine Mutter liebt Schokolade, deshalb isst sie sie manchmal auf, und dann bleibt nur die Marmelade. Wenn ich mich beschwere, kontert sie, dass sie es früher längst nicht so gut gehabt hätte, und beschreibt lang und breit ihre Kindheit, nicht ganz so schlimm wie bei Cosette aus *Les Misérables*, aber auch nicht gerade das Luxusprogramm, ohne Kühlschrank, mit einem kranken Eisenbahner zum Vater, einen neuen Mantel gab's höchstens alle drei Jahre, nicht so wie heute, wo selbst arme Leute Nikes tragen, die ein Vermögen kosten, wie sie meint. Und: Ich biete dir ein viel besseres Leben, als ich es damals hatte, du solltest dankbar sein. Was soll man gegen so ein Totschlagargument noch sagen?

Als ich nach dem Snack mit meinen Hausaufgaben anfangen wollte, zog meine Mutter eine Schachtel mit dem Foto einer Blondine aus dem Schrank, eine Verpackung, die ich sogar im Schlaf erkennen würde, und erklärte, jetzt sei es Zeit zum Nachbleichen, weil man schon meinen Ansatz sehe. Einmal im Monat blondiert meine Mutter mir die Haare. Seit ich sieben bin, geht das so. Mehr als die Hälfte meines Lebens. Am Anfang hatte ich nichts dagegen, es war wie Fingernägel schneiden. Irgendwann wollte ich wissen, warum sie das tut. So uneinig meine Eltern sich meistens sind, hier herrscht Burgfrieden: So gefalle ich ihnen besser. Von Blondieren wollen sie gar nicht reden, man würde mich doch nur ein bisschen aufhellen. Ich selbst habe keine Ahnung, ob mir helle Haare besser stehen. Ich würde mich auch nie trauen, jemanden zu fragen, so peinlich ist mir das, und so lasse ich mir einmal im Monat die Haare bleichen. Auch wenn ich es nicht mag. Vor allem habe ich Schiss, dass es jemandem auffällt, wenn ich am Tag danach in die Schule komme. Als ich noch in der Grundschule war, wurden mir die Haare einmal in der Mittagspause blondiert, und nachmittags hatte ich dann wieder Unterricht. Da rief ein Mädchen: »Bist jetzt blond, Émile!«, und hat es ständig wiederholt, »Bist jetzt blond! Bist jetzt blond!«. Ich wäre am liebsten im Boden versunken.

Jahre später hat meine Mutter mir angeboten, damit aufzuhören: »Wenn du nicht mehr willst, lassen wir es eben sein, aber schade wäre es schon.« Ich habe hin und her überlegt. Und dann gesagt, dass wir ruhig weitermachen können. Ich wäre zwar lieber von Natur aus schön, aber das ist anscheinend nur wenigen Auserwählten vergönnt, und die anderen müssen ihre Schokoladenseite betonen. Da musste ich plötzlich an Pauline denken, ich hatte zwar keine große Lust, dass meine Mutter mir die Farbe auffrischte, aber vielleicht würde ich Pauline so besser gefallen. Ich war quasi ein unbeschriebenes Blatt, das in zwei Stücke gerissen wird. Meine Mutter hat mein Schwanken ausgenutzt – manchmal ist mein ganzes Leben ein einziges Hin- und Herschwanken. Außer wenn ich urplötzlich absaufe. Das kommt vor, so wie Regentage, sogar noch öfter als die, ich muss ohne jede Vorwarnung einstecken – mal eine Ohrfeige, mal einen Arschtritt, dann wieder eine öffentliche Demütigung, von wegen: wenn du deine Badeshorts nicht dabeihast, musst du eben in Unterhose schwimmen; diese ultrafiesen Bestrafungen, die sofort vollstreckt werden und einen fertigmachen. Es ist Land unter, das Wasser steht einem bis zum Hals, man sinkt ab und hat das Gefühl, noch tiefer sinken zu können.

Meine Mutter hat mir einen Stuhl hingeschoben, ein großes, sauberes Handtuch über meine Schultern gelegt und es im Nacken unter mein T-Shirt geklemmt, damit alles mehr oder weniger dicht bleibt. Sie hat das Zeug aus dem kleinen Fläschchen mit dem Zeug aus dem großen vermischt und kräftig geschüttelt, dann die durchsichtigen Plastikhandschuhe übergezogen und angefangen, das Zaubermittel aufzutragen. Sie massiert mir dabei immer die Kopfhaut, das ist das Gute daran, megaschön, das entspannt mich. Außerdem ist es unser Moment, und so was haben wir nicht oft. Nur sie und ich. Wenn das Fläschchen dann leer ist, oder fast, je nach Bedarf, guckt meine Mutter auf die Uhr und wir warten, ohne einen Finger zu rühren. Und ohne einen Mucks zu sagen. Das Zeug braucht Zeit zum Einwirken, und wenn man sich bewegt, verkleckert man es überall, man muss also völlig still halten, wie bei »Ochs am Berg«, diesem Spiel von früher.

Je länger die Einwirkzeit, umso heller die Haare, es kommt auf die Dosierung an. Einmal hatten wir nicht lange genug gewartet, und meine Mutter meinte, das hätten wir uns auch sparen können. Würden wir hingegen zu lange warten, wäre ich blond wie Stroh, das würde jedem auffallen, der reinste Horror. Ich bestehe also immer darauf, die Sache ein bisschen abzukürzen, man muss sich auch mal durchsetzen. Dann spült meine Mutter das Zeug mit warmem Wasser raus, das riecht etwas komisch, man muss gut lüften. Am Ende fönt sie mir die Haare, und wir begutachten das Ergebnis. Das ist der Moment der Wahrheit. Panisch nähere ich mich dem Spiegel, jedes Mal das Gleiche, ich habe eine Heidenangst, darin ein Monster zu entdecken. Oder einen goldblonden Schnulzensänger à la Claude François. Diesmal war es einigermaßen gutgegangen, jedenfalls keine Katastrophe. So eine Art aschblond.

Wenn ich mich manchmal bei meinem Vater beschwere, weil mir das Ganze so künstlich vorkommt, beteuert er, die helle Farbe wirke im Gegenteil ganz natürlich, wegen meiner hellen Haut. Außerdem sei er als Kind auch ein richtiger Blondschopf gewesen, man würde der Natur also nur ein wenig nachhelfen. Als wäre meine DNA unterwegs verloren gegangen und nur eine kleine Korrektur nötig, um meinem genetischen Erbe wieder zu seiner vollen Strahlkraft zu verhelfen. Mein Vater schwingt gern große Reden, er legt einfach los, manchmal weiß er gar nicht, was er sagen will, aber das macht ihm keine Angst, er stürzt sich da unerschrocken rein und fällt immer wieder auf die Füße, mehr oder weniger. Wahrscheinlich eine Berufskrankheit. Als Reaktion mische ich alle Argumente, das Für und das Wider, das Naheliegende und das rein Spekulative, das Gewisse und das Mögliche, und am Ende ergibt das immer etwas Erhellendes, einen neuen Farbton. Jedenfalls darf das niemand erfahren. Falls eines Tages irgendwer diese Zeilen hier lesen sollte, weil man ein Unglück ja nie ausschließen kann, weder ein starkes Erdbeben infolge der Plattentektonik noch eine Atomexplosion mit nachfolgender Völkerwanderung – die Statistiken stimmen alle überein: das kann vorkommen –, es würde ja schon ein chaotischer Umzug von A nach B reichen. Falls jemals jemand auf dieses Heft stößt, dann darf er das mit dem Haarebleichen niemandem erzählen, keiner Menschenseele. Hier gilt dasselbe wie bei Hochzeiten in amerikanischen Filmen, wenn gefragt wird, wer Einwände hat: Er möge jetzt sprechen oder für immer schweigen. Wobei es in meinem Fall heißt: Er möge sich auf die Lippen beißen und bis in alle Ewigkeit dichthalten. Ansonsten falle ich vor Scham tot um.

Freitag, 23. März

Als ich Pauline heute Morgen auf dem Schulhof begegnet bin, blieb ihr Blick an meinen Haaren kleben, jedenfalls kam es mir so vor. Zum Glück hat sie nichts zur Farbe gesagt, ich wäre sonst zu Staub zerfallen. Vielleicht werde ich auch paranoid. Was hätte ich in diesem Moment für ein Käppi gegeben, ich hätte meine kompletten Ersparnisse einer Wohltätigkeitsorganisation vermacht, dazu meine Tennisschläger und sogar die Kinoplakatsammlung. Nur das Plakat von *Taxi Driver* nicht, sorry, aber das behalte ich. Es geht mir nicht nur um das Motiv, sondern auch um die Headline. Ich habe sie übersetzt: »In jeder Straße jeder Stadt dieses Landes gibt es einen Niemand, der davon träumt, ein Jemand zu werden.« Auf Englisch klingt es besser, schon klar. Und man sieht Robert De Niro allein durch ein heruntergekommenes Viertel schlendern. Er sieht traurig aus. Mir geht es oft genauso wie diesem Taxifahrer, nur dass ich noch keinen Führerschein habe. Als Pauline mich aber das erste Mal ansprach, hatte ich das Gefühl, sie hätte sich vorn ins Taxi gesetzt, direkt neben mich.

Pauline wollte wissen, ob ich das Finale von Monte-Carlo anschaue. Sie setzte auf den Schweden und schlug mir vor, auf den anderen zu setzen und damit gegen sie zu wetten. Ich hatte schon zugestimmt, bevor wir überhaupt einen Einsatz ausgemacht hatten. Pauline räumte ein, sie wisse auch nicht so genau, wie hoch der sein sollte, und sie wolle mir nicht zu viel Geld abtrotzen, ja, dieses Verb hat sie benutzt, »abtrotzen«, eben superpräzise. Sie wirkte ziemlich siegessicher. Ich sagte, der Gewinner stehe nie von vornherein fest. Das war wie ein Aufschrei, denn das ist wirklich das Einzige, dessen ich mir im Leben total sicher bin, und sogar wenn man etwas schon gewonnen hat, kann man es wieder verlieren. Alles entgleitet uns, die Erlebnisse rinnen uns durch die Finger, das Leben vergeht, als würde es durch eine Sanduhr laufen, ohne dass sich jemals wirklich etwas ändert, und unsere Träume zerfallen gleich mit. Davon habe ich Pauline natürlich nichts gesagt, ich wollte sie ja nicht runterziehen oder wie ein Teenie erscheinen, der auf die dunkle Seite der Macht gewechselt ist. Ich hatte stattdessen sogar eine Idee, die ziemlich helle war. Ich habe vorgeschlagen, um das Video unseres Lieblingsfilms zu wetten. Sie fand die Idee gut, aber kompliziert, weil sie zu viele Lieblingsfilme hätte. Und so habe ich erfahren, dass sie fast genauso kinobegeistert ist wie ich. Die Nachricht des Jahres. Es war, als wäre meine Lebenserwartung gleich um 200 Jahre gestiegen. Oder eher meine Lebenshoffnung, denn während die Lebenserwartung ohnehin stetig steigt, geht die Hoffnung mehr und mehr gegen null.

Wir haben also übers Kino gesprochen, und so, wie ihre Augen leuchteten, wie sie redete, welche Wörter sie wählte, wurde mir klar, dass bestimmte Filme ihr besonders guttaten, genau wie mir, weil sie eine Welt schilderten, in der sie leben wollte. Als hätten wir in dunklen Kinosälen die gleichen Träume geteilt: Woody Allen, die Filme von Steven Spielberg, *Der weiße Hai* und *Jäger des verlorenen Schatzes*, außerdem Martin Scorsese, und vor allem Stanley Kubrick, dann italienische Filme à la *Cinema Paradiso*, die Filme von Godard und Truffaut, von Claude Sautet und sogar *Das freche Mädchen* von Claude Miller, von dem war sie wohl genauso begeistert wie ich. Verrückt, wie das verbindet, der gleiche Filmgeschmack. Viel mehr als der Geschmack beim Essen, zum Beispiel. Während sie redete, konnte ich sie die ganze Zeit aus der Nähe betrachten, und ganz ehrlich, sie gefiel mir immer besser, noch nie in meinem Leben hatte ich so etwas empfunden. Pauline hatte mal eben fünfzehn Jahre Einsamkeit beendet, ohne es selbst zu merken. Ich fühlte mich wie befreit.

Es gab nur einen Störfaktor: Auch wenn sie sich bemühte, das herunterzuspielen, spürte ich, dass sie aus einer wohlhabenden, bürgerlichen Familie kam. Wobei ich bürgerlich als Kompliment meine, im Ernst. In diesen Kreisen hat man es nicht so mit der Vermischung, ich wollte mit meiner Herkunft also nicht ins Haus fallen, sondern sie eher im Vagen lassen, wenn Pauline danach fragen sollte. Außerdem habe ich ausgerechnet, dass ich sie ohnehin frühestens in sechs Monaten zu mir einladen könnte: Wenn das Haus fertig ist. Das hatte ich bisher verdrängt. Die Königsklasse der Blamage, schlimmer als das mit den Haaren. Oder genauso schlimm. Beides zusammen ist jedenfalls der Gipfel. Momentan leben meine Mutter und ich – und mein Vater, wenn er am Wochenende nach Hause kommt – in einem Wohnwagen auf dem Grundstück, auf dem unser Haus gebaut wird. Mein Vater braucht ein Zimmer in Paris, und das Geld war zu knapp für eine zweite Miete in Montargis. Da wir einen Wohnwagen besitzen, um in den Ferien wegzufahren – du lustiges Zigeunerleben –, haben wir beschlossen, ihn auf das Grundstück zu stellen und darin zu wohnen, bis das Haus fertig ist. Wobei ich gar nichts beschlossen habe – es hieß, wir hätten keine Wahl. Das nennt man dann innerfamiliäre Absprache. Mein Vater findet es praktisch, um die Bauarbeiten zu überwachen, er muss nur aus dem Wohnwagenfenster schauen.

Der Riesennachteil sind die Blicke der Nachbarn. Wir stammten ja aus Paris, und das bringt einem hier keinen Sympathiebonus ein. Die Hauptstadt ist nur hundert Kilometer entfernt, trotzdem gelten die Pariser als gestresst, egoistisch, arrogant – Idioten eben. Und dann auch noch der Wohnwagen. Die haben uns sofort für die Gipsy Kings gehalten. Nur dass wir keine Gitarren hatten. Mir nichts, dir nichts haben die Nachbarn ihren Kindern verboten, mit mir rumzuhängen. Sie haben mich nicht offen zurückgewiesen, nein, sie haben einfach eine Art Sicherheitsabstand eingeführt, wie auf der Autobahn. Manchmal gefällt es mir, dass meine Eltern darauf pfeifen, was sich gehört. Meistens aber nicht. Weil sie nämlich keine Freunde haben, und auch gar nicht erst versuchen, welche zu finden. Sie haben null Sozialleben, das brauchen sie nicht. Also haben sie auch nichts zu verlieren. Aber für mich ist Freundschaft das einzige Gebiet, wo keine Schlachten ausgetragen werden, die einzige Kampfpause. Ich verkläre nichts, ich weiß, dass das stimmt. Jérémie ist mir noch nie in den Rücken gefallen. Ihm ist es schnurz, dass ich in einem Wohnwagen lebe, und er hat es auch nie irgendwem erzählt. Wir können stundenlang zusammen Flipper spielen oder kickern, wir können schweigen, ohne dass es sich komisch anfühlt, oder zusammen lachen, wenn wir über Mädchen reden und dabei zwanzigmal die Rue Dorée hoch- und runterlaufen. Sein Lieblingswitz ist dann immer: »Guck dir mal die da an, was für ein heißes Gerät!«, und wenn ich mich umdrehe, ist es eine alte Oma. Je gammeliger die Oma, desto mehr lachen wir. Mit dem Grausamsein ist es wie beim Filmgeschmack, das verbindet.

Pauline schlug vor, am Montag in der ersten großen Pause abzurechnen. Mir war völlig egal, ob ich verliere, ich war mit ihr verabredet, also hatte ich schon gewonnen. Ich war sogar für den Schweden, weil ich ihr lieber ein Geschenk machen würde, als eines zu bekommen. Man sagt immer, Nehmen ist leichter als Geben, aber bei mir ist es andersherum. Vielleicht weil man mir so viele üble Geschenke gemacht hat, und deshalb bin ich misstrauisch.

Ich dachte, sie würde gehen, aber stattdessen schlug sie mir vor, zu einem dieser Snackautomaten mitzukommen, weil sie Lust auf etwas Süßes hatte. Ich bin ihr über den Schulhof gefolgt und habe zugesehen, wie sie eine Packung Menthos mit Minzgeschmack auswählte und mir eins anbot. Ich hasse Minze, aber natürlich habe ich ja gesagt und es mir eingeschmissen. Ich wollte unbedingt den gleichen Geschmack im Mund haben wie sie. Ich habe mir ihre Lippen angeschaut und gedacht, dass ich sie vielleicht eines Tages küssen könnte. Eine schöne Vorstellung, und das ist noch untertrieben. Dann wäre für mich *der Tag des Ruhmes gekommen*, wie es in der Marseillaise heißt. Nur dass es in der Marseillaise der Tag ist, an dem alle in den Krieg ziehen, um den Feind abzuschlachten. Ziemlich unglaublich, was an diesem Lied alles verkehrt ist, und trotzdem ist es unsere Nationalhymne. Für mich gibt es nur einen Tag des Ruhms, nämlich den, an dem ich das Mädchen küsse, das ich liebe. Das weiß ich ganz genau, auch wenn ich es noch nicht erlebt habe. Der ganze Rest, die Erfolge, die Glückwünsche der Jury, das dicke Taschengeld, die neue Spielkonsole, all das kommt weit dahinter.

Es klingelte, wir mussten zurück in den Unterricht, ich hatte Geschichte, sie Sport. Pauline machte allein der Gedanke daran fertig, und dann stand auch noch Leichtathletik an, nicht gerade ihre Lieblingsdisziplin. Es sieht schon ziemlich komisch aus, wenn Mädchen sich mit diesen superschweren Kugeln abmühen. Ein Wunder, dass ihnen die Dinger nicht auf die Füße fallen. Jérémie und ich machen uns gern darüber lustig. Wenn in der Zehnten beispielsweise Damenspeerwurf auf dem Plan steht, ist das echt zum Totlachen. Ich stellte mir Pauline in ihrer Jogginghose vor, wie sie mit Kugel, Speer und Diskus hantiert, aber das konnte ihrer Aura nichts anhaben. Na toll, offenbar war ich überhaupt nicht mehr objektiv. Pauline ging ohne ein Lächeln, sie sagte nur: »Bis Montag.« Das Wochenende wird die Hölle.

Montag, 26. März

Am Sonntag habe ich im Wohnwagen das Match geguckt. Meine Eltern wollten im Wald spazieren gehen, und bei dem schönen Wetter sollte ich mit, aber ich wollte lieber das Haus hüten – auch wenn diese Wendung momentan fehl am Platz ist. Ausnahmsweise haben sie relativ schnell nachgegeben. Vielleicht waren sie froh über ein bisschen traute Zweisamkeit. Der Schwede verlor in drei Sätzen, wenn auch ziemlich knapp. Ich hatte die Wette also gewonnen, war aber eher traurig für Pauline. Deshalb habe ich heute Morgen trotzdem eine Videokassette in meine Tasche gepackt, zum Trost.

Nach langem Zögern fiel meine Wahl auf *Ist das Leben nicht schön?* von Frank Capra, der Titel passt einfach 1a. Der Film ist steinalt, aber macht echt Laune, ich dachte, das könnte sie aufheitern. Als Erstes hatte ich eine Doppelstunde Mathe – was Besseres ist ihnen nicht eingefallen für den Start in die Woche. Ich war gespannt, welchen Film sie mir wohl mitbringen würde. Ich hatte Schiss, dass sie gar keinen dabeihat, dass sie die Wette auflöst, dass sie mir böse ist, weil der Schwede verloren hat, dass sie unterkühlter ist als am Freitag. Bei Mädchen ist das manchmal so, drei Schritte vor, drei zurück, da muss man dranbleiben. Als ich an die Tafel gerufen wurde, um eine einfache Gleichung zu lösen, vergaß ich die Potenzen und warf die ganzen x und y durcheinander, das gab eine ordentliche Standpauke. Ich bin zurück an meinen Platz, ein bisschen genervt war ich schon, doch solange ich Pauline um 10 Uhr 15 sehen würde, war alles andere peripher – ein schickes Wort, um zu sagen, dass es einem schnurz ist.

In der Pause habe ich mich genau dahin gestellt, wo wir uns treffen wollten. Und gewartet. 10 Uhr 20. 10 Uhr 25. 10 Uhr 30. Sie kam nicht. Vielleicht war sie eine schlechte Verliererin, vielleicht hatte sie es vergessen oder sich im Tag vertan, vielleicht war sie krank oder wollte mit einer Niete wie mir nichts mehr zu tun haben – ich hatte genug Zeit, alle Möglichkeiten durchzugehen, und die letzte kam mir mit Abstand am wahrscheinlichsten vor. Ihr waren die Augen aufgegangen, sie hatte kapiert, dass ich der letzte Langweiler war. Und hässlich noch dazu. Wir hatten keine Nummern ausgetauscht und ihre Freundinnen kannte ich auch nicht, deshalb stand ich dort dumm rum, mit den Händen in den Hosentaschen, und tat, als wäre alles super. Von wegen. Als es klingelte, bin ich total deprimiert zurück in die Klasse. Den ganzen Vormittag habe ich nichts mitgekriegt und nichts mitgeschrieben.

Nach dem Mittagessen bin ich wieder zum Treffpunkt gegangen, sie kreuzte immer noch nicht auf. Vielleicht war sie ja tot. Aber das hätten wir sicher mitbekommen, einmal ist einer aus unserer Schule gestorben, an Leukämie, und wir haben in allen Klassen eine Schweigeminute eingelegt, zum Gedenken an ihn. Schon seltsam, mit sechzehn zu sterben, als wäre er für schreckliche Taten bestraft worden, die er in der kurzen Zeit nicht mal hatte begehen können. Außerdem war eine Schweigeminute echt unlogisch, wir hätten besser eine Schreiminute eingelegt. Das hätte uns erleichtert, ein gigantischer gemeinsamer Schrei von allen Schülern, so laut, dass er bis zum Himmel aufgestiegen wäre, um klarzumachen, dass wir dagegen waren und dass man nicht so früh stirbt. Vielleicht hätte der Verstorbene es da oben gehört und gewusst, dass es auch uns wehtat. Vielleicht müssen wir morgen eine Schweigeminute für Pauline einlegen, wenn ihr Tod bekanntgegeben wird. Irgendwann bin ich nach Hause gefahren.

Als ich reinkam, saß meine Mutter auf der Sitzbank, völlig aufgelöst, auf dem Tisch vor ihr ein Brief. Sie sagte, die Baugenehmigung für das Haus würde verweigert, weil die Stadt das Grundstück für das große Postzentrum braucht, das nebenan entstehen soll. Wir hatten mitten im Garten ein riesiges Loch gegraben, wir hatten den Beton für das Fundament liefern lassen, wir hatten einen wunderschönen Kirschbaum gefällt, wir hätten die ersten Hauswände hochziehen können und jetzt hatten wir dazu kein Recht. Ein amtlicher Bescheid. Ich habe meine Mutter gefragt, ob wir jetzt für immer im Wohnwagen leben müssten. Das wüsste sie nicht, sie müsse mit meinem Vater sprechen, habe ihn aber noch nicht erreicht, und sie würden schon eine Lösung finden. Aber wenn das wirklich stimmte, sei es eine Katastrophe für uns, sie hätten ihr gesamtes Vermögen in das Projekt gesteckt. Und dann müssten wir noch ewig campen, was auch sie nicht gerade begeisterte. Meine Mutter hatte also genauso daran zu knabbern wie ich. Sie tat zwar, als müsste man das Ganze einfach als »wenig komfortable Übergangslösung« akzeptieren – wie mein Vater das nennt –, aber dieses Leben wurde doch immer mehr zur Niederlage. Den verächtlichen Blicken der Nachbarn konnte sie noch so stolz trotzen, sie prallten doch nicht an ihr ab. Niemand ist so verschlossen, dass gar nichts an ihn rankommt, nicht mal die Tupperdosen, die angeblich lebenslange Garantie haben und sich dann im Kühlschrank von selbst öffnen. Jedenfalls war meine Mutter gerade alles andere als wasserdicht, und ich wusste nicht, was ich dagegen tun konnte.

Was für ein Scheißtag, erst tauchte Pauline nicht auf und jetzt heulte meine Mutter wie ein Schlosshund. Es zerreißt mir immer das Herz, sie weinen zu sehen, ich bin dann selbst total deprimiert und bekomme feuchte Augen. Den Snack habe ich trotzdem gegessen, weil ich noch einen Tacken Appetit hatte oder weil Schokolade tröstet. Meine Mutter hatte schon eine ganze Tafel intus und befahl mir, Hausaufgaben zu machen, aber ich hatte keinen Nerv und auch keinen Kopf dafür. Sie wurde laut, da wollte ich ihr auf keinen Fall widersprechen. Also tat ich so als ob, aber das war nur Show. Ich dachte an Paulines Mutter, ich kannte sie zwar nicht, aber sie musste am Boden zerstört sein, falls sich meine schlimmsten Ahnungen bestätigen sollten. Woran könnte Pauline wohl gestorben sein? Auf jeden Fall muss es was Plötzliches und Heftiges gewesen sein, am Freitag war sie ja noch superfit. Ein geplatztes Aneurysma, Herzstillstand, überrollt von einem Dreißig-Tonner? Was macht das schon für einen Unterschied, außer für Pathologen und Leichenwäscher, die haben dann mehr zu tun. Vielleicht hatte Pauline mich doch einfach vergessen, sie hatte Besseres zu tun, und vor allem Bessere zu treffen, ja, das war am wahrscheinlichsten.

Am Abend habe ich mit meiner Mutter ferngesehen, eine Varieté-Show, in der alle auf lustig machen, oder auf traurig für die traurigen Lieder. Wir kauften es ihnen aber nicht ab. Schließlich hat Mama mit Papa telefoniert, und der hat gesagt, dass wir um unser Recht kämpfen werden, dass wir das Schicksal nicht einfach hinnehmen und das Haus so oder so bauen werden. Das war Balsam für ihre Seele. Ich bin ins Haus gegenüber gegangen, ich schlafe nämlich nicht im Wohnwagen, sondern in einem Zimmer bei der Nachbarin im Keller. Ich bin nur zum Schlafen da, und um mich zu waschen. Alles andere findet im Wohnwagen statt.

Ich versuchte mir einzureden, dass der nächste Tag besser laufen würde. Das klappte aber nicht. Mir war so schwer ums Herz, dass ich vor dem Einschlafen wieder zu heulen anfing. Ich wollte an diese Leidstelle beim Katastrophenschutz schreiben, damit sie sich um mein Elend kümmert, aber das ist bestimmt auch so eine Sache, die ich noch nicht darf. Es waren einfach zu viele Gefühle auf einmal. Das Bett nässe ich nicht mehr ein, aus dem Alter bin ich raus, nur noch das Kopfkissen. Keine Ahnung, ob das besser ist, immerhin trocknen Tränen schneller und stinken nicht, und man muss nicht groß Wäsche machen am nächsten Morgen.

Dienstag, 27. März

Ich habe nicht gut geschlafen, logo. Beim Aufwachen war ich steif wie ein Brett, ich hatte das Kellerfenster zum Lüften gekippt und in der Nacht gab es wohl Frost. Kaum zu glauben, dass vor einer Woche Frühlingsanfang war. Frisch geduscht und angezogen ging ich über die Straße zum Wohnwagen, neben diesem Riesenloch, wo unser Haus entstehen soll. Eine Schale dampfend heißer Schokolade wartete schon auf mich. Meine Mutter nahm mich in den Arm, so begrüßt sie mich eigentlich nie, normalerweise gibt sie mir einen flüchtigen Kuss. Völlig überrumpelt ließ ich sie machen. Zugegeben: Unangenehm war es nicht, an ihre weichen Brüste gedrückt zu werden. Sie musste ja wirklich neben der Spur sein. Mir sind die dunklen Augenringe aufgefallen, offenbar hatte sie noch schlechter geschlafen als ich. Wir haben weder vom Haus noch von der Baugenehmigung gesprochen, sondern so getan, als wäre ein ganz normaler Tag. Ich musste vor allem an Pauline denken, was das Haus anging, hatte ich die drohenden Folgen noch nicht ganz auf dem Schirm.

Nach dem Kakao hat mir meine Mutter einen lauwarmen Matschebrei hingestellt, den sie immer »dein Müsli« nennt, Bio-Getreideflocken mit Milch, denn wir hausen zwar im Wohnwagen, essen aber Biozeugs. Selbst bestimmen, was ich essen will, darf ich nicht, weil wir hier ja nicht im Restaurant sind – daran werde ich oft genug erinnert. Ganz ehrlich: Ich sehe keine

Verwechslungsgefahr. Oft gibt es zum Frühstück also Müsli, das eher bescheiden schmeckt, aber immerhin hält es bis mittags vor – kein Heißhunger morgens um 10, dafür ist man viel zu vollgestopft. Und wenn es ausnahmsweise mal Brot gibt, dann das vom Bioladen, braungraue, quaderförmige Blöcke mit dunkler und steinharter Kruste, für die man fast eine Säge braucht. Das ist kein Brot, das ist Beton.

Und als i-Tüpfelchen darf ich einmal im Jahr sechs Wochen lang eine Magnesiumchlorid-Kur machen. Meine Eltern haben irgendwo gelesen, das sei gut fürs Gehirn, und weil aus mir wohl kaum ein Tennisprofi wird, setzen sie alles auf diese Karte. Ergebnis: Ich kippe riesige Mengen Wasser runter, in dem sie dieses Pulver aufgelöst haben – der Geschmack ist unbeschreiblich, unbeschreiblich widerlich, und sobald meine Mutter das Glas vor mich hinstellt, will ich einfach nur sterben. Nach dem letzten Schluck schüttele ich angewidert den Kopf, ziehe eine Grimasse und stürze mich, um den Geschmack loszuwerden, auf die Reste von meinem Müsli oder Brot. Ist doch gar nicht schlecht, dein Müsli, sagt meine Mutter dann schmunzelnd. Was für eine Sadistin. Immer sagt sie, das sei nur zu meinem Besten, aber Phrasen dieser Art versauen einem echt das Leben. Kann sein, dass das Pulver mir etwas bringt, aber es bringt mehr Leiden als Nutzen, oder vielleicht andersherum. Ich frage mich ständig, was schwerer wiegt, und komme zu keinem Ergebnis. Manchmal ist das Leben einfach zu kompliziert.

Zum Glück habe ich die Magnesiumkur seit Mitte Februar hinter mir. Am letzten Tag fühlte ich mich wie einer, der nach dreißig Jahren Knast aus dem Gefängnis entlassen wird. Ich bekam ein Glas Orangensaft »100% Fruchtgehalt«, die aus Konzentrat sind reine Zuckerbomben. Meine Mutter hat angekündigt, dass wir bald auf Kiwi umsteigen, weil im Orangensaft gar nicht so viel Vitamin C drin ist. Man kann sich wirklich auf gar nichts mehr verlassen.

Gesundheit wird bei uns ganz groß geschrieben, wir geben alles, um topfit zu bleiben. Ich darf nicht krank werden, weil meine Mutter das gar nicht leiden kann, es soll ja Mütter geben, die ihren Kindern bei Fieber jeden Wunsch von den Augen ablesen, aber so ist meine nicht, ganz im Gegenteil. Für sie ist das eine persönliche Niederlage. Das heißt nicht, dass sie ungemütlicher wird als sonst – obwohl, man sollte es nicht drauf anlegen. Sie setzt nur ein enttäuschtes Gesicht auf und überlegt, wo sie versagt haben könnte. Und weil sie Antibiotika verdammt, kocht sie Gemüsebrühe und verdoppelt die Magnesiumdosis, und dann habe ich ziemlich bald überhaupt keine Lust mehr, krank zu sein.

Mein Vater hat mal in einem Buch gelesen – er liest viele Bücher, aber er kommt fast nie über die ersten dreißig oder vierzig Seiten hinaus, weil sich dann alles wiederholt, seiner Meinung nach, keine Ahnung, ob das eine allgemein anerkannte Theorie ist, jedenfalls kommt sie ihm gelegen, so hat er immer genug Gesprächsthemen, wenn er von Büchern spricht, die er nicht gelesen hat. Was die Kultur angeht, ist er wie ein Spatz und pickt sich hier und da etwas heraus. Beim Essen nicht, da schlingt er. Aber davon wollte ich gar nicht reden. Mein Vater, wollte ich sagen, hat in einem Psychologiebuch gelesen, dass Herz und Schmerz zusammenhängen. »Schmerz reimt sich auf Herz«, sagt er, und ausnahmsweise ist das keins seiner typischen verkorksten Wortspiele. Wenn einem etwas auf dem Herzen liegt und man spricht nicht darüber, macht es einen krank. Vielleicht nicht immer, aber manchmal. Meine Familie teilt sich am laufenden Band mit – bla, bla, bla, mehr Gelaber geht kaum –, deshalb sind wir topfit, das hat nichts mit dem Magnesium zu tun. Heute Morgen waren wir aber nicht gerade gesprächig. Ich habe mein Frühstück komplett aufgegessen, meine Mutter hasst Reste und ich wollte nicht alles noch schlimmer machen.

Ich habe mir mein Fahrrad geschnappt und bin durch den Wald gefahren. Der Himmel war grauweiß, zwischen den Bäumen hing ein wenig Nebel, der verschwand, wenn man sich näherte. Manches sieht man nur von weitem. Ich trat fest in die Pedale, ich war nicht gerade früh dran. Die frische Luft kühlte meine Wangen und pfiff mir um die Ohren. Solange meine Mutter mich theoretisch noch sehen kann, trage ich eine Mütze, aber sobald ich aus der Sackgasse raus bin, kommt sie weg. Man sieht mit einer Mütze einfach dämlich aus. Na ja, nicht immer, ich habe schon Mädchen gesehen, die mit Mütze ziemlich süß waren, die brachte ihre schönen Augen zur Geltung, aber mir steht das gar nicht.

Ich kam an der Garage an, die ist komplett überdacht und riesig. Alle Schüler parken ihre Fahrräder dort, auch ihre Motorroller und Mofas. Ich stellte mein Rad wie gewohnt ab und schloss es an. Als ich den Kopf hob, stand Pauline vor mir, sie hatte gerade ihren brandneuen roten Motorroller abgestellt und sagte lächelnd »Hallo«. Sie war also nicht tot. Ich sagte auch »Hallo«, aber dann wusste ich nicht weiter, das Gespräch geriet ins Stocken, wahrscheinlich war ich noch nicht richtig wach oder einfach zu überrascht, aber sie dachte wohl, ich wäre sauer.

»Sorry wegen gestern, das Auto meiner Mutter war kaputt, ich konnte nicht zur Schule. Meine Eltern haben mir dann einen Roller gekauft, schick, oder?« Ich nickte. »Ich hatte keinen Bock mehr, dass meine Mutter mich jeden Tag zur Schule bringt, für sie ist das Beschäftigungstherapie, weil sie sich zu Tode langweilt, aber mich nervt das, echt peinlich, oder?« – »Kommt aufs Auto an«, sagte ich. »Nein, auf die Mutter. Du hast bestimmt gedacht, ich drücke mich vor meinen Schulden?« Sie zog *Der Unverstandene* von Luigi Comencini aus der Tasche.

»Kennst du den?« – »Nee.« – »Toller Film, und er hat mich an dich erinnert.« Ich wusste nicht, was ich sagen sollte. Weil ich so unverstanden aussehe? Das ist mir dann einfach rausgerutscht. »Keine Ahnung, ich sag ja nicht, dass du das bist, ich sage nur, er erinnert mich an dich.« – »Danke jedenfalls.« Ich zog meinen Film aus der Tasche und gab ihn ihr. »Du findest das Leben also schön, wenn du mich siehst?«

Sie lachte. Am liebsten hätte ich gesagt, ja, das Leben ist schön wie sonst nie, Pauline, einfach, weil es dich gibt. Aber wenn ich sie so auffällig anschwärmte, würde sie denken, ich will sie nur rumkriegen. Besser, behutsam vorgehen und wie beim Poker nicht jedes Blatt offenlegen, also tat ich so, als hätte ich aus meinen zehn Lieblingsfilmen zufällig einen ausgewählt. Sie wollte ihn so bald wie möglich angucken und mir sagen, wie sie ihn fand.

Von der Garage gingen wir Seite an Seite bis zum Schulhof, das war das erste Mal, dass wir ein Stück zusammen liefen, und so kurz es auch war, mir kam es vor wie eine große Reise. Als wir an unserem gestrigen Treffpunkt vorbeikamen, wollte sie wissen, ob ich lange gewartet und mir Sorgen gemacht hätte. Ich hielt mich bedeckt, nie im Leben würde ich ihr erzählen, wie überzeugt ich gewesen war, dass sie an einem geplatzten Aneurysma gestorben oder von einem Dreißigtonner überrollt worden war, das kam mir inzwischen lächerlich vor. Der Start in den Tag war echt besser als gestern. Und dann ist etwas Unvorstellbares passiert. Bevor wir uns trennten, blieb sie stehen und lächelte mich an. »Komm doch morgen Nachmittag vorbei und wir gucken den Film. Oder findest du das doof, ihn noch mal zu gucken?« – »Nein, gar nicht« sagte ich, »find ich mega. Aber wo?« – »Na bei mir. Mittwochnachmittag guck ich mir oft Filme an. Oder hast du was anderes vor?« – »Äh, ich denke, es lässt sich einrichten«, antwortete ich und machte auf vollen Terminkalender. »Warum, was hattest du denn vor?« Musste die mich so festnageln?! »Sorry, ich bin echt neugierig …« – »Ich liebe neugierige Menschen.«

Du gibst zu viel preis, Émile, du lieferst dich komplett aus, dafür kriegst du noch die Quittung. »Eigentlich müsste ich zum Tennis«, räumte ich schließlich ein. Ich spürte, wie das bisschen Geheimnis, das ich um meinen Mittwochnachmittag aufgebauscht hatte, sich in nichts auflöste. Ein Schatten der Enttäuschung huschte über ihr Gesicht, ich dachte an einen Zug, der mit Höchstgeschwindigkeit an einer Kuh vorbeibraust, und ich wusste nicht mehr, ob ich die Kuh war oder der Zug. »Also bis morgen, Rue Carnot 27, 16 Uhr, passt dir das?« – »Ja.« Sie ging Richtung Hauptgebäude, als wäre alles wie immer, dabei hatte sie mich gerade zu sich nach Hause eingeladen. Es fühlte sich an, als hätte sie um meine Hand angehalten.

Jérémie kam angelaufen, er hatte mich mit Pauline gesehen und etwas abseits gewartet, um nicht zu stören. Ein echter Freund eben. »Bist du an ihr dran?« – »Nein, ich glaube nicht, sie ist cool, wir sind uns sympathisch, keine Ahnung, was daraus wird.« – »Hast du Schiss, eine Abfuhr zu kriegen? Mach's wie ich, ob eine mehr oder weniger …« Von wegen. Jérémie ist ziemlich zurückhaltend, wohl eher ein bisschen verklemmt. Er trifft sich nicht mit Mädchen, er versucht es nicht mal, keine Ahnung, ob er jemals eins geküsst hat.

Ich schon, aber das war im Ferienlager, da ist es einfacher, weil man sowieso aufeinanderhängt, und es war außerdem nicht die eine, die ich toll fand, und auch nicht die andere, die ich toll fand, sondern eine Dritte, nämlich die, die wollte und die mich angelächelt hat, mit Pupillenweitstellung und so. Man muss flexibel bleiben. Das war letztes Jahr im Juli. Ein Ferienlager in der Camargue, mit Ausflügen, Sport und ohne Ende Party. Und bei einer Party hatte sie mich in den Park gezogen, sich an einen Baum gelehnt und mich angeblickt, während die Sonne unterging. Ich hatte mich an sie gepresst und wir hatten uns geküsst. Wir gaben uns Mühe, die Zungen gleichmäßig kreisen zu lassen, im Uhrzeigersinn, so lange wir konnten. Sie hieß Stéphanie, hatte Sommersprossen und war dreizehn, ich war nur ein klein bisschen älter. Ich war froh, so eine Mund-zu-Mund-Beatmung mal gemacht zu haben, ist immerhin eine Notmaßnahme und soll sogar Leben retten. Ich weiß aber auch noch, dass ich mich komisch gefühlt habe, weil ich dort am Stamm der großen Eiche weder Herzrasen noch feuchte Hände hatte. Denn obwohl sie nett war und gar nicht so hässlich, war sie eben nicht die, die ich wirklich gut fand. Das mit meinem ersten Kuss war also nicht unbedingt ideal gelaufen. Beim nächsten Mal musste das anders werden.

Mittwoch, 28. März

Ich überspringe mal den Vormittag, an dem ich sowieso nur verzweifelt vor dem Kleiderschrank gestanden habe. Ein Albtraum, weil mein Schrank nicht gerade der von Kaiserin Sissi ist – die paar Kombinationen hat man ziemlich schnell durch und mit keiner knackt man den Tresor, es sieht einfach alles gleich blöd aus. Danach habe ich auf einem Stadtplan die Rue Carnot gesucht. Es war gar nicht weit, ich konnte entspannt mit dem Rad hinfahren. Gegen 15 Uhr 50 war ich da und drehte noch ein paar Runden. Die Häuser in dem Viertel waren alle wunderschön, sie standen zusammen wie eine Clique aus Klinker- und Steinhäusern, mit alten Fensterläden und Efeu an den Mauern, gepflegten Gärten und Bäumen, die Schatten spenden. Die Rue Carnot 27 passte genau rein. An einer scharfen Biegung der Straße wartete hinter einem dunkelgrünen Tor ein prächtiges, mindestens zweistöckiges Anwesen zwischen zwei Kiefern und einer Platane. Weil ich ein bisschen früh dran war, fuhr ich noch einmal um den Block, aber in ruhigerem Tempo, um nicht schweißtriefend anzukommen.

Punkt 16 Uhr klingelte ich, weil Pünktlichkeit die Höflichkeit der Könige ist, wie man bei uns sagt – als hätten ausgerechnet wir die Hofetikette erfunden. Nach ungefähr vierzig Sekunden, vielleicht auch fünfundvierzig, glitt das Tor automatisch auf und ich schlüpfte hindurch. Oben auf der Haustreppe erschien eine Frau und winkte mich lächelnd heran. Sie war so wunderschön wie Pauline, dunkelhaarig und mit seidiger Haut, aber bestimmt fünfundzwanzig Jahre älter. Manchmal wird man von zu viel Schönheit überrumpelt. In ihrem grünen Kleid – schlicht, aber ziemlich eindrucksvoll mit den nackten Schultern und dem tiefen Dekolleté – sah sie fast aus wie Claudia Cardinale in *Spiel mir das Lied vom Tod*, nur ein bisschen schicker. Das ist übrigens mein Lieblingsfilm, zusammen mit vier oder fünf anderen. Als ich die Stufen hochstieg, hielt sie mir ihre Hand entgegen, ganz zart und fein und mit zierlichen Gelenken, ich war hin und weg. Ihre Zähne strahlten vor Weiß, wahrscheinlich putzte sie die tagelang. Der Aufwand lohnte sich jedenfalls: Ihr Lächeln war definitiv Königsklasse. Aber nicht nur das, auch diese Augen: haselnussbraun, ein wenig heller als die von Pauline, aber mit dem gleichen durchdringenden Blick, freimütig und kühn. Erst die Tochter, dann die Mutter, wie komm ich da wieder raus? Aber je näher ich kam, desto deutlicher wurde, dass sie zu alt für mich war, beim Lächeln hatte sie kleine Falten um Mundwinkel und Augen herum. Als sie zu sprechen anfing, bemerkte ich etwas Trauriges an ihr, das sie bis jetzt überspielt hatte.

»Du bist bestimmt Émile, wir haben dich erwartet, komm rein.« Ich folgte ihr. »Könntest du die Schuhe ausziehen?« – »Natürlich, Madame.« Sie ging vor und ließ mich in der Diele stehen, das Haus war von innen genauso schön wie von außen, es blitzte und blinkte hier nur noch mehr. Das Parkett im Wohnzimmer glänzte wie in einer Holzbodenwerbung, jedenfalls dort, wo es nicht von einem riesigen Teppich bedeckt wurde, auf dem ein Billardtisch ohne Löcher in die Höhe ragte, ich hatte so einen noch nie gesehen, es gab nur zwei rote Kugeln und eine weiße, oder andersherum, ich weiß es nicht mehr, und dahinter standen in einer Ecke Sofas mit beigem Bezug.

»Ich werde Pauline sagen, dass du da bist, warte doch in der Küche«, sagte sie und verschwand über die große Treppe.

Ich zog meine Schuhe aus. Oh nein, was war das denn? Ein Loch in meinem Strumpf! Dabei hatte ich am Morgen bestimmt zwei Stunden mit der Suche nach gleichfarbigen Socken verbracht, die halbwegs vorzeigbar waren, doch dann hatte mich mein linker Fuß wohl auf dem Rad im Stich gelassen, und der Nagel meines großen Zehs lugte fast komplett hervor. Eine durchlöcherte Socke in diesem Palast, das ging gar nicht, ich wollte alles, nur nicht unangenehm auffallen. Hätte ich mir in die Hose gemacht, wäre mir das nicht weniger peinlich gewesen. Was sollte ich tun? Tausende Ideen schwirrten mir durch den Kopf. Einfach abhauen? Unverzeihlich. Versuchen, den Stoff zwischen dem großen Zeh und dem daneben einzuklemmen, das Loch also verstecken und das Ganze durchgängig auf Spannung halten? Mission impossible.

Ich schwitzte aus jeder Pore, fühlte mich hilflos und unwürdig, hätte mir am liebsten ein Loch gebuddelt und mich lebendig begraben. Du hättest nicht kommen sollen, dachte ich, dieser Ort und so ein Umgang sind einfach nichts für dich, was hast du dir dabei gedacht? Dass du so tun kannst als ob? Nicht im Traum, mein lieber Émile. Du bleibst immer ein schwarzes Schaf, das ist dein Schicksal. Solche Gedanken quälten mich. Ich war am Absaufen, und das Loch in der Socke war die Eisenkugel, die mich herunterzog, mit allem, was dazugehört: dem Hochgefühl, dem Atemstillstand, der Verzweiflung, der Gewissheit in jeder Zelle meines Körpers, auf ewig ein Niemand zu sein.

Aber dann spürte ich eine neue Kraft, es musste doch eine Lösung geben – irgendwo war eine, wie bei den Gleichungen im Matheunterricht – und vielleicht lag sie näher als gedacht. Mein Vater sagt nämlich immer, wir sind die Chamodots (das ist unser Familienname) und ein Chamodot schmeißt nie hin, wenn es schwierig wird, niemals, erst wenn er besiegt am Boden liegt. Diese kämpferische Einstellung bläute er mir zwar fürs Tennis ein, aber sie passt ja überall. Ich hatte mich noch nie so nah am Tiefpunkt gefühlt, aber ich kämpfte, im Namen meiner Ahnen und Vorfahren, die erwiesenermaßen alle Memmen waren. Ich kämpfte.

Kurz darauf öffnete ich die Tür zur Küche. »Du bist ja barfuß?«, rief Paulines wunderschöne Mutter. »Du wirst dich erkälten!« – »Nein, mir ist nur immer so heiß an den Füßen«, heuchelte ich und hatte mir natürlich Argumente zurechtgelegt. »Ich fühle mich so viel wohler – wenn Sie nichts dagegen haben.« Wenn sie jetzt noch meine Haarfarbe anspricht, bringe ich mich um, das schwor ich mir auf der Stelle. »Hast du mal in Afrika gelebt?«, fragte sie. – »Wie bitte?« – »Die Afrikaner laufen oft barfuß herum. An Weihnachten im Senegal ist das sehr angenehm.« Mir war nicht klar, worauf sie hinauswollte. Weil ich so dumm aus der Wäsche guckte, holte sie zu einer Erklärung aus. »Du hast doch bestimmt schon Dokus über Afrika gesehen … Ist dir nie aufgefallen, dass die Afrikaner immer barfuß sind?« – »Ach so, klar, natürlich«, log ich.

Ich erklärte ihr, dass meine Mutter aus dem Departement Charente-Maritime kam und mein Vater aus Oran, aber das war in Nordafrika, also dem weißeren Teil vom schwarzen Kontinent, und zählte nicht. Lächelnd meinte sie, ich sei sehr geistreich, eine ganz wundervolle Eigenschaft. Danke, mehr fiel mir nicht ein. Das war wohl eher geistarm.

Dass sie so etwas Nettes sagt, hat mich ziemlich überrumpelt, keine Ahnung, ob sie's ehrlich meinte. Diese Frau war eine Erscheinung, sie stand wie auf einem Sockel und trotzdem war es, als hätte sie ihren Platz noch nicht gefunden, in der Welt, im Leben und im Hier und Jetzt. Sie sah zwar aus wie gemalt – ihr Profil, die Frisur und die Haltung –, aber sie schien völlig unnahbar. Sie erinnerte mich an die Heldinnen aus den Romanen, die wir bei Monsieur Merlet lesen mussten, Madame Bovary,

Madame de Rênal, diese Frauen, die im Kurzwarenladen gegenüber zwei Borten und drei Knöpfe kaufen gehen und dabei unaufhörlich von einem anderen Leben träumen.

Die Küche habe ich ja noch gar nicht beschrieben: so eine Musterküche, neu und makellos, kein einziger Krümel, nirgends. Paulines Mutter holte einen duftenden Kuchen aus dem Backofen. Innendrin war der Ofen blitzblank, als hätte sie ihn gerade das erste Mal benutzt. Es gibt Leute, die können alles sauber halten, keine Ahnung, wie die das machen. Ich könnte Pauline nie im Leben mit in den Wohnwagen nehmen und auch nicht mit ins Haus, falls das jemals gebaut wird.

»Du bist barfuß?« Auch Pauline fiel das beim Reinkommen als Erstes auf. Die durchlöcherte Socke hätte sie also nie im Leben übersehen. Ich habe ihr nochmal den gleichen Quatsch erzählt wie ihrer Mutter, aber eine Lüge klingt immer unglaubwürdiger, je öfter man sie wiederholt. Ihr war es schnurz, sie wollte vor allem raus hier. Sie stellte den Kuchen und den Tee, den ihre Mutter gerade aufgegossen hatte, auf ein Tablett, sagte ohne einen Anflug von Dankbarkeit, fast schon unfreundlich »Danke, Mama«, und nickte mir zu, ich solle ihr folgen.

Ich dachte, wir würden in ihr Zimmer gehen, aber es war das Musikzimmer, mit einem Klavier und mehreren anderen Instrumenten. Anscheinend musste es auch als Fernsehraum herhalten, es gab nämlich eine Glotze und einen Videorekorder, der in einer Ecke auf dem Boden stand. Ein Mädchen mit so einem Elternhaus nimmt wahrscheinlich nie einen Jungen mit in ihr Zimmer. Ein Wunder, dass sie mich überhaupt eingeladen hatte. Je länger ich darüber nachdachte, desto mehr fragte ich mich, was ich hier eigentlich zu suchen hatte, weil es einfach zu schön war, um wahr zu sein. Ich hielt mich aber zurück, Begeisterung ist verpönt, seit Zynimsus die neue Weltreligion ist.

Pauline bot mir eine Tasse Tee an, eigentlich trinke ich nie welchen, aber natürlich habe ich ja gesagt. In diesem Haus sagte ich immerzu ja, danke und Entschuldigung. Der Tee war blassgrün und roch nach frischgemähtem Gras und Kräutern der Provence, keine Ahnung, wie ich diese Brühe runterkriegen sollte. Dafür hab ich beim Kuchen reingehauen. Megalecker. Ich hatte zwar Angst, gegen irgendwelche Benimmregeln zu verstoßen, aber ich nahm mir dreimal nach. Wenn wir Chamodots überfordert sind, futtern wir. Es gibt ja Leute, die dann gar nichts mehr essen und so dünn wie Bohnenstangen werden, aber bei uns ist es genau andersherum, wir stopfen uns voll und geben dabei richtig Gas. »Schling doch nicht so« – den Satz hab ich zuhause garantiert tausendfach gehört. Mein Vater sagt dann immer: »Du hast ja recht, Annie«, legt übermenschliche Willenskraft an den Tag und die Gabel aus der Hand, nur um sich ein paar Sekunden später wieder auf seinen Teller zu stürzen.

»Deine Mutter ist voll nett.« – »Nein, sie ist ätzend, sie ist depressiv, sie schluckt pausenlos Pillen.« – »Ach echt?! Das merkt man gar nicht.« Mist, ich darf nicht erstaunt wirken, das sagt Belmondo zu Anconina in diesem Film von Lelouch, man soll niemals erstaunt wirken. »Doch, ganz im Ernst, sie geht mir höllisch auf die Nerven.« Ob Pauline übertreibt? Kann eine so schöne Frau in so einer Prachtvilla überhaupt unglücklich sein? Wenn nicht mal Reichsein etwas bringt, hat man uns schamlos belogen, von wegen höhere Kaufkraft steigert die Zufriedenheit. »Sie geht zweimal die Woche zum Seelenklempner, aber das bringt nichts, oder um es mit meinem Vater zu sagen: Spürbare Ergebnisse lassen auf sich warten. Zur Beichte geht sie auch, der Pfarrer liebt sie und hört ihr stundenlang zu, also kriegt sie quasi zwei Therapien zum Preis von einer, aber das hilft genauso wenig. Der Psychoheini rät ihr das eine, der Pfarrer das komplette

Gegenteil, da kommt sie natürlich kein Stück voran, die Arme. Freud oder Jesus, das ist hier die Frage, oder?«, sagte sie, als wäre es ein Witz. Weil ich nie Religionsunterricht hatte und Freud nur vom Namen kenne, war ich aufgeschmissen. Ich wechselte schnell das Thema.

»Und dein Vater?« – »Der ist ständig beruflich unterwegs. Er ist Dirigent. Deshalb zwingt er mich auch, Geige zu spielen.« Sie zeigte auf das Instrument, das vor einem Notenständer stand. »Oh, spielst du mir was vor?« – »Auf keinen Fall!« Da musste ich mich gar nicht ins Zeug legen, um sie umzustimmen, das hab ich gleich gemerkt, auch wenn ich eigentlich weiß, dass Frauen das mögen – aber das gilt auch nicht immer. »Und du, machst du auch Musik?«, fragte sie. Ich hätte so gern ja gesagt, mir ihre Geige gegriffen und eine Melodie gespielt, die ihr die Tränen in die Augen treibt, und danach wäre sie mir in die Arme gefallen, ich hätte ihr einen Kuss geraubt trotz ihrer Mutter im Nebenzimmer und dann wäre ich entschwunden wie ein Märchenprinz. Ganz so ist es nicht gelaufen. Ich überlegte fieberhaft, wenn ihr Vater Dirigent war, durfte ich keinen Quatsch erzählen, also sagte ich lieber »nein« und hatte die Sache damit buchstäblich vergeigt. »Wie schade«, sagte sie. »Ja, find ich auch.« – »Ohne Musik ist das Leben sinnlos, hat Marcel Aymé gesagt, oder so etwas in der Art.« – »Ich würde gern Klavier spielen«, sagte ich. »Sind deine Eltern dagegen?« – »Nein, nein, nächstes Jahr fange ich wahrscheinlich an.« Wie sollte ich ihr erklären, dass man niemals ein Klavier in einen Wohnwagen kriegen würde? »Je früher, desto besser.« – »Ja, ich weiß.« Ich sah wohl ziemlich bedröppelt aus, sie ruderte nämlich gleich zurück: »Hey, mach nicht so ein Gesicht, das ist ja kein Drama, wenn das für deine Eltern nicht an erster Stelle steht! Du kommst wahrscheinlich nicht aus einer Musikerfamilie.« – »Doch, alles Flachpfeifen, jedenfalls mein Vater.« Okay,

Scherz, das habe ich natürlich nicht gesagt. Aber ich habe ihr auch nicht auf dem Präsentierteller serviert, dass mein Vater Vertreter ist, man muss ja nicht gleich in vollem Tempo auf die Wand zuhalten. Ich versuchte es stattdessen mit ein bisschen Niveau. »Nietzsche meinte, ein Leben ohne Musik sei ein Irrtum, und mein Vater sagt, das Leben ist selbst mit Musik ein Irrtum, und voller falscher Töne noch dazu.« Sie brach in schallendes Gelächter aus. »Er hat ja so was von recht!« Ein paar Bombensprüche hat mein Vater schon auf Lager.

Die Stimmung wurde gleich etwas lockerer. Ich nutzte die Gelegenheit und sagte, trotzdem würde ich sie gern spielen hören, nur ein paar Töne. Sie stand auf und nahm die Geige, klemmte sie sich unter die Wange, griff den Bogen und fing an zu spielen. Ein betörender Klang strömte hervor, weich und harmonisch, eine Melodie von Bach, Mozart oder Beethoven, irgendwas sehr Bekanntes von einem dieser Typen, und umhüllte die Welt mit Poesie. Und vor allem Paulines Musikzimmer. Es braucht eigentlich nicht viel, um eine menschliche Existenz erträglich zu machen. Mittendrin hörte sie auf und schaute mich an, mit einem charmanten – oder provokanten? – Lächeln. »So, fertig, da hast du deine paar Töne.« – »Mehr davon!« Sie hatte das Instrument schon abgestellt. »Magst du klassische Musik?« – »Und wie!« – »Stimmt schon, schön ist sie, aber hier kriegt man einen Overkill. Von morgens bis abends immer nur Klassik. Wenn meine Mutter ein bisschen mehr Prince, Michael Jackson oder Boney M hören würde, wäre sie garantiert nicht so deprimiert, glaubst du nicht?« Beim Reden schaltete Pauline schon die Stereoanlage an – ein abgefahrenes Teil mit zwei Meter hohen Lautsprechern und bunt blinkender Leuchtanzeige – und legte Boney M ein, das Album mit *Rivers of Babylon* und *Daddy Cool*, sie drehte voll auf, sang lauthals mit und schwang die Hüften. Zum Schreien komisch.

Natürlich stand ihre Mutter bald auf der Matte und wollte, dass wir diesen ohrenbetäubenden Lärm abstellen. »Ich zeig ihm einen Tanz«, verteidigte sich Pauline. »Spiel ihm doch etwas auf der Geige vor.« – »Spionierst du uns hinterher?« – »Ach was, ich bin nur vorbeigekommen und habe diesen Krach gehört.« Die Stimmung zwischen den beiden war ziemlich angespannt, und Paulines Mutter wollte mich da auch noch reinziehen, zwischen die Fronten. »Es ist doch schön, wenn Pauline spielt, Émile, ist dem nicht so?« Das sagte sie wirklich: »Ist dem nicht so?«, das kannte ich bisher nur aus Büchern. »Wunderschön, Madame.« – »Schöner als dieser überdrehte Radau, nicht wahr?« Jetzt musste ich mich wohl oder übel für ein Lager entscheiden. »Ich mag beides«, sagte ich zögerlich. Paulines Mutter schaute mich enttäuscht an, sie sah oft ein bisschen enttäuscht aus, aber vielleicht war das das Geheimnis ihrer Schönheit.

»Stell's bitte ein bisschen leiser, Liebes, ich habe Kopfschmerzen«, sagte sie flehend und ging. »Immer hat sie Kopfschmerzen«, maulte Pauline, dann sagte sie: »Wenn du mich wirklich spielen sehen willst: In den Osterferien geb ich ein Konzert, du bist eingeladen. Es spielen aber noch andere, ein ganzes Jugendorchester, das ist so ein Austauschprojekt.« – »Ist ja der Hammer! Wo denn?« – »Venedig, in Italien.« – »Ah okay, ist also nicht gerade ums Eck.« – »Wir haben noch Zimmer frei, meine Eltern haben eine riesige Wohnung gemietet und meine Cousins haben abgesagt, wir können dich nicht mitnehmen, aber unterbringen. Hast du Bock?« – »Mega. Ich frag mal meinen Vater, ob er mir ein Zugticket zahlt.« – »Oder den Flug. Wir können dich am Flughafen abholen.« – »Jaja, Bahn, Flugzeug, mal sehen«, sagte ich, um mich nicht festzulegen. »Cool, dann kommst du also nach Venedig!« – »Ja, cool.«

Danach schwebte ich förmlich raus, völlig schwerelos in Richtung Weltall. Ich schwang mich aufs Rad und hatte das

Gefühl, es gleitet durch die Lüfte wie dieses BMX-Rad von Elliott aus *E. T.*… Statt mit mir einen Film zu gucken, hatte Pauline mich nach Venedig eingeladen, und das, obwohl wir uns kaum kennen. Über Venedig weiß ich nur, dass diese Stadt jederzeit absaufen kann, sich aber gerade noch über Wasser hält, was man ihr hoch anrechnen muss, vielen Leuten ergeht es ja nicht anders. Auf Fotos sieht sie trotzdem schon halb versunken aus, und extrem schön. Die Stadt der Liebe, genau wie Paris, keine Ahnung, welche zuerst kommt, aber das ist so oder so ein Zeichen. Jetzt muss ich nur noch meinen Vater überreden, mir ein Zugticket zu kaufen. Einen Flug spendiert er mir garantiert nicht.

Freitag, 30. März

Wenn wir uns auf dem Schulhof oder im Gang begegnen, kommt mir Pauline jetzt einen Hauch kühler vor, keine Ahnung warum, hoffentlich bereut sie nicht, dass sie mich eingeladen hat. Vielleicht will sie mich auch nur um den Verstand bringen und verrückt machen vor Liebe. Ich will es aber langsam angehen lassen, Schritt für Schritt, nichts überstürzen, auch wenn ich nicht genau weiß, was man nicht überstürzen soll. Abstand steigert angeblich die Anziehung. Jedenfalls bin ich seit drei Tagen in Alarmbereitschaft. Ich warte nur auf eins: Dass mein Vater nach Hause kommt und ich ihn wegen des Tickets nach Venedig fragen kann. Beim Nachmittagssnack hat meine Mutter mir angekündigt, dass er diesmal mit dem Zug fährt, weil das Auto in die Werkstatt muss.

Dann schlug meine Mutter vor, dass wir ihn gemeinsam am Bahnhof abholen. Ich war nicht so scharf drauf, weil sie mal wieder ihre unförmige graue Jogginghose trug. Und dazu eine bunte Schlabberstrickjacke, die sich so gar nicht mit der Hose vertragen wollte, und völlig ausgelatschte Turnschuhe. So, wie ich meine Mutter kannte, dachte sie nicht im Traum daran, sich fein zu machen, darum sagte ich gar nichts. Ich kannte die Antwort schon im Voraus: Wozu denn, ich will deinen Vater ja nicht verführen, sondern mit ihm über die Baugenehmigung reden. Momentan denkt sie echt an nichts anderes.

Die Klamotten meiner Mutter gefallen mir insgesamt

nicht besonders, ehrlich gesagt gefallen sie mir überhaupt nicht. Manchmal gibt sie sich Mühe, aber Mühe zahlt sich nicht immer aus, und das meine ich nicht böse, weil ich ihr nämlich alles verdanke, das Gute, das weniger Gute und selbst das Allerschlimmste. Was ich am meisten hasse: Wenn wir unterwegs sind oder in ein Geschäft gehen, quatscht sie immer jemanden an, einfach so, nach dem Zufallsprinzip und mit superlauter Stimme, und ist dabei immer auf Konsens aus, so soll Smalltalk ja auch sein. Das kann ich ihr natürlich nicht übelnehmen, auch wenn ich mir noch so sehr wünsche, dass sie die Klappe hält. Und dann schäme ich mich bis in ferne Galaxien. Ich weiß ja, dass sie nicht viele Freunde hat, mathematisch korrekt ausgedrückt eine leere Menge, und früher oder später muss jeder mal mit jemandem reden, vor allem, um nichts zu sagen. Das ist das Bedürfnis nach Alleinsein, nur umgekehrt, so wie wenn man einen Pulli versehentlich falsch herum anzieht. Ich mag die Vorstellung, dass Wildfremde miteinander ins Gespräch kommen, das finde ich toll. Es soll nur nicht gerade meine Mutter sein, die eine solche Bewegung menschlichen Miteinanders lostritt. Von ihr wünsche ich mir mehr Zurückhaltung. Sie kann ja später einsteigen, wenn die Bewegung wächst, wir müssen nicht immer Vorreiter sein. Aber meine Mutter ist ein bisschen wie die Exponentialfunktion in Mathe – sind Unbekannte da, will sie sich plötzlich integrieren.

Jedenfalls quatscht sie immer den Erstbesten an, und ich kann nichts dagegen tun. Einmal sind wir durch die Rue Dorée gegangen und überall waren Leute, die ich kenne – es gibt ja nur eine Hauptstraße in dieser Ministadt, so viel zur Anonymität, wer immer sich eine solche Siedlung ausgedacht hat, gehört verklagt, von wegen Verletzung der Privatsphäre. Meine Mutter hatte sich auch an diesem Tag nicht gerade herausgeputzt, also ging ich ein paar Meter vor ihr her – damit bloß keiner merkt, dass wir verwandt sind. Ich weiß, das ist fies, ich bin echt ein Aas, ein stinkendes, gemeines Monster, schließlich liebe ich sie mit Haut und Haar und von ganzem Herzen, auch wenn es mir so oft vor ihr graut, und sie soll auf keinen Fall mitkriegen, dass ich sie nicht immer vorzeigbar finde. Zum Glück war ihr das damals nicht aufgefallen. Ich will ihr um Gottes willen nicht wehtun. Wenn einem die eigene Familie peinlich ist, ist einem obendrauf noch peinlich, dass sie einem peinlich ist. Das nennt man dann wohl doppelt bestraft und dreifach gearscht.

Ich aß meinen Nachmittagssnack, als meine Mutter sagte, Papa würde sich bestimmt freuen, wenn ich mitkomme. Es war genau der richtige Moment, um ein paar dringend benötigte Pluspunkte bei ihm zu sammeln, also sagte ich ja, ausgeleierte Jogginghose hin oder her. Zum Bahnhof sind es nur acht Minuten zu Fuß von unserem Haus – mit Haus meine ich natürlich das Loch, das sich bei Regen mit Wasser füllt, dieses Loch voll Schlamm, oder eben der Wohnwagen daneben, kommt auf den Blickwinkel an. So schnell wird das nichts mit dem Einzug, also sollte ich mich besser daran gewöhnen. Mama und ich haben uns auf den Weg gemacht, man muss ein kleines Stück durch den Wald, genau wie zur Schule, dann aber links abbiegen. Normalerweise trifft man dort keine Menschenseele. Danach läuft man hinter einer Häuserzeile entlang, überquert eine Straße und schon ist man am Bahnhof. Papas Zug würde auf Gleis A einfahren, als wir ankamen, hörten wir schon die Durchsage: Bitte treten Sie zurück von der Bahnsteigkante – keine Ahnung, ob das potenzielle Selbstmörder von ihrem Vorhaben abhält.

Und plötzlich tauchten sie zu zweit auf unserem Bahnsteig auf: Pauline und ihre Mutter, nur noch knapp vierzig Meter von uns entfernt. Die Mutter zur Abwechslung superschick angezogen, Pauline ein bisschen schräg und unverschämt schön, komische Redensart, aber hier passte sie hundertprozentig. Zum

Glück hatten die beiden uns noch nicht gesehen. Wenn unsere Familien aufeinandertrafen, drohte der Clash der Kulturen: Ich musste so schnell wie möglich handeln, um die Katastrophe abzuwenden.

Gerade als der Zug einfuhr, sagte ich zu meiner Mutter, dass ich dringend aufs Klo müsste. Versteckt hinter anderen Reisenden schleuste ich mich in Nullkommanix in die Unterführung. Das Herz schlug mir bis zum Hals, ich hatte solche Angst, dass Pauline mich gesehen haben könnte, und für ein paar Minuten kauerte ich im Gang, zusammengekrümmt wie eine Schnecke in ihrem Haus. In mir tobte ein Erdbeben. Über mir war großes Wiedersehen angesagt, auf Bahnsteigen liegen sich immer alle in den Armen und sehen nach großer Liebe aus, bestimmt wegen der Angst vor dem Verlassenwerden, die man eine Umarmung lang vergessen kann.

Scharenweise kamen Leute die Treppe herunter und gingen an mir vorbei zum Parkplatz. Ich wartete, bis der Trubel sich gelegt hatte. Schließlich traute ich mich wieder an die Oberfläche. Meine Eltern waren auf der Suche nach mir. Ich fiel meinem Vater um den Hals, der wissen wollte, wo ich gewesen war. Ich sagte nichts. Meine Mutter, die im Bahnhofsgebäude nach mir gefahndet hatte, kam zurück und nahm mich mit forschendem Blick zur Seite. »Du warst nicht auf der Toilette, sondern in der Unterführung, glaub bloß nicht, dass ich das nicht mitbekommen habe.« – »Da war ein Freund von mir, ich wollte ihm Hallo sagen.« – »Wieso hast du das denn nicht gesagt? Du hättest ihn mir ja vorstellen können! Ich bin dir peinlich, stimmt's?« Ertappt. Sie hatte gemerkt, was ich fühle, sie hatte meinen Blick und die Flucht durchschaut. Natürlich stritt ich alles ab. »Ich bin deine Mutter, ob dir das gefällt oder nicht.« – »Klar, Mama.« – »Was ist los, Schatz?«, fragte mein Vater und kam näher. »Dein Sohn schämt sich für seine Mutter.« So, wie sie das ausdrückte, klang es wirklich grauenvoll. Also wiederholte ich den Quatsch mit dem Freund, dem ich Hallo sagen wollte, und zwar ohne Mama, das sei doch normal. »Klar, das ist ganz normal«, sagte mein Vater, um die Wogen zu glätten. »Auf jeden Fall ist es schön, dass ihr mich abholt. Wollen wir eine Pizza essen?« Ich betete, dass Paulines Vater nicht auf die gleiche Idee gekommen war.

Ich betrat die Pizzeria vor meinen Eltern und ließ den Blick durch den Raum schweifen – Glück gehabt, Paulines Familie war nirgends zu sehen. Die gehen freitagabends bestimmt nicht am Bahnhof Pizza essen, dachte ich, ohne eine Vorstellung davon zu haben, was sie stattdessen machten. Als wir uns hinsetzten, wirkte mein Vater gleichzeitig heiter und besorgt. Er erklärte, am nächsten Morgen werde er bei den Beamten auf den Putz hauen, in der Abteilung, die die Baugenehmigungen erteilt. Mein Vater konnte Beamte noch nie leiden, seiner Meinung nach sind das alles geborene Drückeberger und hoffnungslose Jammerlappen. Dennoch schmiedet er für mich den großen Zukunftsplan – dass ich Mathelehrer werden und eine Mathelehrerin heiraten soll, damit wir an einer beschaulichen Schule arbeiten, selbstverständlich am Gymnasium, und ein sorgloses Leben führen mit den vielen Ferien und dem sicheren Arbeitsplatz. Deshalb muss ich Mathe pauken und eine Klasse überspringen, weil ich ja sowieso ein Kann-Kind bin, deswegen bekomme ich Nachhilfe bezahlt, obwohl wir uns nichts Besseres leisten können als den Wohnwagen. Aber soweit ich weiß, sind auch Lehrer Beamte und werden es noch lange bleiben, versteh mal einer die Logik meines Vaters.

Jedenfalls war es echt witzig, als er meinte, dass er diesen Scheißbürokraten eins auf den Deckel geben will – manchmal ist er echt ein Rüpel. Ich hatte die Szene schon vor Augen, mein Vater kann die Leute richtig auf die Palme bringen, er trifft zielsicher jeden wunden Punkt, die Provokation in Person. Er würde das ganze Rathaus umkrempeln, gnadenlos, diese kleinkarierten Ignoranten würden schon sehen, wozu ein Chamodot in der Lage ist, sie würden klein beigeben, nur um ihre Ruhe zu haben. Meine Mutter teilte diesen Optimismus nicht ganz. »Ja, das sind Idioten, aber die sitzen am längeren Hebel, die können uns so lange ärgern, wie sie lustig sind.« Die Möglichkeit war nicht von der Hand zu weisen. »Was denkst du, Émile?« Mein Vater fragt mich oft nach meiner Meinung, auch zu einem Thema wie dem öffentlichen Dienst, bei dem ich zugegebenermaßen über einen beschränkten Wissensstand und wenig Erfahrung verfüge. Ich gehöre eh zu denen, die bei Umfragen das Kästchen »keine Meinung« ankreuzen, dabei sind die Fragen oft simpel à la: »Mögen Sie den französischen Präsidenten?« Die großen Fragen werden nie gestellt – gibt es einen Gott? – und trotzdem wissen die Leute nicht, was sie antworten sollen – wie am Eisstand, wenn man nicht weiß, ob man lieber Schoko oder Vanille möchte.

Eins habe ich aber kapiert, während ich meine Pizza Quattro Formaggi aß: Bauen geht nur mit Genehmigung und diese grauenvollen Kästen, die am Waldrand stehen – man sollte die Leute, die sie entworfen haben, zwingen, selbst darin zu wohnen –, die sind erlaubt. Mit Geschmack hat das nichts zu tun, ab einem gewissen Grad geht das Grauen uns alle an. Das sage nicht ich, sondern mein Geschichtslehrer, wenn auch zu einem anderen Thema, welches, kann man sich ja denken.

Jedenfalls hatten sich ein paar Anzugträger zusammengesetzt, zu ein paar Horrorhäusern ja gesagt und zu uns nein. Unglaublich, aber wahr. »Die werden was zu hören kriegen!«, schimpfte mein Vater und kippte seinen Wein hinunter, was ich gleich ausnutzte, um die Venedigreise anzusprechen. »Wer lädt dich ein?« – »Eine Freundin … Ihr kennt sie nicht. Also was ist? Darf ich?« – »Wie viel kostet die Fahrt denn?« – »Für

Jugendliche gibt es Ermäßigung.« Meine Mutter schaltete sich ein: »Wir sollten aber vorher ihre Eltern kennenlernen, meinst du nicht, Bernard?« – »Äh nein, Mama, das ist keine gute Idee.« – »Warum denn nicht? Du kannst doch nicht zu wildfremden Leuten fahren!« – »Die sind Idioten.« – »Was willst du dann bei denen?« – »Die Tochter ist keine Idiotin.« – »Ist sie deine feste Freundin?« – »Nein, Papa, nur eine Freundin.« – »Hättest du gern, dass sie deine feste Freundin wird?« – »Weiß nicht, ist noch zu früh.« – »Wie, das weißt du nicht?« – »Ist eben so.« Die Diskussion war heikel, ich musste mich taktisch klug verhalten. »Ich freue mich, dass sie dich nach Venedig einlädt, mein Sohn. In deinem Alter hätte mich niemand zu so etwas eingeladen. Außerdem vertraue ich dir, sogar mehr als mir selbst. Du bist der weise Mann in unserer Familie.« Das sagt mein Vater öfter, er merkt wohl irgendwie, dass er ein bisschen verrückt ist, aber keine Ahnung, ob er das Ausmaß kennt. »Du weißt aber schon, wo du da hinfährst, oder?« – »Klar, Papa.« – »Dachte ich mir. Dann gehen wir morgen das Ticket kaufen. Einverstanden, Schatz?« Meine Mutter nickte und lächelte ungewohnt zärtlich.

Ich hätte auf der Stelle losheulen können, weil sie so großzügig waren, wie der Atlantik weit ist, und ihre Herzensgüte mir entgegenfunkelte. Wieder einmal gaben sie alles für mich, sie würden mir sogar ihr gesamtes Hab und Gut zu Lebzeiten vermachen, würden meinetwegen auf alles verzichten, wirklich wahr, ich hatte Vorrang, und das Unglaublichste daran war: Sie taten es, ohne zu zögern. Natürlich habe ich mich zusammengerissen – bloß keine Gefühle zeigen und alles unterm Deckel halten: nur so wird man zum Mann, und das Versteckspielen als Kind ist nur Training für später.

Das ging mir ganz schön unter die Haut, mein Vater hatte voll ins Schwarze getroffen, ohne groß zu zielen, und das trotz der ganzen Probleme mit der Baugenehmigung. Wieder musste ich daran denken, dass wir zwar im Wohnwagen hausen, meine Eltern mich aber trotzdem vorletzten Sommer in die USA geschickt hatten, zu einer Familie in Kansas, dem Land der Cowboys, damit ich mein Englisch verbessere und mal rauskomme – es waren die besten Ferien meines Lebens. Ich musste auch an den megaschönen Lacoste-Pulli denken, den ich in einem Geschäft in der Rue Dorée entdeckt hatte und der viel zu teuer war, mindestens dreimal so teuer wie ein günstiger-und-trotzdem-guter Pulli, weshalb wir abgemacht hatten, ihn im Hinterkopf zu behalten, für Zeiten, in denen meine Eltern gut bei Kasse wären, und ich war einverstanden, bin da ganz stoisch geblieben. Und dann sind sie eine Woche später hingegangen und haben ihn gekauft, es war weder Weihnachten noch Geburtstag, einfach so, »weil er dir so gut steht«. Meine Mutter sagt oft: »Ich ermögliche dir ein Leben, das so viel schöner ist als meins«, und das entspricht voll und ganz der Wahrheit, wir Kinder kommen immer zuerst. Von meinem Bruder habe ich ja noch gar nichts erzählt, das hat sich bisher nicht ergeben. Vor lauter Gefühlen kriegte ich meine Pizza kaum runter. Ich tat so, als müsste ich schnell mal wohin, schloss mich auf der Toilette ein, ließ mich auf die Schüssel fallen und heulte Rotz und Wasser, weil ich mich so geliebt fühlte wie nie, und das kommt nicht oft vor.

Samstag, 31. März

Heute Morgen saß Pauline in der Bibliothek und las ein Buch mit dem Titel *Reise ans Ende der Nacht*, es schien nicht gerade witzig zu sein. Als ich mich zu ihr setzte, sagte sie gleich, es würde seinem Titel alle Ehre machen, sehr düster, aber auch sehr schön. Am Vorabend hätte ihr Vater den Gästen, die er zum Essen eingeladen hatte, gesagt, das sei der beste Roman des zwanzigsten Jahrhunderts, also hatte sie ihn gleich ausgeliehen, um ihn zu lesen und ihrem Vater bei der nächsten Gelegenheit zu widersprechen: »Nein, das sehe ich anders, Proust ist deutlich überlegen.« Daheim führen wir nie solche Gespräche über Literatur, uns beschäftigen nur die Baugenehmigung und der Wunsch, nicht mehr in einem Loch zu leben. Während wir im Vesuvio Pizza gegessen hatten, trudelten bei ihnen also die Gäste ein, bestimmt richtig de luxe. Verrückt, wie viele Dinge gleichzeitig passieren. Wenn man darüber mal richtig nachdenkt, kann einem ganz schwindelig werden.

Pauline erklärte mir, dem Buch zufolge trägt jeder Mensch eine Maske, eine Art Gesichtsausdruck, der sich allmählich herausbildet, um das Chaos im Innern zu verbergen. »Darum haben so viele Leute ein fieses Gesicht«, sagte sie schließlich. »Was für Leute?«, fragte ich. »Na, die von nebenan, die Fußgänger auf der Straße, du, ich, jedermann.« Wir sind aber nicht jedermann, dachte ich im Stillen, und auch keine Fußgänger, sondern Radfahrer, ich jedenfalls, und außerdem haben wir keine fiesen Gesichter, Pauline erst recht nicht. Eines stimmt aber schon: Wenn die Innenwelt durcheinander ist, muss man das meistens vor der Außenwelt verbergen. Vielleicht ändert sich das in hundertfünfzig Jahren, bis dahin wird aber niemand in aller Öffentlichkeit losschreien, egal, wie dreckig es ihm geht, das macht man einfach nicht. Man müsste Schreiräume einrichten, davon würden viele profitieren, schalldichte Zimmer, in denen man keinen Nachbarn stört und sich die Seele so lange aus dem Leib schreien kann, wie man will. Das würde offiziell als privatnützig anerkannt werden. Man könnte auch Heulräume schaffen, für die, die traurig sind oder große Sorgen haben, auch das würde vielen helfen. Heul- und Schreiräume könnten sich in einem Gebäude befinden, aber sie bräuchten unterschiedliche Eingänge. Noch steht das in keinem Wahlprogramm. Und bis es so weit ist, halten die Leute ihre Schreie und Tränen zurück, bestimmt sind sie bis obenhin voll und halten an sich, so gut es geht. Und das Gesicht wird zum Deckel eines Schnellkochtopfs.

»Woran denkst du?«, fragte Pauline, sie hatte bemerkt, dass ich tagträumte. Ich sagte, meiner Meinung nach würden die Leute garantiert nicht nur eine Maske tragen, sondern eher zehn, zwanzig, vielleicht sogar zwanzig zum Quadrat, eine über der anderen, und im Lauf der Jahre kommen immer mehr hinzu – das kann gar nicht glattgehen, es entstehen Falten, wenn eine Maske über die andere gezogen wird. Ich erzählte ihr, wie ich als Sechsjähriger mit meinem Bruder einen Grimassenwettbewerb veranstaltet hatte. Meine Mutter rief die ganze Zeit: »Hört auf, sonst bleibt das so!« Sie wollte uns Angst machen, aber das klappte nie. Wir wussten genau, dass unsere Gesichter elastisch genug waren, um wieder ihre ursprüngliche Form anzunehmen. Sie hätte uns lieber vorwarnen sollen: »Achtung, so seht ihr in dreißig Jahren aus!« Da hätten wir Muffensausen bekommen. Pauline hat sich totgelacht.

Manchmal frage ich mich schon, wie mein Leben in dreißig Jahren aussieht, ich stelle mir vor, dass ich ein Auto und meine eigenen vier Wände habe, in einem Wohngebiet am Stadtrand und in der Nähe von einem Shoppingcenter, diese ganzen Bequemlichkeiten, das, wovon eben jeder träumt. Und eine Familie hätte ich auch, alles, was man braucht, etwas ganz Normales wünsche ich mir, weil ich Normales bisher nur von weitem kenne. Meine Familie ist so ... pff, ich finde gar kein Wort dafür, aber es dürfte langsam klar sein. Jedenfalls habe ich mit vierzig garantiert fünfzig unsichtbare Masken übereinander auf, und außerdem die Falten, die dazugehören. Das Problem mit diesen vielen Masken ist, dass die Leute sie vergessen, und dann ist es wie bei Zwiebeln – kaum entfernt man eine Schicht, kommen einem die Tränen.

Ich fragte Pauline, ob das mit Venedig wirklich klargeht, mein Vater wolle das Ticket erst kaufen, wenn es sicher wäre. Sie meinte, bis Montag hätte sich endgültig geklärt, ob es noch ein Zimmer gäbe. Die Warterei war mir gar nicht recht, meinen Vater musste man bei der Stange halten. Es klingelte, wir mussten unseren Leidensweg in die Folterkammer namens Klassenzimmer antreten. Mittags bin ich nach Hause gedüst und fragte mich, wie es im Rathaus gelaufen ist. Womöglich hatten sie meinen Vater ins Gefängnis gesteckt, weil er sich zu sehr aufgeregt hatte.

Als ich am Wohnwagen ankam, bereitete meine Mutter gerade das Essen vor, sie drehte sich zu mir um und sagte gleich, dass er noch nicht da war. Die Spannung stieg ins Unermessliche. Das klingt so, als würde ich über einen Film reden und als hätte das nichts mit uns zu tun, aber mir wurde langsam klar, dass unter Umständen unser ganzes Leben davon abhing. In einem Schlammloch würden wir jedenfalls kaum leben können. Oder wir setzten uns einfach rein und ließen das Loch von einem

Baggerlader zuschaufeln, mit uns dreien unten drin – und dann wäre Schluss mit lustig. Mein Vater würde es trotzdem noch hinkriegen, vor dem Begräbnis einen blöden Witz zu machen, etwas Pseudophilosophisches, passend zu den Umständen, à la »Schaufelt mich weg!«.

In diesem Moment hörte ich draußen Schritte. Als mein Vater in den Wohnwagen kam, sah er weder besonders ruhmreich noch komplett niedergeschlagen aus, weil er aber genau weiß, wie man es spannend macht, rechnete ich einfach mit dem Schlimmsten. »Also, es ist noch nicht durch, aber auch noch nicht vorbei. Die Stadt beansprucht zwei Grundstücke für den Rettungsweg zum Postlogistikzentrum, das da hinten gebaut werden soll. Es geht um unser Grundstück, und um das unterhalb der Sackgasse.« – »Die Chancen stehen also 50/50?«, fragte meine Mutter. »Sie müssten eigentlich das andere nehmen, es ist kleiner und billiger und die Hauptsache ist, dass ein Feuerwehrauto durchkommt.« – »Und wann wissen wir mehr?« – »Das weiß keiner.« Wenigstens darauf ist Verlass, für Leute wie uns aber, die gern ein bisschen mehr wüssten, ist diese Ungewissheit schwer auszuhalten. »Dann lasst uns doch essen«, sagte meine Mutter schließlich, die nicht nur einen gesunden Pragmatismus hat, sondern auch prima kochen kann. Vater antwortete: »Im Grunde sind das gute Neuigkeiten, Schatz. Wir müssen doch an unseren Stern glauben, meinst du nicht?«

Laut meinem Vater haben wir, die Chamodots, oben am Himmel unseren eigenen, höchstpersönlichen Stern. In klaren Sommernächten hat er ihn mir schon gezeigt, aber er zeigt nie zweimal auf denselben. Weil die Sterne sich bewegen, sagt er. Immer hat er eine Antwort parat. Und wir haben echt Schwein: Es gibt diesen Stern, der uns beschützt, darum wendet sich am Ende immer alles zum Guten. Wenn man in einem Wohnwagen am Rand eines Riesenlochs lebt, macht das schon Mut. Mein Vater ist ein Händler der Hoffnung, und auf diesem Markt ist die Nachfrage bekanntlich viel größer als das Angebot.

Sonntag, 1. April

Sonntag mag ich nicht. Was soll der Tag bringen, außer dass man abends den Blues kriegt, weil der Montag spürbar näher rückt und man nicht um ihn rumkommt. Ich könnte jedenfalls gut drauf verzichten. Ich war mit Pierre-Emmanuel Tennis spielen, zwei Sätze unentschieden, dann mussten wir nach Hause, meine Mutter machte mir schon früh Essen, um den Abend in trauter Zweisamkeit zu verbringen – also mit Papa, nicht mit mir. Zum Trost gab es Crêpes. Ich liebe Crêpes, für mich sind sie so was wie ein Gottesbeweis, einfach mit Butter und Zucker. Danach bin ich rüber in meine Höhle, wie Papa sie nennt, dabei ist das eher eine feine, aber kleine Souterrainwohnung, neun Quadratmeter purer Komfort.

Wenn meine Eltern ausgehen – meistens ins Restaurant, zu zweit, weil sie ja keine Freunde haben – und ich allein in meinem Zimmer bei der Nachbarin liege, stelle ich mir im Dunkeln manchmal komische Sachen vor. Ich hasse diesen Moment vor dem Einschlafen, in dem man das Gefühl hat, man steht vor einem Abgrund und nimmt Anlauf, weiß aber nicht, ob man auf den Boden knallt oder in die Lüfte steigt. Ich sehe immer dasselbe: meine Eltern auf der Fahrt nach Hause, mein Vater am Steuer, meine Mutter daneben, und plötzlich verliert er die Kontrolle über das Fahrzeug, eine Ausfahrt, ein Frontalzusammenstoß, keine Überlebenden; spätere Ermittlungen zur Unfallursache bleiben ergebnislos. Ist doch bezeichnend:

Man weicht einander aus und kracht dann doch voll ineinander. Vielleicht sollte ich das nicht aufschreiben, falls es Unglück bringt, aber ich kann nicht anders, ich stelle mir vor, dass sie beide sterben und ich als einsames Waisenkind zurückbleibe. Und ich weiß nicht mal, ob ich mich davor fürchte oder danach sehne. Wahrscheinlich ein bisschen von beidem, so widersprüchlich das ist.

Ich weiß, man soll niemandem den Tod wünschen, erst recht nicht den eigenen Eltern. Ich habe mal über jemanden sagen hören, er würde über Leichen gehen, sogar über die von Mutter und Vater, und das war sicher nicht als Lob gemeint. Andererseits träumt ja jeder mal davon, seine Eltern loszuwerden. Für mich sind diese Träume ein Spiel zum Selbergruseln, mein ureigener Horrorfilm, meine Privatgeisterbahn. Oder ich möchte mal so richtig unglücklich sein und wenigstens den Grund kennen. Meistens bin ich nämlich traurig und habe so viele Gründe zur Auswahl, dass ich den Ursprung des Problems nicht ausmachen kann, wie eine Prostituierte, die schwanger wird und nicht weiß, von wem. Vielleicht kommt daher der Ausdruck Hurensohn, muss ich mal überprüfen.

Mein Vater hat seinen Vater übrigens auch nie kennengelernt, der wollte sein Kind nicht mal anerkennen, als man ihm das Neugeborene zeigte. Und er hat auch nichts zu seiner Erziehung oder seinem Unterhalt beigetragen, weder Geld noch Briefe, nur eine einzige Postkarte, warum, weiß keiner. Papa hat die Karte bis heute aufbewahrt. Meine Mutter hat ihren Vater ziemlich früh verloren, er ist an einer unheilbaren Krankheit gestorben, das ist wenigstens logisch nachvollziehbar. Sie war nicht mal fünfzehn und hatte sich von klein auf um ihn gekümmert, verkehrte Welt also. Wenn ich träume, ein Waisenkind zu werden, eifere ich vielleicht meinen Eltern nach, aber das wäre der Gipfel der Dämlichkeit. Ich bin so voller Widersprüche, dass ich mich selbst nicht verstehe, das geht so weit, dass ich abends nicht mal mehr weiß, ob ich zum Nachtisch Kompott will oder Schokopudding.

Montag, 2. April

Heute Morgen konnte ich noch Crêpes von gestern frühstücken – das Glück gibt es wirklich, und es steckt immer in den kleinen Dingen. Mein Vater war noch da. Er hat mir vorgeschlagen, ihn vor der Schule zum Bahnhof zu begleiten, damit wir uns über die Zugverbindungen nach Venedig informieren, buchen könnten wir ja später, sobald die Termine feststünden. Das ließ ich mir nicht zweimal sagen. Es kommt nicht oft vor, dass ich mit ihm allein bin, und ich mag das. Ich fragte ihn nach der Baugenehmigung, wie er die Chancen einschätze. Da hat er wieder von unserem Stern angefangen, dass wir uns auf ihn verlassen könnten. Und den Beamten notfalls die Fresse polieren, vor allem, wenn sie uns zappeln ließen – davor hat er am meisten Angst, ein »jein« dürfe man nie hinnehmen.

Als wir am Bahnhof ankamen, war vor dem Schalter eine ewig lange Schlange, wie es sich für einen Montagmorgen gehört. Mein Vater wollte gleich mit mir auf dem Bahnsteig bleiben und dann erklärte er mit einem Lächeln, das mich wohl beruhigen sollte, aber das genaue Gegenteil bewirkte, dass die Schlange gar nicht schlimm sei, er hätte nämlich eine geniale Idee, die er gern unter vier Augen besprechen wollte – was liegt da näher, als einen überfüllten Bahnhof zu wählen? Wenn mein Vater eine geniale Idee ankündigt, schrillen bei mir alle Alarmglocken. Und das hier war Alarmstufe Rot, hoffentlich hatte er es sich nicht anders überlegt. Und bingo! Schon verkündete er mir, dass er mir kein Ticket nach Venedig kaufen würde, selbst wenn Paulines Eltern einwilligten und die Termine feststünden. Ein Erdbeben, ein Tornado, egal welche Naturkatastrophe auf der nach oben offenen Richterskala, hätten mich nicht stärker erschüttern können. Ich versuchte, mich zu fangen, und unterbrach ihn sofort: »Ein Chamodot hält Wort, sagst du doch immer. Freitag ja, heute nein, so geht das nicht, Papa, bitte!«

»Keine Sorge, Émile, ich habe ja nicht gesagt, dass du nicht fahren darfst.« Ich atmete kurz auf, als hätte ich an einer Sauerstoffzigarette gezogen. »Okay, und wie komme ich dann hin? Mit dem Flugzeug?« – »Nein, mit dem Auto, mit uns.« – »Hä?« – »Deine Mutter hat schon immer davon geträumt, nach Venedig zu fahren. Und das ist doch die perfekte Gelegenheit! Wir kommen mit.« Ich hatte das Gefühl, mit hundert Sachen gegen die Wand zu rasen, mir wurde schwarz vor Augen. »Wo wollt ihr denn übernachten? Das kostet doch alles ein Vermögen!« – »Freust du dich nicht?« – »Doch, Papa, klar … Aber ich dachte, ihr braucht das Geld, um das Haus zu bauen.« – »Da hast du recht, aber gegen so eine geniale Idee kommt man nicht an. Es gibt einen Campingplatz in der Nähe von Venedig, wo man zum Schnäppchenpreis übernachten kann. Wir nehmen den Wohnwagen.« Ich musste an Hitler denken, der ohne Ankündigung in Polen einmarschiert war, das hatten wir im Geschichtsunterricht durchgenommen, und auf einmal kam ich mir sehr polnisch vor. »Wir brauchen garantiert drei Tage«, protestierte ich. »Mit dem Wohnwagen können wir doch nicht schneller fahren als 70 oder 80.« – »Kein Problem, wir lassen es ganz ruhig angehen! Denk an die Worte des großen Philosophen Alain: Der Hauptfehler unserer Zeit sei es, immer den schnellsten Weg zu suchen.« Wenn mein Vater mit Zitaten kommt, kann man sich jede Diskussion sparen. »Wir alle zusammen, das wird doch toll!« – »Ganz toll.« Ich hätte ihn umbringen können. »Ihr seid dann also auf dem Campingplatz?«, fragte ich. »Ja, er ist hinter der Lagune, mit zwanzig war ich mal mit Freunden dort, es ist praktisch mitten in der freien Natur, aber das ist heute bestimmt anders.« – »Bist du sicher, dass es ihn noch gibt? Wo früher Campingplätze waren, sind heute oft Atomkraftwerke, das sagst du doch immer, Papa.« – »Jaja, keine Sorge, das habe ich überprüft, kannst du dir doch denken.« Momentan dachte ich gar nichts, ich wollte einfach nur sterben. Doch, ich dachte an Selbstmord, an Selbstmord und sonst nichts. »Nach Venedig kommt man mit dem Vaporetto, das ist richtig praktisch.« – »Was ist ein Vaporetto?« – »Das ist wie ein Bus, nur als Boot, das hat seinen ganz eigenen Reiz.« Unfassbar, das hatte er alles im Vorfeld geplant, der perfekte Hinterhalt. Die Einladung nach Venedig galt mir, mir ganz allein, und meine Eltern zeckten sich einfach ein. Das erwischte mich eiskalt, keine Ahnung, wie ich diesen GAU verhindern sollte.

Anscheinend zog ich ein Gesicht wie sieben Tage Regenwetter, deshalb setzte mein Vater noch einen drauf und drückte auf die Tränendrüse, sein Meisterstück. »Deine Mutter fühlt sich nicht so, und ein paar Tage in Venedig würden ihr sicher guttun.« Das war der Todesstoß. Klassischer Knockout. »O ja, Papa, fabelhafte Idee«, presste ich hervor, aber das hat ihn offensichtlich nicht überzeugt. »Du wärst lieber allein gefahren, stimmt's?« – »Nein, überhaupt nicht, toll, dass ihr mitkommt.« Das nennt man dann wohl Himmelfahrtskommando. »Du bist völlig frei. Keiner zwingt dich, mit uns auf dem Campingplatz zu schlafen.« Dann war also noch nicht alles gestorben, aber es roch schon ziemlich übel. Von wegen sich mal ein paar Tage verdünnisieren, diese Familie ist wie ein riesiger Klotz am Bein. Womit habe ich das verdient, wollte ich den Bahnhofsvorsteher fragen, der gerade vorbeiging. Er hätte mir mit einem grellen Pfiff geantwortet, wie bei einem Foul, die gelbe Karte hätte garantiert ich bekommen und nicht der Gegner, und das hätte alles noch schlimmer gemacht. Solange es keinen Videobeweis gibt, wird immer und überall Ungerechtigkeit herrschen. Vielleicht bringen sie deshalb überall Kameras an, aber das reicht niemals. Der Zug kam, am liebsten hätte ich mich davor geworfen, aber dann stieg doch nur mein Vater ein.

Mittwoch, 4. April

Nur noch zehn Tage bis zu den Osterferien und der Reise nach Italien. Meine Mutter ist wieder besser drauf, die Idee mit dem Venedigtrip hat quasi einen anderen Menschen aus ihr gemacht. Sie trällert ständig dieses uralte Chanson, *Laisse les gondoles à Venise* von Ringo und Sheila, morgens beim Frühstück und abends, wenn ich aus der Schule komme – die will mich doch nur ärgern. Außerdem macht der Text keinen Sinn: Man soll die Gondeln in Venedig lassen – ja klar, wo denn sonst? Das kann mir keiner erklären. Ich wollte schon meine altersweise Biolehrerin fragen, aber das habe ich dann gelassen.

Diese Lehrerin hat uns heute von einer Palme erzählt, die sie in ihren Garten setzen wollte. Eigentlich ist sie eher Gärtnereilehrerin – noch eine, die ihren Beruf verfehlt hat. Wahrscheinlich wird die Palme trotz der schützenden Abdeckungen nicht mit unserem Klima und dem Bodenfrost klarkommen, weil Palmen normalerweise in den Tropen wachsen, und diese Gattung hat eine ergreifende Besonderheit: Sie blüht nur ein einziges Mal, im Alter von hundert Jahren, kurz bevor sie stirbt. Damit konnte unsere Lehrerin sich wohl identifizieren, offensichtlich hat sie ihre Blütezeit noch nicht erlebt.

Jeder weiß, dass sie allein lebt und keine Kinder hat, diese alte Frau, die ganz eingefallen aussieht und hinter deren Rücken sich alle über sie lustig machen. Auf ihre alten Tage träumt sie bestimmt von einer romantischen Liebesgeschichte, auch wenn sie selbst nicht recht dran glaubt – mit einem akademischen Abschluss kann man ja Statistiken lesen. Hoffnung stirbt zuletzt, aber bei ihr hängt die Hoffnung schon am Beatmungsgerät. Sie ist garantiert sehr einsam, aber wenn sie jemanden kennenlernt, wird das vielleicht noch schlimmer. Es gibt so viele Arten von Einsamkeit: Die Einsamkeit allein, die jedem rund um die Uhr zur Verfügung steht, und die Einsamkeit zu zweit, so was heißt dann »Beziehung«. Wenn da schlechte Stimmung herrscht, fühlt sich jeder wie eine einsame Insel, das kenn ich von meinen Eltern. Mein Spezialgebiet ist die Einsamkeit unter durchschnittlich drei bis zehn Personen, das nennt sich Familienleben und ist besonders fies. Paare können sich wenigstens scheiden lassen und der zweisamen Einsamkeit offiziell ein Ende machen, aber beim Familienleben ist selbst der Europäische Gerichtshof machtlos. Wenn ich Einspruch einlegen würde, um allein nach Venedig zu fahren – im Zug, so wie ursprünglich geplant –, würde das keinen Richter der Welt interessieren. Und damit wären wir bei der Einsamkeit unter Millionen von Menschen, dem Leben in Gesellschaft.

Die Lehrerin hat mit dem üblichen Stoff weitergemacht, es ging um DNA, die anscheinend noch viel mehr kann, als Serienkiller zu entlarven, so wie in den amerikanischen Serien. Wenn ich das richtig verstanden habe, macht die DNA uns einzigartig auf der Welt, wie ein Fingerabdruck, aber ohne sichtbare Spuren. Mit der DNA kann man seine Eltern feststellen, die Großeltern und die ganze Stammlinie rauf bis zur Französischen Revolution und noch weiter. Die Lehrerin sagte, dass dadurch niemand mehr hintenrum ein Kind machen kann – klingt wie eine Sexstellung für Leute, die sich nicht mehr sehen können. Sie sagte auch, dass die DNA das Langzeitgedächtnis der Menschheit ist und dass Erinnerungen aus Jahrtausenden darin enthalten sind. Das Problem sei nur: wir haben keinen

Zugriff darauf, und als ich kurz versuchte, ganz tief in meinen Erinnerungen zu graben, war da von der menschlichen Frühgeschichte tatsächlich keine Spur. Ich fragte: Wieso soll man so viel mit sich rumschleppen, wenn man es eh vergessen hat – das ist doch bloß Ballast, oder? Die Lehrerin schmunzelte, als hätte ich einen Witz gemacht, dabei war mir gar nicht nach Lachen zumute, die Bahnhofsgeschichte von Montag lag mir immer noch im Magen. Das sei nützlich für die Evolution, meinte sie. Die Wirkung musste echt durchschlagend sein, evolutionstechnisch hatten wir uns seit den Neandertalern ja ordentlich weiterentwickelt – Weltkriege, Verbrechen gegen die Menschlichkeit und Zerstörung des Regenwalds kriegten wir richtig gut hin, nach bestem Wissen und ohne Gewissen. Noch hatten wir es nicht ganz geschafft, aber mit freundlicher Unterstützung von Ozonloch, Pestiziden und Atomkraftwerken in Erdbebengebieten würde es nicht mehr lang dauern bis zur finalen Evolution der Menschheit und ihrem Untergang, und das alles wegen der tollen DNA. Dabei haben sie am Anfang nicht mal ein Mammut totgekriegt, diese primitiven Typen.

Mitten in meine Überlegungen hinein klingelte es zur Pause, und auf dem Schulhof sah ich Pauline, das erste Mal seit Samstag. Sie kam auf mich zu und machte ein komisches Gesicht. Sie lacht nicht oft, aber das hier war der Nordpol der guten Laune, Alpha und Omega oder so ähnlich. »Ist jemand gestorben?«, fragte ich ohne Vorgeplänkel. »Nein, aber es gibt da ein Problem, mit Venedig.« Jetzt würde sie garantiert sagen, dass alles abgeblasen war, aber vielleicht wäre das nach Papas Glanzidee sogar das Beste. »Was für ein Problem?« – »Meine Cousins kommen jetzt doch. Wir haben keinen Schlafplatz mehr.« – »Ah, okay.« – »Sorry, Émile, das kotzt mich echt an, aber was soll ich machen?« – »Ist deine Mutter dagegen, dass ich komme?« – »Quatsch, was meine Mutter sagt, ist mir schnurz.

Das Haus ist voll. Und du kannst ja schlecht mit mir in einem Bett schlafen!« – »Ja nee, das geht schlecht.« Mööp!, summte es in meinem Kopf. Falsche Antwort. Kein Frauenheld auf Verführungstour würde so reagieren.

Den ganzen Nachmittag habe ich den Dialog durchgekaut und überlegt, was ich stattdessen hätte sagen sollen. »Und du kannst ja schlecht mit mir in einem Bett schlafen!« – »Wieso, spricht was dagegen?« Mit dem passenden Lächeln, gar nicht übel. Oder so etwas wie: »Von Schlafen wäre da jedenfalls keine Rede …« Das hätte sie vielleicht ein bisschen angemacht. Okay, es ist etwas plump, aber auch lustig und vor allem schmeichelhaft, so tritt ein selbstbewusster Typ auf, mit der richtigen Mischung aus Draufgängertum und Dreistigkeit. Aber ich hatte nun mal gesagt: »Ja nee, das geht schlecht.« Das wird mich bis ins Grab verfolgen, selbst meine sterblichen Überreste werden sich noch fragen, wie ich das damals verkacken konnte.

Zu meiner Verteidigung: Ich hatte die Situation noch halbwegs gerettet, mit dem Angebot, mir selbst eine Unterkunft zu organisieren. »Ach echt, bist du sicher?« – »Jaja, das dürfte kein Problem sein.« – »Wo denn? Bei wem?« – »Ich hab Familie da unten«, behauptete ich. Das war nur halb gelogen – wenn ich dort bin, hab ich wirklich Familie da, ich nehme sie ja mit. Wenn es knüppeldick kommt, wird der dicke Knüppel manchmal doch noch zur zündenden Idee. »Hast du italienische Wurzeln?« – »Ja, über meinen Vater, entfernte Cousins. Ich kenne die kaum, aber sie lieben mich.« Das war jetzt allerdings voll gelogen. Die Mutter meines Vaters war zwar irgendwann mit einem Italiener durchgebrannt, aber das ist ewig her, alle aus der Familie sind tot und wir haben sie nie kennengelernt. Jedenfalls redete ich gequirlten Unsinn. Ich würde mich noch verheddern und über mein eigenes Gelaber stolpern. »Hammer, das passt ja perfekt! Kannst du Italienisch?« – »Ich kann *pizza* sagen.« Sie lachte los, ganz laut und schallend, das mag ich total. Das tat mir so gut, als würde man uns mit Konfetti bewerfen und dabei unsere Namen singen. »Boah, bin ich froh! Fühlte sich echt scheiße an, dich auszuladen.« – »Hattest du Angst, dass ich nicht komme?« – »Jemanden einzuladen und zehn Tage vorher wieder aus, ist nicht grad gute Schule.« Pauline war zurückhaltend, sie schob Knigge vor, hoffentlich wollte sie mich in Wirklichkeit unbedingt dabeihaben.

»Das Konzert ist am ersten Feriensonntag, Punkt 16 Uhr, in der Fenice. Schaffst du das?« – »Kann ich einrichten.« Ich wurde schon selbstbewusster, verrückt, wie eine Lüge manchmal Flügel verleihen kann, während die Wahrheit dich untergehen lässt. »Wir sehen uns also dort?« – »Ja.« – »Wenn du danach Zeit und Lust hast, können wir noch was essen gehen, vielleicht eine … Wie war das auf Italienisch?« – »*Pizza!*« – »Genau!«, lachte sie. »Ich mag es, wenn du Italienisch sprichst!«

Mädchen mit Humor gibt es viel häufiger, als man denkt. Aber Mädchen, die diesen Humor auch teilen, die ihn nicht nur für sich behalten oder über die Witze von anderen lachen, sondern selbst welche machen und auch mal eine Blamage riskieren – das ist wie Seiltanz, man kann jederzeit abstürzen –, die sind extrem selten. Und dann auch noch so hübsche wie Pauline. Na ja, da gibt es nur eine, und zwar sie.

Ich musterte sie unauffällig. So viel Schönheit kann sich kein Mensch vorstellen. Obwohl sie nur einen Meter von mir entfernt stand, wollte ich ihr einen Liebesbrief schreiben. Ich schreibe wahnsinnig gern, ich kann Dinge besser in Worte fassen, wenn ich sie nicht ausspreche. Worte auf Papier, das ist sprechende Stille, der Anfang aller Poesie. Französisch mag ich lieber als Mathe – das darf nur mein Vater nicht erfahren. Ich lese lieber fünfzehn Mal die Erzählungen von Maupassant, als ein einziges Mal eine quadratische Gleichung zu lösen. Aber davon will er nichts hören: die Zeit für Schöngeistiges sei vorbei, da würde niemand mehr von satt, im digitalen Zeitalter von eins und null müsse man bis zwei zählen können. Wenn er so was sagt, weiß ich nie, was ich antworten soll, also bleibe ich stumm. Aber eines Tages, vielleicht ja schon bald, schreibe ich Liebesbriefe an Pauline, Sätze mit Konjunktiven, gestreckte Satzgefüge und Partizipialkonstruktionen, das ganze Programm. Ich stecke die Briefe in einen schönen Umschlag aus Büttenpapier, schreibe ihre Adresse drauf und schicke sie per Einschreiben, mit Empfangsbestätigung. Man kann nie sicher sein, ob Liebe, die man sendet, auch angenommen wird. Einen Wisch mit Unterschrift zurückzubekommen, wäre jedenfalls beruhigend. Aber alles in der Welt ist ungewiss, deshalb scheffeln Versicherungen ja auch Milliarden.

Ich ging für den Rest des Vormittags zurück in den Unterricht und fragte mich, ob ich nicht besser gesagt hätte: Okay, kein Problem, nicht schlimm mit Venedig, dann eben nicht, vielleicht ein andermal. Das wäre wenigstens nicht so dünnes Eis gewesen wie dieses Lügenmärchen mit imaginären Cousins in Italien, zu dem ich jetzt stehen musste. Ich kann ja schlecht meine Eltern fragen, ob sie mal eben Italienisch lernen und Theater spielen, mein Vater wäre glatt dabei und meine Mutter übrigens auch, aber sie würden sich total blamieren. Sie sind nicht gerade sprachbegabt, ihr Englisch klingt wie Spanisch mit deutschem Akzent. Da kann man sich ihr Italienisch ja vorstellen. Man darf sich auf niemanden verlassen außer auf sich selbst. Aber ich bin ein Chamodot, und ein Chamodot, der riskiert was, der geht hinaus in die Welt und hat seinen Stern ganz oben am Himmel. Ein Chamodot wird nur leider auch plattgemacht wie ein Kuhfladen, kriegt die Baugenehmigung nicht, läuft als falsche Blondine herum und lebt wie fahrendes Volk, aber gut, dieser Chamodot schweigt jetzt besser, sonst zerstört er noch seine eigene Legende.

Samstag, 7. April

Mein Vater war nachts mit dem Auto gekommen, und als ich heute Morgen zum Frühstück in den Wohnwagen stieg, lag auf dem Tisch neben dem Getreidekaffee schon eine Straßenkarte und er hatte einen Reiseführer in der Hand. Ohne mit der Wimper zu zucken, sagte er, dass wir jetzt doch nach Rom führen, weil er Venedig schon kenne. Außerdem wolle meine Mutter gern mal die Sixtinische Kapelle besuchen, den Petersdom und übrigens auch den Papst, falls er da sei. Ich wurde leichenblass. Mama war eigentlich keine große Kirchgängerin. Aber das war noch das kleinste Problem. »Soll das ein Witz sein!? Und das Konzert in Venedig?« – »Pass auf, Émile: Wenn sie sagen, sie können dich nicht unterbringen, heißt das im Klartext, sie wollen dich nicht dahaben. Man muss sich geschickt aus der Affäre ziehen, wenn man eine Abfuhr bekommt.« – »Was soll das? Was reimst du dir denn da zusammen?« Meine Mutter seufzte: »Rom ist sicher wunderschön.« Ich war etwas überrumpelt, und vor allem wusste ich überhaupt nicht mehr, was Pauline eigentlich wollte.

»Ernsthaft, Mama? Soll ich echt nicht zum Konzert gehen, nur weil ihre Wohnung voll ist? Pauline hat gesagt, sie kann nichts dafür, es liegt an den Cousins.« – »Wenn man will, findet man immer ein Eckchen. Eine Matratze auf dem Boden ist nicht zu viel verlangt.« Da hatte sie auch wieder recht. Ich war noch keine zehn Minuten wach und der Tag war schon für die Tonne.

Am besten geh ich zurück ins Bett und komme später wieder, und dann wiederholen wir die Szene mit neuem Text.

»Ihr wollt echt nach Rom fahren?« – »Venedig hat so ein feuchtes Klima, das tut meiner Arthrose nicht gut«, sagte Mama entschuldigend. Und Papa meinte: »Im Leben muss man sich anpassen. Guck dir die Dinosaurier an.« Keine Ahnung, was die Dinosaurier hier zu suchen hatten, es war mir auch egal, aber mein Vater führte es natürlich trotzdem aus: »Die Dinosaurier waren die Herrscher der Urzeit, sie waren stark und riesig, aber sie konnten sich nicht anpassen, Ergebnis: Sie sind ausgestorben.« – »Also fahren wir nach Rom?«, folgerte ich schwach. Sie fingen an zu grinsen und riefen wie aus einem Munde: »April, April!« Wie fies, diese Penner! So dämliche Witze machen sonst nur Knirpse am ersten April. Aber mein Vater macht sie mit einer Woche Verspätung, der kennt da nichts. Bei vielen Dingen ist mein Vater alles andere als erwachsen, bei seinem Reifeprozess muss irgendetwas schiefgelaufen sein, keine Ahnung, was, aber ich bin lange nicht so grün hinter den Ohren wie er. Er lachte wie blöd. Er ist sich selbst das beste Publikum, da hat er wenigstens die Garantie, nicht ausgebuht zu werden.

»Du hättest mal dein Gesicht sehen müssen!«, rief er zwischen zwei Glucksern. Er kriegte sich gar nicht mehr ein. Sogar meine Mutter lachte sich kaputt. Ich fand das gar nicht witzig. Das macht man nicht, so mit Leben und Tod spielen, die haben überhaupt nicht auf dem Schirm, was das innerlich für Schäden anrichten kann, einen Blutstau zum Beispiel oder eine Sturzflut. Von solchen Gefühlen krieg ich Bauchweh.

»Wenn du Sonntagnachmittag da sein willst, fahren wir Samstag ganz früh los, dann haben wir noch Puffer«, sagte mein Vater. »Warum nicht schon am Freitag?« – »Da muss ich noch arbeiten.« – »Und wir sind wirklich am Sonntagnachmittag in Venedig, Papa? Großes Ehrenwort?« – »Keine Angst, Émile, ich schwöre bei den Chamodots.« Ich hatte da trotzdem meine Zweifel. Aber gut, er hatte mir sein Wort gegeben, viel mehr konnte er ja nicht tun. »Ich fände Freitag entspannter. Stell dir mal vor, wir haben eine Panne und das Auto kann nicht gleich repariert werden.« – »Das wird nicht passieren, der Wagen kommt gerade aus der Werkstatt.« – »Ein platter Reifen?« – »Ist in einer Stunde behoben.« – »Das Öl läuft aus?« – »Jetzt hör aber auf, Émile, alles wird gut.« Wenn ich bei einem Satz Panik kriege, dann bei diesem. Ich finde, man sollte alles überprüfen und einplanen: das gesamte Spektrum der Möglich- und der Unmöglichkeiten, die unwahrscheinlichste Vermutung und sogar das Unvorhersehbare – alle Szenarien durchspielen, damit verbringe ich mein Leben. Aber meine Eltern sind derart unvorhersehbar, da hab ich keine Chance.

Nach dem Frühstück meinte mein Vater, er würde noch mal zum Rathaus gehen, vielleicht gäbe es ja was Neues bei der Baugenehmigung. Mama machte den Abwasch, in der Kochecke mit dem Minispülbecken. Unser Fünf-Meter-fünfzig-Wohnwagen ist voll ausgestattet, wirkt aber trotzdem wie ein Puppenhaus. Und Mama spielt in der Puppenküche. Die Kindheit kann einen in jedem Alter einholen – da muss man echt aufpassen. Als Oma noch gelebt hat, haben sie im Seniorenheim den ganzen Tag »Mensch ärgere dich nicht« gespielt, total kindisch.

Ich blieb am Tisch sitzen, mit Papa, der Papiere in eine Aktentasche packte, es waren die Baupläne fürs Haus, die er ganz allein mit Mama gezeichnet hatte. Sie hatten sich alles genau überlegt, um nicht hinterher in einem Haus mit dem Klo in der Küche zu enden. Ein Architekt hatte dann die Reinzeichnung gemacht. Als die Rechnung kam, war mein Vater echt sauer: So teuer war Abpausen noch nie.

Kurz vor dem Gehen blickte mein Vater mir direkt in die Augen. Das ist mir unheimlich, vor allem in Verbindung mit diesem verschmitzten Lächeln. »Na mein Junge, ist es so weit, hast du dich verliebt?« – »So ein Quatsch, Papa, sie ist nur eine Freundin.« – »Wenn man solche Angst hat, zu spät zu kommen, ist man verliebt.« – »Nein, man ist pünktlich.« – »Ah, verstehe, du willst nicht drüber reden.« – »Bernard, jetzt lass ihn doch.« – »Weißt du, wie ich deine Mutter kennengelernt habe?« Das ist seine Lieblingsstory und er hat sie schon Milliarden Mal erzählt, aber ich würde sie bestimmt noch eine Milliarde Mal zu hören kriegen. »Ja, Papa, weiß ich, an der Uni.« – »Genau, wir standen beide an, in der Schlange für die Kursanmeldungen. Ich wollte Abendkurse besuchen, weil ich mein Studium abgebrochen hatte. Und deine Mutter … Wie war das noch, Annie?« – »Ich wollte mich auch anmelden.« – »Ja genau, wir wollten uns beide anmelden, aber für unterschiedliche Kurse. Und sie ist mir sofort aufgefallen, diese hübsche Dunkelhaarige mit den Mandelaugen. Du hättest sehen sollen, wie schön sie war.«

Hier schüttelt meine Mutter immer heftig den Kopf, von wegen er übertreibt. Aber ich habe sie durchschaut: Sie genießt es. Es geht ihr runter wie Öl. Ist ja verständlich, jeder möchte von irgendwem schön gefunden werden, wenigstens einmal im Leben. Außerdem hatte es in Mamas Leben nie einen Mann außer Papa gegeben. Bei ihm war das anders, er hatte sich vorher schon ausgetobt, na ja, gemeint ist, er war mit anderen Frauen im Bett. Ich würde mich auch gern ein bisschen austoben, wenn es sich mal ergibt. »Ich bin auf sie zu und habe sie angesprochen, und wir haben uns unterhalten. Ich habe vorgeschlagen, ins Kino zu gehen. Und was hast du gesagt, Schatz?« – »Ich habe ja gesagt.« Ihr Lächeln war voller Liebe, man sah sie viel mehr als sonst, aber dann fügte sie doch gleich noch hinzu: »Na, ob das so eine gute Idee war.« Bei Gefühlen ist sie zurückhaltender als mein Vater – vertauschte Rollen, kein Wunder, dass ich immer so durcheinander bin. »Ich bin mit ihr in einen Horrorfilm gegangen, damit sie sich an mich kuschelt.« Was für eine Steinzeitanmache. Aber ich darf mich nicht beschweren, ohne die gäbe es mich ja nicht.

»Die erste Begegnung kann ein ganzes Leben ändern«, schwärmte Papa, der Romantiker. Dann stand er ruckartig auf, sein Gesicht war auf einmal zur Grimasse verzerrt. In einer Hundertstelsekunde hatte er umgeschaltet, gezappt wie zwischen Fernsehkanälen: »Diese Dreckskerle vom Amt werden sich an ihren eigenen Zähnen verschlucken.« Wir hielten lieber unsere Klappe, was sollte man dazu sagen? »Wir kriegen diese Baugenehmigung, und wenn sie noch so oft behaupten, dass es unmöglich ist.« – »Für einen Chamodot ist nichts unmöglich!«, rief ich zur Bestärkung. »Genau, mein Sohn, wenigstens du verstehst mich.« Und er machte sich auf den Weg.

Mama und ich blieben allein zurück, sie trocknete das Geschirr ab – um es abtropfen zu lassen, haben wir nicht genug Platz. Sonst hätte sie es gemacht. Sie hasst diese Aufgaben, die immer wieder anfallen, vor allem wenn man sie sich sparen kann. Aber beschweren tut sie sich nie, sie arbeitet hart bei der Hausarbeit. Trotzdem hat sie letzten Sommer entschieden, dass ich mich jetzt selbst um meine Wäsche kümmern muss, weil wir die sowieso bei der Nachbarin machen, im Heizungsraum direkt neben meinem Zimmer. Das klingt jetzt so, als wäre diese Nachbarin eine gute Seele, aber wir zahlen dafür. Einen Pauschalbetrag: »Zimmer zuzüglich Waschmaschine«, keine Ahnung wie hoch, bar auf die Hand, beziehungsweise in den Geldbeutel, wegen der Steuer. »Brauchst du noch was für Venedig?«, fragte Mama. »Äh, gerade nicht.« – »Wenn doch, sag Bescheid.« – »Ich dachte, ihr seid knapp bei Kasse?« – »Wir kommen schon zurecht, Émile.«

Wenn ich richtige Rabeneltern hätte und »emotional vernachlässigt« wäre – um es mit dem Seelenklempner zu sagen, der mal bei uns in der Schule war und von diesem

Kummertelefon geredet hat, wo 24/7 jemand rangeht, aber immer irgendein Erwachsener, der rein gar nichts kapiert (wobei ich da sowieso noch nie angerufen habe, nicht mal, wenn das Schicksal mir grade ans Bein gepisst hatte) –, na ja, wenn ich jedenfalls richtige Rabeneltern hätte, dann wäre alles einfacher. Aber das Leben ist zum Kopfzerbrechen, wie diese Knobeldinger aus Metall, die man auseinanderkriegen muss. Alles hängt zusammen, Liebe und Gewalt, Belohnung und Strafe, Küsse und Schläge, total vertrackt. Und um Ordnung zu schaffen und klarzusehen, muss man verstehen, wie alles verbunden ist und was man in welche Richtung bewegt. Magier müsste man sein oder Schlangenmensch, aber ich bin nur ein Otto-Normal-Sterblicher ohne Superkräfte und nicht mal sicher, ob sich das Drehen und Wenden bei mir überhaupt lohnt.

Donnerstag, 12. April

Morgen Abend kommt mein Vater, und Samstag fahren wir dann noch vor dem Aufstehen los, beziehungsweise um sechs Uhr früh. Unter der Woche konnte ich kein einziges Mal Tagebuch schreiben. Jeden Abend musste ich meiner Mutter helfen, den Wohnwagen auszuräumen und all das Zeug, das auf der Reise nur stören würde, in mein Zimmer zu verfrachten. Jetzt komme ich grade noch zu meinem Bett durch, totales Chaos. Dass in einen so kleinen Wellblechkasten so viel reinpasst! Ansonsten hätte ich aber sowieso nicht viel zu erzählen gehabt, nur von den Pausentreffen mit Pauline. Vielleicht bin ich zu optimistisch, aber ich glaube, langsam kommen wir uns näher. Die Polizei sollte uns wegen Komplizenschaft festnehmen, das ist anscheinend eine Straftat, aber ich fände es genial. Wobei, gemischte Gefängnisse gibt es nicht, also würde man uns getrennt einsperren und das wäre die schlimmste Strafe überhaupt.

Pauline und ich reden über Gott und die Welt – und auch darüber, was wir später machen möchten. Das ändert sich zwar öfter, bringt aber trotzdem viel mehr als ein Gespräch mit dem Berufsberater – ich will nicht lästern, der ist nur einfach null glaubwürdig. Ein Beispiel bringt mehr als jeder Ratschlag, man müsste also jemanden treffen, der seinen Weg gefunden und sich seinen Kindheitstraum erfüllt hat. Und wer kennt schon jemanden, der als Kind Berufsberater werden wollte? Q. e. d., würde unsere Mathelehrerin sagen und dabei so hübsch zufrieden lächeln. Was Beweisführung angeht, ist Mathe echt praktisch.

Für ihre Zukunft hat Pauline richtig große Pläne, nicht Frisörin oder Lehrerin oder so: Sie würde gern bei der UNO arbeiten, um Entwicklungsländern bei der Entwicklung zu helfen, vor allem mithilfe von Agrarökologie. Kapiert habe ich nix, es klang aber gut. »Keine schlechte Idee«, stimmte ich zu, »ich würde auch gern humane Hilfe leisten.« – »Humanitär!«, korrigierte sie mich. »Nein, nein, ich meine human.« Darauf bestand ich, denn im Falschen liegt immer etwas Richtiges, meint jedenfalls mein Französischlehrer mit seiner Theorie vom Freud'schen Versprecher. »Ich möchte das Humane aus den Menschen herausholen, jeder muss versuchen, ein besserer Mensch zu werden, oder nicht?« – »Äh doch, klar.« Ehrlich gesagt ist auch diese Theorie nicht von mir, sondern von Michael Jackson, in Englisch hatten wir mal den Songtext von *Man in the mirror* übersetzt. Dass man zu so einem Text wie ein Verrückter tanzen kann, hat mich echt berührt. »Also wo willst du arbeiten?«, fragte Pauline ungeduldig. »Egal wo. Da, wo das Humane noch eine Chance hat.« – »Ziemliche Einschränkung.« – »Und du?« – »Also die UNO ist in New York, da würde ich megagern wohnen, kennst du die Stadt?« – »Nein, ich war nur in Kansas.« – »Was hast du denn in Kansas gemacht, leben da nicht nur Dorfdeppen in Cowboymontur?« – »Nein, gar nicht«, entgegnete ich, das ließ ich nicht auf mir sitzen, »den Mittleren Westen zu bereisen ist der Schlüssel, um die amerikanische Mentalität, die Träume und auch die Ängste der Menschen zu verstehen. Zu alledem lockt die endlose Weite der Landschaft. Das Herzstück Amerikas.« Ich ratterte Sätze runter, die ich auf dem Flug nach Kansas City im Reiseführer gelesen hatte, manchmal rettet ein gutes Gedächtnis dir echt den Arsch. »Ah, okay.« Ein bisschen beeindruckt war sie schon, das spürte ich. »Du mochtest Kansas also?« – »Ich fand's top. Aber das ist ja kein Grund, nicht nach New York zu fahren.« – »Du wirst sehen, es ist super da, sie haben einen riesigen Garten mitten in der Stadt, ein Hammerprojekt, Central Park.« Ich dachte an die Filme von Woody Allen und es war, als würde ich das alles schon kennen. Aber es war nur so ein Gefühl. »Und in Paris, warst du da schon mal?«, fragte Pauline. »Ja klar.« Sie hielt mich wohl für einen Trottel. »Und, magst du die Stadt?« Ich dachte nach, das roch nach einer Fangfrage. »Zum Leben weiß ich nicht, aber zum Besuchen total.« – »Seh ich genauso.« Bei grundlegenden Themen sind wir oft der gleichen Meinung, das machte mir echt Mut … Und meine Meinung zu Paris ist die: Jeden Morgen hetzt man dort mit der Metro zur Arbeit, damit der Zug nicht irgendwann abgefahren ist. Erst fährt man gut damit, aber dann sind es nur noch die gewohnten Bahnen und irgendwann geht gar nichts mehr voran.

Jérémie, mein bester Freund, hat schon gemerkt, dass ich in den Pausen weniger Zeit für ihn habe. Er ist trotzdem null eifersüchtig. Na ja, vielleicht minimal. Er will ständig wissen, was Pauline so sagt. Das ist natürlich privat, ich filtere also und erzähle nur das Gröbste. Am liebsten würde er mit uns nach Italien, bisher ist er nämlich nie weiter gekommen als ins Zentralmassiv zu seiner Oma, und auf Vulkanwanderungen in der Auvergne hat er echt keinen Bock mehr. So richtig in Urlaub fährt er nie, seine Eltern können die Bäckerei nicht schließen, wegen des Zahlungsverzugs beim Kredit. Manche Leute sind noch nie von zuhause weggekommen und genau die gucken am meisten Fernsehen. Kein Wunder eigentlich.

Nach dem Abendessen bin ich Christine, der Nachbarin, im Heizungsraum begegnet. Ich legte gerade die Wäsche zusammen, um meinen Koffer packen zu können. Diese Nachbarin wird nie älter als 39 – das sagt sie jedenfalls, wenn man nach ihrem Alter fragt. Sie lebt allein mit ihrer Tochter – die ist 20, studiert in Orléans und kommt nur am Wochenende heim. Sie heißt Isabelle und Belle heißt ja »schön«, das passt wie die Faust aufs Auge. Isabelle würdigt mich nie eines Blickes, ich interessiere sie null. Ihre Mutter ist auch nicht unattraktiv. Früher sah sie bestimmt aus wie Isabelle oder umgekehrt. Sie mag mich, keine Ahnung warum, wo es doch so viele Leute gibt, die mich auf den ersten Blick nicht mögen.

»Fährst du in Urlaub?« – »Ja, am Samstag, für ein paar Tage nach Venedig.« – »Oh, wie romantisch!« – »Na ja, mal sehen, ich weiß noch nicht …« – »Da bin ich mir ganz sicher. Ich will unbedingt mal hin.« – »Mama auch, das hat sie zumindest zu Papa gesagt – eigentlich hieß es am Anfang, ich fahre allein, aber jetzt kommen meine Eltern auf einmal mit.« – »Dein Vater ist sehr nett.« – »Ja, einigermaßen.« – »Freust du dich denn, dass sie mitkommen?« Ich zögerte. Manche Erwachsenen stellen immer so verfängliche Fragen, sie sind doch alt genug, dass ihnen das auffallen müsste, weshalb fragen sie dann so blöd? Warum zwingen sie einen zum Lügen? Das ist wahrscheinlich Training für später, für den Tag, an dem man um acht Uhr morgens im Regencape und mit einer praktischen Schultertasche zur Arbeit aufbricht und dann mindestens ein halbes Leben lang nicht mehr sagen darf, was man denkt. Dagegen wollte ich noch ein bisschen in den Widerstand gehen – so macht man das nämlich, wenn man jung ist: an unmöglichen Träumen festhalten, bevor man aufgibt und wie ein Zombie vor sich hin vegetiert –, also sagte ich: »Das hat Vor- und Nachteile.« – »Du wirst mal Philosoph«, sagte Christine mit warmer Stimme und ging hoch in ihre lichten Gemächer. Wenn Philosophen nach Wahrheit suchen, in dieser Welt voller Heuchler und Hinterfotzer (sorry für das Schimpfwort), dann bin ich wirklich ein bisschen Philosoph. Aber wenn Philosophie nichts bringt, um das Herz eines Mädchens zu erobern … ganz ehrlich? Dann weg damit.

Freitag, 13. April

Den ganzen Tag habe ich nach Pauline gesucht, weil ich ihr wegen Venedig Bescheid geben wollte, aber sie war nirgends zu finden. Vielleicht ist sie schon los. Am frühen Abend kam mein Vater nach Hause, Mama und ich hatten schon alles vorbereitet. Der Wohnwagen musste morgens nur noch am Auto angehängt werden und es konnte losgehen nach Italien. Ehrlich gesagt war ich ziemlich aufgeregt. Zum Abendessen gab es Nudeln, zur Einstimmung auf die italienische Kultur, meinte meine Mutter. »Wenn das über den Magen funktioniert, Mama, sind wir schon ziemlich eingestimmt … Dann sind wir durch und durch Italiener!«

Nach dem Essen breitete Papa die Straßenkarten auf dem Tisch aus, um sich die Reiseroute noch mal anzugucken. Er schwankte zwischen der Autobahn und den Nationalstraßen, für mich war das glasklar – kein Getrödel auf dem Weg. Plötzlich klopfte es an die Wohnwagentür. Wir schauten uns an, niemand klopft je an unsere Tür, das musste ein Irrtum sein – oder ein Vertreter, blödelte mein Vater, als er zur Tür ging. Es war aber kein Irrtum, es war mein Bruder Fabrice in seiner Militäruniform. Sein Urlaubsantrag sei überraschend genehmigt worden und da hätte er gedacht, er setzt sich in den Zug und macht einen Abstecher nach Hause. »Du hättest was sagen können, dann hätten wir dich vom Bahnhof abgeholt«, sagte Papa. »Hast du schon was gegessen?« – »Nein, hab ich nicht, Mama.« –

»Glück gehabt, es sind noch Nudeln da.« Er setzte sich, meine Mutter lud ihm auf und wir guckten dabei zu, wie er in Windeseile seinen Teller leerfutterte.

Mein Bruder ist sechseinhalb Jahre älter als ich. Die Uni war nicht so seins, deshalb hat er sich für fünf Jahre verpflichtet. Im Kino hatte er eine Werbung gesehen mit furchteinflößenden Soldaten, die konzentriert und hochbewaffnet in malerischen Tropenlandschaften herumstanden. Blöd gelaufen, er ist in einer Kaserne im Elsass gelandet, wo die Winter ein Horror sind, mit Camping im Schnee, Rucksäcken voller Steinen und solchen Späßen. Und die Moral von der Geschicht': Man traue stets der Werbung nicht. Werbung ist Schwachsinn, das weiß jeder, aber wenn man was tausendmal hört, glaubt man es am Ende doch. Das ist Gehirnwäsche im großen Stil und sollte bestraft werden von wegen Menschenrechte, mit Gefängnis auf Bewährung infolge Beeinträchtigung der individuellen Entscheidungsgewalt oder so.

Mein Bruder und ich sind komplett verschieden und haben doch viel gemeinsam, komische Kombi. Er ist ein Muskelprotz und benimmt sich oft wie ein Rüpel. Er spielt einfach gern mit Soldatenklischees. Das kann er sich aber auch leisten, weil bei ihm viel mehr dahinter ist. Seine Lache ist noch lauter als die von Papa und mir zusammen. Aber eigentlich ist er irgendwas zwischen gescheitertem Künstler und zartbesaitetem Mimöschen. Manchmal kommt es mir so vor, als wäre er verletzt worden, keine Ahnung wann und wo, wahrscheinlich war ich noch klein oder nicht mal geboren, aber irgendwie ist er traumatisiert. Als hätte er eine innere Blutung, die man von außen nicht sieht. Er wirkt nämlich stark und selbstsicher und die Frauen stehen auf ihn. In meinem Alter hatte er sich schon ziemlich ausgetobt, also auf die gleiche Art wie Papa. Früher hat er Mofas geklaut und damit Spritztouren zur Disko gemacht. Aber dann haben die Bullen ihn rangekriegt und er musste sich das abgewöhnen.

Als wir jünger waren, haben wir uns oft geprügelt. Beziehungsweise hat er mich geprügelt. Sechs Jahre und fünfzehn Kilo weniger, so was fällt ins Gewicht oder in meinem Fall ins Fliegengewicht. Er hat mich schön spüren lassen, dass ich der verzärtelte Liebling bin, und das stimmte, ich war immer ein bisschen verwöhnt worden. Mein Bruder war der Rebell gewesen, der sich gegen unsere Eltern aufgelehnt und oft eins draufgekriegt hatte. Ich wollte nie anecken, ich habe gekuscht und gemacht, was sie sagen. Sogar das mit dem Haarefärben. Nie im Leben hätte er so was mit sich machen lassen.

»Wie lange hast du Urlaub?«, fragte mein Vater. »Acht Tage.« Jetzt fing ich wirklich an durchzudrehen. Dafür blieb mein Vater ganz stoisch. »Ich kann bei Émile pennen«, sagte Fabrice, »oder das Zelt aufbauen. Die Kälte nachts ist kein Problem, da hab ich im Elsass schon Schlimmeres erlebt.« Wenn mein Bruder auf Urlaub ist, schlafen wir oft zusammen in meinem Zimmer, weil ich bei der Nachbarin nämlich ein Doppelbett hab. Er zappelt rum und schnarcht, bei meinem leichten Schlaf schläft also vor allem er. Mein Vater schaute Fabrice an und sagte: »Hast du was gegen einen Kurztrip nach Italien?« – »Wovon redest du?« – »Morgen früh fahren wir nach Venedig. Magst du mit?« – »Warum nicht«, sagte er ohne erkennbare Begeisterung. Das hatte grade noch gefehlt. Wir sollten meine Oma ausgraben, dann kann die auch noch mit.

Man könnte denken, dass ich meinem Bruder gar nichts gönne und mich doch freuen sollte, wenn er mitkommt. Aber nur, wenn man ihn nicht kennt. Er hat nämlich Weltklasseniveau im Chaosstiften. Als ich auf die neue Schule kam, ist gleich am ersten Tag der Pausenaufseher auf mich zugekommen, hat mich beim Kragen gepackt und mir ins Gesicht gezischt: »Ah, noch so ein Chamodot!« Mein Bruder hatte sich ungefähr jeden zweiten Tag auf dem Schulhof geprügelt. Damals wurden die Streithähne immer von einer Horde Jungs umringt und so lange angefeuert, bis der Aufpasser kam, die Gegner trennte und die Menge zerstreute. Es war aber schnell klar, dass ich der kleine Schüchterne war, der harmlose Klassenbeste, der nur verhindern wollte, zwischen all denen, die einen Kopf größer waren, eins auf den Kopf zu bekommen.

Diese Reise wurde immer komplizierter, das war wie in *Le Cid*, dieser Klassenlektüre: Ursprünglich sollte ich mal alleine los, aber am Ende würden wir wohl mit fünfhundert Mann im Hafen von Venedig anlegen – falls wir überhaupt jemals ankämen. Drüben bei der Nachbarin zog mich Fabrice in den Heizungsraum, er wollte mir seine Taekwondo-Künste vorführen – das ist so ein Kampfsport, aus Korea, glaube ich, den hat er in der Kaserne gelernt. Mir war nach Schlafen, nicht nach Kämpfen. »Ich berühre dich gar nicht richtig, ich zeige dir nur die Abfolge.« Er stellte sich vor mir auf. Begeistert war ich nicht gerade, ich würde mir sowieso eine fangen. »Du parierst einfach«, sagte er. Er täuschte zwei Faustschläge an, ich konnte gerade so abwehren. »Parier doch!« – »Das nervt!« – »Ich tu dir nicht weh, ehrlich.« Er machte weiter, ich parierte so gut ich konnte. Und dann, voll in seinem Element, machte Fabrice einen Roundhouse-Kick mit Drehung um die eigene Achse. Seine Ferse traf mich mit Karacho in den Bauch, ich flog in hohem Bogen durchs Zimmer und knallte zwei Meter weiter stöhnend auf den Boden. »Wieso hast du denn nicht pariert?« – »Ich hab's ja versucht!«, hechelte ich zusammengekrümmt. »Ich hab die Nase voll, das ist immer der gleiche Scheiß, am Ende tust du mir weh!« – »Sorry, ich hab die Flugbahn falsch berechnet.« – »Tust du doch immer!« – »Entschuldige. Kein Wort zu Mama und Papa, okay?« Und zack, saß ich wieder in der altbekannten Zwickmühle: Ich konnte petzen und zusehen, wie er Ärger bekam – und das tat mir jedes Mal weh –, oder mich damit abfinden, vermöbelt zu werden. Ein Dilemma, würde Monsieur Merlet sagen, aber das Wort zu kennen hilft auch nicht bei der Entscheidung. Ich ließ lieber Gras drüber wachsen, schließlich hatte ich gerade andere Prioritäten.

»Echt cool, dass wir nach Italien fahren«, sagte Fabrice, als er sich in seinem blauen Schlafanzug neben mich ins Bett legte. »Ist das zum Hochzeitstag unserer Alten oder was?« – »Nein, das war eigentlich mein Plan, eine Freundin hat mich eingeladen, aber dann wollten sie mit.« – »Zecken.« – »Total.« – »Zum Glück bin ich schon jetzt nach Hause gekommen … Stell dir mal vor, ich hätte morgen hier gestanden.« Ehrlich gesagt konnte ich mir das ganz gut vorstellen. Dann hätte mir die Italienreise nämlich garantiert weniger Bauchschmerzen bereitet. Kaum hatte ich das Licht ausgeschaltet, schnarchte mein Bruder schon wie eine Kettensäge.

Samstag, 14. April

Der Tag fing verdammt früh an. Fabrice war das schnurz – Soldaten stehen immer früh auf, auch ohne Krieg, jede Sekunde zählt, wenn es ums Nichtstun geht. Ich hatte viel zu wenig Schlaf abbekommen, die Aufregung vor der Reise und das Geschnarche von Fabrice. Aber das konnte ich ja auf der Fahrt nachholen, bis Venedig wären wir ewig und drei Tage unterwegs. Um den Wohnwagen am Auto anzuhängen, zogen wir die Keile unter den Rädern raus. Zum Glück war mein Bruder da, sonst hätten wir das nie geschafft. Dann stiegen wir alle vier ins Auto und fuhren los. Es war noch dunkel. »Wir holen uns unterwegs einen Kaffee«, sagte mein Vater. Er trinkt total gern Kaffee auf Autobahnraststätten, das ist echt sein Ding, anscheinend kommen da irgendwelche Erinnerungen auf, an was anderem kann das nicht liegen. Dass Erinnerungen manchmal guttun, sollte man auch mal festhalten, weil man ja meistens das Gegenteil im Kopf hat. Aber es gibt welche, die sind wie blaue Flecken, nur umgekehrt: Wenn man draufdrückt, fühlt man sich besser. Ist schon verrückt, dass etwas längst Vergangenes so gegenwärtig sein kann, vor allem wenn man Angst vor der Zukunft hat.

Bis Courtenay sind wir Landstraße gefahren, die geht durch den Wald, und an einem Samstagmorgen um sechs ist hier kein Schwein unterwegs. Ich warf einen Blick durch die Heckscheibe, der Wohnwagen ruckelte immer noch hinter uns her wie eine vollautomatische Geschwindigkeitsbegrenzung. Wenn man sein eigenes Haus dabeihat, geht man langsamer durchs Leben, das kann einem jede Schnecke bestätigen. An einer Steigung überholte uns ein Radfahrer, allerdings sah der auch aus wie ein Ausreißer bei der Tour de France. Ohne mit der Wimper zu zucken, raste er an uns vorbei. Er hatte aber auch noch Schwung von der Abfahrt und wir nicht, das war unfair. Als es eben wurde, haben wir ihn wieder überholt. Wir lassen uns ja nicht alles gefallen, meinte mein Vater.

Durch die Bäume hindurch sah man die Nacht schon langsam heller werden. Wir verließen den Wald und fuhren durch dunkle, geheimnisvolle Felder, am Horizont ein Schein, ein Band aus Licht, das langsam aus der Teerschicht aufstieg. Ich dachte an Pauline, die bestimmt schon in Venedig war und sich auf ihr Konzert vorbereitete. Ob sie wenigstens ein bisschen an mich dachte? Oder sogar ein bisschen mehr? Oder etwa genauso viel wie ich an sie? Mehr als das kam mir unmöglich vor, was an meiner Selbstabwertung lag, zumindest laut diesem einen Psychobuch von Papa, aus dem ich richtig viel gelernt habe ... Ich könnte ständig daraus zitieren.

Mein Bruder schaute aus dem Fenster und sah aus, als wäre er mit seinen Gedanken ganz woanders. Ich lehnte mich an die Scheibe und döste gerade ein, als Papa auf die Idee kam, sein Lieblingslied anzumachen. Tam tam: Es geht ganz rhythmisch los, Totentanz-Stimmung. Dann verfällt mein Vater in Kriegsgeschrei, im Chor mit dem Sänger: »ASIM – BONANGA!!« Vielleicht ist es auch eigentlich ein Schmerzensschrei, aber er macht ein Halleluja draus, nur ohne Pfarrer oder Jesus am Kreuz. Keine Ahnung, was »Asimbonanga« eigentlich heißen soll – so heißt jedenfalls das Lied. Wenn ich ein Referat darüber halten müsste, würde ich sagen, es handle sich um eine Art traditionellen afrikanischen Gesang, kombiniert mit lieblichen Technoklängen aus der Drummachine, so subtil arrangiert wie eine Karaokeversion. Der blanke Horror. Aber mein Vater liebt es.

Er trommelte im Takt auf dem Lenkrad herum, jenseits von Gut und Böse. Meine Mutter lächelte vor sich hin, als wäre das alles ganz normal. Freude ist oft ansteckend, wahrscheinlich wollen sich deshalb so viele davor schützen. Aber ich war immun. »Papa, ich schlafe«, sagte ich verärgert. »Es geht nach Venedig, Émile, sei doch froh!« – »Ich bin froh, das ist nicht das Problem.« – »Wenn du froh bist, sing mit! Der Vogel singt nicht, weil er glücklich ist, er ist glücklich, weil er singt.« So ein Zitatwahnsinn morgens um 6 Uhr 30 – mir blieb nichts erspart. »Ich bin glücklich, Papa«, sagte ich, ohne groß nachzudenken, »und noch glücklicher wäre ich, wenn ich schlafen könnte.« – »Ihr Spaßbremsen … ASIM – BONANGA!!!« Top, er machte einfach in voller Lautstärke weiter. Mein Vater ist ein Unikat, und wer hat es abgekriegt? Ich natürlich. Aber ich hatte gesagt, ich sei glücklich, und jetzt fing ich doch an, darüber ernsthaft nachzudenken. Schwierig zu sagen. In meinem Leben gab es eine Milliarde Dinge, die sich ändern müssten, und zwar so schnell wie möglich. Den Rest konnte ich irgendwie annehmen. Keine Ahnung, ob das Glücklichsein ist: Dinge annehmen, wie sie sind. Die meisten würde ich lieber abgeben.

Wir fuhren auf die Autobahn. Unsere Geschwindigkeit – obwohl, das war höchstens Geh-Schwindigkeit – war ziemlich beschränkt. Jeder überholte uns, einfach jeder, selbst riesige Lastwagen, die den Wohnwagen zum Wackeln brachten, wegen dem Sog, dem Wind und den Gesetzen der Aerodynamik, auch wenn ich die nicht so genau kenne. Die kommen erst kurz vor dem Abi dran, gähn. Jedenfalls ruckelte der Wagen und schwankte, er zog nach links und dann nach rechts, mein Vater umklammerte das Lenkrad wie ein Kapitän im Sturm das Steuerrad. Nur damit man sich das vorstellen kann. Bei jedem Überholmanöver klammerte Mama sich panisch an Papa und fluchte auf diese Fettklöpse – so nannte sie die LKWs. Ich warf einen Blick aufs Armaturenbrett, wir fuhren höchstens 80 Stundenkilometer, bergab vielleicht 90. Nie im Leben wären wir pünktlich in Venedig. Wenn ich das Konzert verpasse, bring ich sie um. Oder mich. Oder alle.

Ganz sachte kam der Tag angeschlichen, auf Zehenspitzen an der Landschaft entlang. Dämmerung ist wie das langsame Drehen am Lampenregler: Es wird nach und nach heller, ganz allmählich, damit man nicht gleich senkrecht im Bett sitzt. Echt schlau. Die Menschen dagegen haben den Radiowecker erfunden, der dich morgens um sechs aus dem Tiefschlaf reißt. Liegt vielleicht am Sadomasochismus, den laut meinem Französischlehrer jeder in sich trägt, aber das macht's nicht besser. Mein Bruder schlief, ausnahmsweise ohne zu schnarchen. Meine Mutter, die Co-Pilotin an der Gewitterfront, schaute hochkonzentriert nach vorn. Dass sie im Auto immer so panisch ist, liegt an dem Unfall.

Damals, noch vor meiner Geburt, hatten sie einem LKW die Vorfahrt genommen und er war ihnen in die Beifahrerseite gefahren. Mama hatte beide Beine gebrochen und konnte ein Jahr lang nicht gehen. Papa kam ohne einen Kratzer davon. Und mein Bruder hinten in seinem Kindersitz blieb auch unversehrt. Als wäre an der Sache mit dem Todessitz doch was dran ... obwohl, Mama hat ja überlebt. Jedenfalls hat sie seitdem panische Angst vor LKWs, selbst wenn sie stehen. Bei ihrem Anblick würde sie jedes Mal am liebsten losschreien, hält sich aber zurück. Auf diesen Rasthöfen für Fernfahrer sollte man trotzdem nicht mit ihr essen, sie könnte die LKW-Fahrer am Nebentisch glatt abmurksen. Jetzt ging ihr auch wieder die Düse: »Normalerweise sind samstags nie Fettklöpse unterwegs.« Da war sie Expertin. »Das sind bestimmt Nachzügler«, versuchte mein Vater sie zu beruhigen. »Bis Venedig halte ich das nicht aus.« – »Es wird sowieso Zeit für eine Pause.« Ein Schild kündigte eine Raststätte in zweitausend Metern Entfernung an. Mein Vater lächelte, jetzt kam für ihn das Allerbeste.

Wir machten unseren ersten Halt im Morgengrauen, nicht gerade die Rastplatz-Rushhour. Es war auch kaum was los, aber der Ablauf ist eh immer der gleiche: Kaum haben die Leute ihr Auto geparkt, stürzen sie los zur Toilette. Danach wird es entspannter, alle schlendern durch die Gänge mit den Keksen und gucken sich diese Pseudo-Souvenirs an, den Aufsteller mit den Schundromanen und die Ohrenschmerz-CDs. Normalerweise hetzt jeder genervt durch den Supermarkt, aber hier bummelt man aus unerfindlichen Gründen ganz angetan durch die Gänge. Die Preise sind dreimal höher als anderswo, wegen dem Gesetz von Angebot und Nachfrage, beziehungsweise dem Gesetz von »Wenn-ich-irgendwie-kann-zieh-ich-dich-übern-Tisch«.

»Wir sind ja nicht reich wie Krösus«, sagt meine Mutter dann – keine Ahnung, wer dieser Krösus ist, aber seinetwegen kaufen wir nie etwas. Alles, was wir brauchen, haben wir im Auto. Wobei es jedes Mal wieder zu diesem Mysterium kommt: Im Kofferraum liegt eine Packung Butterkekse, doch kaum sind wir im Tankstellenshop, will ich, dass meine Mutter mir die gleichen Kekse kauft. Das ist doch absurd. Ich habe lange drüber nachgedacht, wahrscheinlich ist das die Achillesferse der Menschheit: Draußen lockt, was man zuhause liegen hat, und das produziert Chaos bis zur weltweit höchsten Ebene, bis hin zu den Vertretern der führenden Industrienationen der G7 oder G20 oder wie viele es gerade sind.

Mein Vater läuft nie durch die Gänge. Sein Heiliger Gral sind die Kaffeemaschine und nebendran die weißen Resopaltische zur entspannten Verkostung – die oft voller Flecken sind, aber das stört ihn nicht. Ein Plastikbecher mit heißer schwarzer Flüssigkeit, ein kleines Stäbchen zum Umrühren – und er ist wunschlos glücklich. Ein echter Genießer. Mein Bruder trank jetzt einen mit, ich mag lieber Kakao. Sie fachsimpelten über Italien – das Land und die Sprache. Mein Vater spricht zwar kein Wort Italienisch, wollte Fabrice aber trotzdem ein paar Brocken beibringen. Dreist, wie er ist, denkt er sich einfach was aus. Er beherrscht eben sein Handwerk. Blöd nur für uns, dass er es auch im Familienkreis ausübt. Wir müssten das langsam blicken, gewöhnen uns aber trotzdem nie dran. Vor allem mein Bruder nicht, er hasst es, wenn man ihm Schwachsinn auftischt. Dann wird es schnell laut. »Papa, *gracias* ist spanisch, nicht italienisch!« – »Das sagt man auch auf Italienisch.« – »Nein, auf Italienisch heißt es *grazie*.« – »*Grazie*, *gracias*, das macht doch keinen Unterschied.« – »Es ist definitiv nicht dasselbe.« – »Aber nah dran!« – »Wow, Papa, es ist nah dran, aber manchmal ändert schon ein einziger Buchstabe alles, denk mal an ›in Maßen‹ und ›in Massen‹.« – »Ja, aber da wird die Änderung mitten im Wort vorgenommen, das macht einen Riesenunterschied … Am Ende hat man mehr Spielraum.« – »Was laberst du!« – »Jetzt hör aber mal, Fabrice, wenn du zu einem Italiener *gracias* sagst, versteht er doch, dass das Danke heißt!« – »Ja klar, wenn der Italiener Spanisch kann!« – »Und wenn nicht, versteht er es trotzdem, oder, Émile?« Der Moment war gekommen, ich sollte mitdiskutieren. Für mich kam das einer Falle gleich, einer Grube vor meinen Füßen, stümperhaft mit ein paar Zweigen abgedeckt, und bei einem falschen Schritt säße ich fest. Bloß nicht. Auf keinen Fall wollte ich Partei ergreifen: weder für meinen Vater, der viel erzählt, wenn der Tag lang ist, noch für Fabrice, der meistens richtigliegt – aber dann würde Papa denken, wir verschwören uns gegen ihn, und schießt zurück. Ich sagte also, ich sei leider nicht polyglott. Sie hielten kurz inne und fragten sich wohl, wo sie das Wort schon mal gehört hatten und was es eigentlich bedeutet. Das war meine Chance: Schwups hab ich mich zwischen die Regale verdrückt, den Schokoriegeln schöne Augen machen.

Im selben Moment kam Mama von der Toilette, zog eine Packung Kekse aus der Tasche und wedelte damit in Richtung der beiden – und der Streit war vorbei, bevor er richtig angefangen hatte. Statt zu diskutieren, mampften sie Kekse. Wie wenn ein Baby seinen Schnuller kriegt. Endlich wieder Ruhe. Ich ging zu ihnen und schnappte mir auch ein paar, nicht, dass sie noch die ganze Packung verdrückten. Zusammen gingen wir zurück zum Auto.

Und dann passierte etwas sehr, sehr Mysteriöses. Wir waren gerade startklar und mein Vater fuhr los. Ich schaute aus dem Fenster – mache ich immer, vielleicht geht ja ein hübsches Mädchen vorbei, das will ich nicht verpassen. Weil das mit das Schönste im Leben ist. Noch schöner wäre natürlich ein hübsches Mädchen, das bleibt, aber bisher war das eben noch nicht drin. Da sah ich eine Frau aus dem Tankstellenshop kommen, attraktiv, aber ein bisschen alt, ungefähr vierzig. Sie kam mir irgendwie bekannt vor. Sie sah original aus wie Christine, die Nachbarin, bei der ich schlafe. Aber ganz sicher war ich mir nicht. Und überhaupt, was hätte sie auf einem Rastplatz hundert Kilometer von Montargis verloren, und ausgerechnet am Wochenende, wenn doch Isabelle, ihre Tochter, kommt? Das machte hinten und vorne keinen Sinn. Wahrscheinlich halluzinierte ich.

Wieder auf der Autobahn schlief ich endlich ein. Von der Fahrt kann ich also nichts erzählen, dafür von meinem Traum. Es ging natürlich um Venedig. Nach den ganzen Fotos von der Wasserstadt war auch ich innerlich überschwemmt. Wenn man gefühlsduselig ist, ist Venedig nicht nur in Italien, sondern in jedem von uns. Ich saß im Konzertsaal, der Zuschauerraum war eine riesige Pfütze, alle saßen bis zu den Knöcheln im Wasser und die Musiker auf der Bühne hatten gelbe Gummistiefel an. Echt schräg, aber wie gesagt nur ein Traum. Andererseits: Für Paulines Geigenspiel nach Italien zu fahren war genauso verrückt und trotzdem wahr. Bei manchen Träumen muss man aufpassen: Man hat vielleicht sein Leben lang auf ihre Erfüllung gewartet, aber wenn es dazu kommt, ist man nicht vorbereitet.

Im Halbschlaf malte ich mir aus, wie es nach dem Konzert weitergehen könnte: Pauline und ich, wie wir im Restaurant eine Vier-Jahreszeiten-Pizza von Vivaldi essen, in trauter Zweisamkeit, das wäre der Hammer. Ich sammelte schon mal Gesprächsthemen. Wie muss ein Gespräch laufen, damit man das Mädchen am Ende küssen kann? Natürlich wäre es besser, wenn es von selbst laufen würde, aber man kann nicht alles haben. Vor allem, wenn man nicht unwiderstehlich ist, sondern nur mit gefärbten Haaren sein Bestniveau erreicht und trotzdem nicht weiß, ob man damit wenigstens Mittelmaß ist.

Dann bin ich komplett aufgewacht, laut der Anzeige auf dem Armaturenbrett war es schon 12 Uhr 30. Mein Vater starrte nachdenklich auf die Straße. Wir krochen immer noch nacktschneckenmäßig durch die Gegend. Mama wirkte ein bisschen entspannter, die Lastwagen auf der Straße wurden weniger. Fabrice schlief. Ein paar Minuten lang beobachtete ich die drei. Nicht als Familie, sondern so, als wären sie irgendwelche Unbekannte, die mich beim Trampen aufgelesen hatten – das Gefühl war mir gar nicht unbekannt. Ich liebe sie zwar von ganzem Herzen, aber ich fühle mich oft wie auf einem anderen Planeten. Ob die Entfernung wohl irgendwann weniger wird? Oder eher mehr? Mein Vater trug ein knittriges Poloshirt mit Streifen, eine beige Stoffhose und unförmige Sandalen, er hat die Füße gern an der frischen Luft. Ein Wunder, dass ihm die Zehen nicht abfrieren. Er hat krauses braunes Haar und Sommersprossen. Die Haare von meiner Mutter sind fast schwarz, genau wie die von meinem Bruder, zumindest die, die die Armee ihm noch lässt. Fabrice hatte seine Uniform gegen eine Jeans und ein schwarzes T-Shirt getauscht. An seinen Füßen trug er riesige Turnschuhe, keine Ahnung, wo er die ausgegraben hatte. Was für eine modische Familie ... Aber das Schlimmste ist, sie merken nicht mal, wie out sie sind. Na ja, was heißt das Schlimmste, wahrscheinlich ist es besser so.

Wir waren an Mâcon vorbeigefahren, oder Dijon oder Lyon, irgendeine Stadt mit »on«. Mein Vater sagte, er habe langsam Hunger und außerdem müssten wir feiern, dass wir ohne Stau durch den Fourvière-Tunnel gekommen waren. Laut meiner Mutter waren wir aber gar nicht durchgefahren, wir hatten einen anderen Weg genommen. »Ach so«, meinte mein Vater nur. Es sah so aus, als wären wir ganz gut in der Zeit, und das war eine echte Heldentat, die garantiert nur ich zu schätzen wusste. Meiner Meinung nach sind die größten Heldentaten eigentlich diese kleinen Gesten, über die man nicht spricht, diese unsichtbaren Zeichen der Liebe und Hilfsbereitschaft – aber heutzutage finden die Leute ja Uneigennützigkeit unnütz.

Ein Schild, auf dem »Halt für Feinschmecker« stand, ließ meinen Vater den Blinker setzen. Zwei Minuten später zockelten wir schon mit Tabletts, Brot und Papierservietten durch eine Cafeteria und mussten uns zwischen Möhrensalat, Rotkohl, Eiern mit Mayo und Frikadelle entscheiden. Von wegen Feinschmecker. Wir hatten wohl die falsche Ausfahrt genommen. Aber als mein Vater nachfragte, sagte die Kassiererin, wir seien hier ganz richtig. »Welcher Feinschmecker isst bitte Frikadellen?«, fragte mein Vater, streitlustig wie immer. »Frikadellen vielleicht nicht unbedingt, aber als Tagesgericht gab es Coq au vin.« – »Coq au vin auf einer Autobahnraststätte ... Sehr riskant!

Da flößen Sie Autofahrern unbemerkt Alkohol ein, das ist doch unverantwortlich.« Mein Vater wurde laut, gleich würde er noch einen Skandal vom Zaun brechen. Mir wurde ganz flau, in meinem Brustkorb zog sich alles zusammen, so musste sich ein Tiefseetauchgang anfühlen. Ein paar Leute drehten sich zu uns um. »Papa, ist doch okay, lass uns essen, bevor es kalt wird.« – »Einen Moment mal, ich unterhalte mich gerade.« – »Entschuldigen Sie, was ist denn jetzt das Problem, das Wort ›Feinschmecker‹ oder der Coq au vin?«, setze die Kassiererin wieder an. »Alles hängt mit allem zusammen, gute Frau! Man kann nicht einfach das eine vom anderen trennen. Wir gehören alle zu einem großen Ganzen, wissen Sie, zu diesem Universum, in dem jedes, aber auch wirklich jedes Element in Wechselwirkung mit jedem anderen steht. Und das sage nicht ich, das sagt Albert Einstein.« – »Sie können jetzt Ihre Kreditkarte einstecken.« Die Kassiererin dachte wohl, es sei das Beste nachzugeben. Unschlüssig schaute mein Vater sie an. »Ich bezahle gleich, aber vorher hätte ich gern eine Antwort zum Coq au vin und der Sicherheit im Straßenverkehr.« – »Im Coq au vin ist fast kein Alkohol drin, jetzt reden Sie doch nicht so einen Unsinn!« – »Mein Mann redet Unsinn?« Jetzt mischte sich auch noch meine Mutter ein, na super. »Ist im Wein etwa kein Alkohol?« – »Aber er ist doch verkocht!« – »Und Glühwein? Macht Glühwein etwa nicht betrunken? Stellen Sie sich das mal vor: Mein Mann setzt sich ans Steuer, die ganze Familie im Auto, der Wohnwagen hintendran, und dann schläft er ein, weil er zu viel getrunken hat!« Das ganze Restaurant starrte uns an. Ich versank im Boden, wenn das so weiterging, wäre ich bald beim Erdkern angelangt. Ich versuchte es mit einem Themawechsel: »Ich organisiere uns schon mal einen Tisch.« – »Du bleibst schön hier, Émile«, entschied mein Vater.

Mit roten Wangen suchte die Kassiererin nach Argumenten. Sie war vielleicht ein bisschen grob, aber nicht unhöflich, und sie gab alles, um einen diplomatischen Zwischenfall zu verhindern. Zu weit treiben sollte man es bei ihr wahrscheinlich trotzdem nicht. »Für Beschwerden haben wir am Eingang eine Box bereitgestellt, Sie füllen das Formular aus, dann bekommen Sie eine Antwort.« – »Wer's glaubt! Das habe ich schon hundert Mal gemacht und nie kam etwas zurück!« – »Man bekommt vielleicht nicht immer eine Antwort, aber die Beanstandung wird in jedem Fall berücksichtigt.« Sie blieb richtig professionell und dafür war mein Vater dann doch empfänglich, das predigte er ja schließlich selbst immer. Auf einmal lächelte er. »Ich gratuliere Ihnen, Madame, Sie bewahren die Ruhe, und ich weiß aus eigener Erfahrung, dass das nicht leicht ist, vor allem bei so renitenten und provokativen Kunden wie mir. Gratulation.« Die Arme stotterte misstrauisch »Danke« und fragte sich wahrscheinlich, an was für einen Spinner sie geraten war, wohl eine nicht verzeichnete, neue Spezies. Mein Vater lächelte immer noch. »Ich habe mir nur die Frage gestellt, ob der Name ›Feinschmecker‹ wirklich gerechtfertigt ist, wollte Sie aber keineswegs bei der Ausübung Ihrer beruflichen Tätigkeit behindern.« Die Kassiererin schaute ihn verwirrt an, doch plötzlich hellte sich ihre Miene auf, als wäre ihr die Erleuchtung gekommen: »Sind Sie Restauranttester für Cafeterias? Wie die vom Guide Michelin für Sterneküche, nur für Raststätten? Ich habe im Fernsehen gesehen, dass es jetzt so etwas gibt.« Mein Vater schaute triumphierend auf sie herab. »Wenn es so wäre, müsste ich es für mich behalten, das können Sie sich sicher denken, Madame. Einen schönen Tag noch.« Er zwinkerte uns zu und stolzierte davon. Mein Vater Bernard, König der Lügner.

Wir setzten uns an einen Tisch neben einer großen Plastikpflanze – die laut Fabrice täuschend echt aussah – und fingen an zu essen. Ich war wohl immer noch ganz grau im Gesicht. Mein Vater schaute mich prüfend an und weil er einen plötzlichen Empathieanfall hatte, kapierte er gleich, was Sache war: »Magst du es nicht, wenn ich so mit den Leuten rede?« – »Ein bisschen mehr Zurückhaltung wäre mir lieber.« – »Was du anscheinend vergisst, Émile, ist, dass wir keine Pflanzen sind.« Ich stimmte einfach zu, ohne zu kapieren, worauf er hinauswollte, aber da gab es ja auch nichts zu widerlegen: Wir waren definitiv keine Pflanzen und übrigens auch keine Mineralien. Aber musste man deshalb gleich Stress am laufenden Band produzieren? »Mmh, dieser Kuchen ist ja köstlich«, schwärmte mein Vater, der schon beim Nachtisch angekommen war, »ich nehme alles zurück, allein dank dieses Desserts erscheint mir der Ausdruck ›Feinschmecker‹ wohlverdient.« – »Ach echt?«, wunderte sich mein Bruder. Meine Mutter wollte sofort probieren: »Ich backe doch genauso gut.« – »Aber natürlich, mein Schatz, du bist die Königin der Zuckerbäcker!« – »Und bei mir ist es lange nicht so teuer wie hier!« Das mag jetzt unlogisch erscheinen, aber obwohl meine Eltern sich megapeinlich aufführen, mag ich es, dass sie so lebendig sind. Ich meine wirklich lebendig, viel lebendiger als diese 08/15-Leute, die in einem Leben von der Stange festhängen – bei ihnen, da schwingt und vibriert etwas, da ist Bewegung drin und dafür liebe ich sie von ganzem Herzen.

Nach dem Essen meinte mein Vater, wir seien schon weit gekommen und er habe ein Mittagsschläfchen verdient. Ich war anderer Meinung. Heute Abend mussten wir auf dem Campingplatz sein und es lagen noch mindestens zwei Drittel der Strecke vor uns. Ich hatte zwar bessere Argumente, aber natürlich wurde der Wagen trotzdem in eine angeblich ruhigere Ecke vom Parkplatz gefahren und zum Schlafwagen umfunktioniert. Die Autos rauschten in vollem Tempo an uns vorbei, aber das Geräusch lullte mich ein. Obwohl ich es absolut nicht wollte, döste ich auch weg. Und statt nach zwanzig Minuten wachten wir eineinhalb Stunden später wieder auf! Mein Vater rannte zur Toilette, das war ein Fall von höherer Gewalt. Ich war völlig fertig: »Wir haben verschlafen, das Konzert kann ich mir abschminken!« Aber niemand kapierte die Tragweite des Problems. »Keine Sorge, Émile, das wird schon«, sagte meine Mutter. Ich fing an zu weinen, wir würden nie pünktlich ankommen, und ich wollte einfach nur sterben. »Was flennt der denn so rum«, maulte mein Bruder und stieg aus dem Auto. Und meine Mutter sagte: »Heul ruhig, dann musst du weniger pissen.« Ehrlich, das waren ihre Worte. Am liebsten hätte ich beim Europäischen Gerichtshof angerufen und Beschwerde eingereicht – so was steht im Widerspruch zur Erklärung der Menschen- und Bürgerrechte von 1789 – oder die UNO kontaktiert, falls so was überhaupt noch in deren Aufgabenbereich liegt, ich glaube, die kümmern sich nur noch um Genozide. Dafür reicht's bei mir noch nicht. Ist auch schwierig, gleich in dieser Liga mitzuspielen, wenn man noch nicht jahrzehntelang im Geschäft ist. Aber um auf die Aussage meiner Mutter zurückzukommen: Wissenschaftlich erwiesen ist das bestimmt nicht. Das war eher so einer dieser grunddämlichen Poesiealbumssprüche. Nur noch flacher.

Ich bin ausgestiegen und Richtung Tankstelle gelaufen, um meinen Vater zum Weiterfahren zu drängen. Wie ich ihn kannte, hatte er sich noch einen Kaffee an der Maschine gezogen und schlürfte den in aller Seelenruhe vor sich hin. Wenn wir ewig Zeit haben, macht er Stress, und wenn wir spät dran sind, trödelt er rum, das ist typisch für ihn. Immer muss er gegen den Strom schwimmen und aus der Reihe tanzen, als wäre das Sport für den Geist – gesund ist das bestimmt, aber anstrengend für alle anderen. Ich fand ihn im Außenbereich, mit dem Plastikbecher in der Hand betrachtete er einen Strauch, der sich heldenhaft bemühte, zwischen einem Sonnenschirm und einem Abfalleimer emporzuwachsen. »So einen sollten wir in unseren Garten pflanzen«, sagte er, als er mich kommen sah, »hübsch, oder?« – »Papa, nicht jetzt. Ich suche Fabrice und dann fahren wir, okay?«

Zustimmend warf er seinen Becher in den Müll. Ich rannte zur Herrentoilette, aber da war mein Bruder nicht. Er schien wie vom Erdboden verschluckt und langsam wurde ich panisch. Erst wollte ich aber noch in der Damentoilette nachschauen, man weiß ja nie. Und tatsächlich, hinter der Tür hörte ich seine Stimme: »Das ist doch absurd, du musst sofort zurück nach Montargis.« – »Nein, ich fahre nach Venedig, das kann mir keiner verbieten!« Die andere Stimme war die von Christine, unserer Nachbarin, hundert Prozent. Dann hatte ich heute Morgen an der Tankstelle keine Halluzinationen gehabt. Wahrscheinlich folgte sie uns schon von Anfang an. Das war der Stoff, aus dem Boulevardzeitungen ihre Enthüllungsstorys basteln. »Raffst du nicht, dass das nicht der richtige Moment ist? Wir machen einen Familienurlaub!« Das Wasser rauschte, es klang, als würde Fabrice sich die Hände waschen, bestimmt neben ein paar verdutzten Frauen, die sich vor dem Spiegel schminkten. »Ich hab es so satt, dass es nie passt. Und vor allem hab ich es satt, mich zu verstecken.« Ich presste mich hinter die Tür. Dieses Gespräch war definitiv nicht für meine Ohren bestimmt. Wenn man mir auf die Schliche käme, würde man mich verfolgen und Polizeihunde auf meine Fährte ansetzen. Manchmal wäre ich gern *the most wanted*. Aber jetzt versuchte ich einfach nur zu verstehen, was hier eigentlich los war. Wie waren Christine und mein Bruder zusammen auf diese Toilette geraten? Hatten sie eine heimliche Affäre? Wollte er sie verlassen, weil sie ihm zu alt war? All das blieb im Raum stehen, in der Schwebe wie sonnenbeschienene Staubteilchen.

Ich ging rüber zum Auto und verhielt mich ganz unauffällig, aber das bin ich ja sowieso. Ich würde sie nicht auffliegen lassen, ich bin ja keine Petze. Kurz darauf kam mein Bruder.

Ich war gespannt, ob er die Karten auf den Tisch legen würde, aber er sagte kein Wort. Vielleicht hatte er Schiss? Oder war ich doch komplett auf dem Holzweg? Eigentlich hatte ich ja nur mitbekommen, dass eine Nachbarin die gleiche Reise machen wollte wie wir. Komische Vorstellung, ihr als eine Art Vorbild zu dienen. Ein Negativbeispiel waren wir bestimmt, definitiv aber kein leuchtendes Vorbild. Wir setzten uns in Bewegung, und ich sah, wie auch Christine ein Stück entfernt in ihr Auto stieg und losfuhr. Ich schaute genauer hin, vielleicht saß auf dem Beifahrersitz ja die unvergleichliche Isabelle, ihre Tochter... eigentlich dachte ich immer, Fabrice hätte es auf sie abgesehen. Aber das Auto war schon zu weit weg, und ich konnte nichts erkennen.

Auf der Fahrt observierte ich die Straße, das war eine verdeckte Ermittlung. Folgte Christine uns noch oder war sie schon umgekehrt? Meistens versperrte der Wohnwagen die Sicht, aber bei ein paar Überholmanövern entdeckte ich sie in ungefähr hundert Metern Entfernung, näher kam sie nie. Genau der richtige Mindestabstand zur Zielperson, da war jemand ziemlich vertraut mit den Beschattungsmethoden von CIA und Mossad, also ich kannte die aus diesem Magazin für junge Forscher. Was es denn zu glotzen gäbe, fragte mein Bruder. Soldaten haben echt eine gute Beobachtungsgabe. Ich sagte ihm, dass ich zum Zeitvertreib graue Autos zähle. Dass die meistverkaufte Autofarbe in Frankreich Grau ist, hatte auch in dem Magazin gestanden. Und dann beschweren sich alle darüber, dass die Welt so grau ist. Wie dumm kann man eigentlich sein?

Nach ein paar Stunden Fahrt tauchten am Horizont allmählich die Berge auf. Die Schilder wiesen nach Genf und Chamonix, und mein Vater verkündete, dass wir gleich durch den Mont-Blanc-Tunnel fahren würden, und zwar diesmal wirklich, nicht so wie bei Fourvière. Es wurde langsam Abend und bis nach Venedig war es noch weit. Papa fing an zu gähnen, wir fuhren auch schon eine ganze Weile. »Wir halten an und essen etwas«, entschied er. »Jetzt schon?«, fragte meine Mutter. »Ich hab Hunger und ich bin müde.« Da gab es keinen Verhandlungsspielraum. »Ich hab auch Kohldampf«, schaltete sich mein Bruder ein. In seiner Kaserne galten wohl dieselben Essenszeiten wie im Altersheim.

Auf einem Rastplatz setzten wir uns an einen dieser Picknicktische mit Bänken, die am Boden festgeschraubt sind, und aßen neben den vorbeibrausenden Autos zu Abend. »Jeder Augenblick ist ein Geschenk, das man überall auspacken kann«, sagte mein Vater in Welterklärungslaune. Trotz Kühlbox hatte der Käse auf den Sandwichs mächtig geschwitzt. Aber sie waren noch genießbar. Der Tag neigte sich langsam dem Ende zu, es ging ein laues Lüftchen, das einem durch die Haare fuhr und den Nacken streichelte. Man hörte die Autos über den Asphalt gleiten, die Geräusche verschwammen, als hätte man die Lautstärke am Fernseher runtergedreht. Das Zwitschern der Vögel, ein leichter Windhauch, das Gefühl von Ruhe vor der Nacht – ehrlich gesagt war es richtig angenehm. Die Landschaft war beeindruckend. In der Ferne erhoben sich schneebedeckte Berge vor rosafarbenem Himmel.

»Das wird ein schöner Sonnenuntergang«, sagte mein Vater, während er sein zweites Schinkensandwich aß. »Mit den Bergen davor sieht man doch gar nichts«, meinte mein Bruder, »die schönsten Sonnenuntergänge gibt es am Meer.« – »In den Bergen sind sie aber auch schön«, sagte mein Vater, »man muss nur weit oben auf dem höchsten Gipfel stehen … auf dem Dach der Welt.« Schwülstiger ging's wohl nicht. »Oder die Sonne geht im rechten Winkel zur Talachse unter«, sagte mein Bruder, der gern mit technischem Spezialwissen kontert. Wie immer ging es darum, wer das letzte Wort hat. Zusammen sind die beiden unerträglich, wie zwei Schüler, die der Lehrer trennen muss. Irgendwann knallt es jedenfalls, die Frage ist nur, wann. Und wie hoch die Verluste sind: Kollateralschäden noch und nöcher und dauerhafte Krise der diplomatischen Beziehungen.

Wir machten uns wieder auf den Weg. Papa gähnte bald nur noch. Hilfsbereit wie immer bot mein Bruder an, das Steuer zu übernehmen. Mein Vater lehnte kategorisch ab. »Schon vergessen, dass das nicht geht? Oder hast du deinen Führerschein zurück?« – »Auf der Autobahn wird man doch nie angehalten.« – »Das ist ja wohl nicht dein Ernst?«, wetterte meine Mutter. »Wenn irgendwas schiefgeht, sitzt du ein!« – »Man muss doch nicht immer mit dem Super-GAU rechnen.« – »Wenn der Sohn ein Super-GAU ist, schon«, antwortete sie. »Super, vielen Dank!« Fabrice wurde sauer, aber Mama ließ nicht locker: »Mit zwei Promille am Steuer einschlafen, findest du das etwa okay?« – »Verdammte Scheiße, müssen wir jetzt wieder damit anfangen?« – »Wenn du ohne Führerschein Auto fahren willst – ja!«, sagte mein Vater bestimmt. »Wenn sich dein Vorgesetzter nicht eingeschaltet hätte, wäre es noch schlimmer gekommen«, fügte meine Mutter hinzu. »Meine Fresse, ist ja schon gut!« Jetzt reichte es meinem Bruder wirklich.

Das hab ich bisher noch gar nicht erwähnt: Mein Bruder trinkt gern einen über den Durst, oder auch zwei oder drei, meistens nur Bier, aber wenn man ein paar Liter trinkt, entfaltet auch das seine Wirkung. Vor drei Monaten ist er nach einem Diskoabend in der Nähe von Straßburg am Steuer eingeschlafen und in einem Rapsfeld gelandet. Mir erklärte er kurz und knapp: »Was willst du, ich war halt müde.« In die Kaserne hatte er es zwar noch geschafft, aber das Feld hätte definitiv auch seine letzte Station sein können. Das Auto war komplett zerquetscht. Nach Blutuntersuchung und Zeugenaussagen und unter Berücksichtigung vorangegangener Verkehrsverstöße hatte man ihm für ein Jahr den Führerschein entzogen. Jetzt fährt er mit dem

Zug. Außerdem hat er sich ein Fahrrad gekauft. Verkehrssicherheit ist gut für die Umwelt. Aber er hätte schon Bock, sich eine neue Karre zu kaufen. Er liebt das Autofahren. Er fährt natürlich viel zu schnell und selten nüchtern, aber man darf ihm nicht mit der Moralkeule kommen, weil ihn das massiv nervt – das sagt er oft, genauso wie »Ich hab's übelst schwer«.

Es ist, als würde die Last der ganzen Welt auf seinen Schultern liegen, so wie bei Atlas, diesem griechischen Gott, dabei liegt bei Fabrice wahrscheinlich eher das Gewicht seiner Kindheit drauf. Oder seines Stammbaums. Den hat er letztes Jahr erstellt und dafür aus allen Ecken Frankreichs Geburtsurkunden zusammengesucht, wie bei einem Orientierungslauf, nur ohne Zeitmessung und Konkurrenz. Er hat es mir so erklärt: Über jedem von uns ragt ein Stammbaum, sonst wären wir nicht geboren. Aber er wirft oft einen Schatten. Man könnte auch sagen, jeder ist ein Glied in einer Eisenkette. Da habe ich verstanden, wie gefangen er sich fühlt. Ich wollte ihm sagen, dass es mir genauso geht, dass ich den Notausgang aus dieser Blutlinie suche, die Tür, hinter der hoffentlich der Fluchtweg liegt. Aber ich habe es gelassen, sonst hätte er kapiert, dass ich auch vor ihm wegrennen will – und das musste ich ihm nicht auch noch reinwürgen.

Es war dunkelste Nacht, der endlos lange Mont-Blanc-Tunnel lag hinter uns und die Schilder waren nur noch auf Italienisch. Eigentlich hätten wir schon eine Zollstelle passieren müssen, vielleicht hatte ich sie mit einer Mautstation verwechselt. Vor uns lagen noch mindestens vier- oder fünfhundert Kilometer. Immer wieder kamen wir durch eine *galleria*, so einen italienischen Tunnel, der sich durch die Berge frisst. Und dann sagte mein Vater den Satz, vor dem es mir schon die ganze Zeit graute: »So, das war's für heute. Wir halten an, morgen geht's weiter.« – »Aber Papa, morgen um vier ist das Konzert!« – »Na und? Wenn wir um acht losfahren, sind wir um zwölf in Venedig.« – »Um eins! Wir brauchen noch fünf Stunden, Minimum. Und wenn wir eine Stunde verbummeln, ist es schon zwei.«

»Dann hast du immer noch zwei Stunden Vorsprung«, rechnete mein Bruder aus, »hast du Bock, zwei lange Stunden rumzuwarten, bis die mal die Tür aufmachen?« – »Besser, als das Konzert zu verpassen. Wir sind nämlich kurz davor!« – »Aber wir haben doch genug Puffer.« – »Und wäre das denn so schlimm, Émile?«, fragte meine Mutter. »Genau deswegen fahren wir doch hin, Mama, hast du das vergessen?« – »Wir fahren hin, um zusammen zu sein und die Stadt anzuschauen, es geht nicht immer nur um dein Konzert. Jetzt halte dich mal nicht für den Nabel der Welt, Émile.« – »Okay, okay.« Ich wollte die Situation lieber entschärfen, bevor alles in die Luft flog. Gerade wenn sie unrecht haben, sind meine Eltern bombengefährlich.

»Und wo sollen wir schlafen?«, fragte ich. »Im Auto«, antwortete Papa. »Och nee, da stell ich lieber das Zelt auf«, maulte Fabrice. »Genau, die Eltern im Wohnwagen, die Kinder im Zelt«, stimmte meine Mutter zu. »Nur, dass ich kein Kind mehr bin«, erwiderte Fabrice. Dass er das klarstellen muss, sagt ja schon alles. »Hoffentlich finden wir schnell einen Campingplatz …«, sagte ich besorgt.

Mein Vater fuhr von der Autobahn ab. Wir rollten irgendwo durch die italienische Walachei. Die Nacht war mondlos und undurchdringlich. Kurz gesagt, weiter als zwanzig Meter entfernt sah man nichts. »Einen Campingplatz oder ein ruhiges Eckchen im Grünen«, sagte mein Vater und grinste verschmitzt. »Ja klar«, sagte Fabrice, »ich darf nicht ohne Führerschein fahren, aber du darfst hier wild campen.« – »Das ist nicht das Gleiche.« – »Schwachsinn, von wegen das ist nicht das Gleiche! Gesetz ist Gesetz. Entweder man hält sich dran oder man bricht es. Man kann nicht beides gleichzeitig.« – »Ich schon!«, prahlte mein Vater. Wieder Stress pur. »Keiner kriegt was davon mit, wir fahren ja schon früh weiter.« – »Du drehst es immer so, wie es dir passt«, stöhnte Fabrice.

Durch ein Tor am Straßenrand bog mein Vater auf einen Acker ab. Wir ruckelten ungefähr fünfzig Meter über einen Feldweg, dann bremste er, stellte den Motor ab und erklärte, das wäre jetzt unser Campingplatz. Es war vielleicht neun, höchstens halb zehn, aber wir waren alle ziemlich kaputt. Alle außer Fabrice, der den Wohnwagen vom Auto losmachte, die Keile unter die Reifen schob und das Zelt aufbaute. In zehn Minuten war alles tipptopp. Man kann Soldaten ja vieles vorwerfen – aber sie können in einem Affenzahn ein Lager aufschlagen und dabei noch ganz entspannt aussehen. Ich hatte mich in der Zwischenzeit ein paar Meter wegbewegt, auf Erkundungstour, aber hier konnte man höchstens die Nacht erkunden. Wir waren irgendwo im Nirgendwo. So fühlte ich mich sowieso immer: wie ein kleines Nichts irgendwo im Nirgendwo – und zumindest hier lag ich damit nicht ganz falsch.

Als Fabrice und ich schon eine Viertelstunde in unseren Schlafsäcken gelegen hatten, drehte er sich plötzlich zu mir. Mit aufgerissenen Augen rechnete ich gerade zum zehnten Mal nach, wie viel Zeit uns noch blieb. Ich wollte das Schlimmste verhindern. Die größten Verbrechen der Geschichte hatte auch immer jemand zu verhindern versucht. Ein paar Deutsche wollten zum Beispiel Hitler töten, aber es hatte nicht hingehauen, das weiß ich von meinem Geschichtslehrer. Und ich fürchte, hier verhielt es sich ähnlich: Nie im Leben würde ich es zum Konzert schaffen, das hatte ich im Gefühl, ich würde höchstens zum Schlussapplaus da sein und dann musste ich so tun, als ob ich sie spielen gehört hätte. So tun als ob. Na ja, Hauptsache, man ist sich dessen bewusst. Kinder wissen genau, wann sie nur so tun als ob, aber Erwachsene vergessen es mit der Zeit. Wenn

Kinder mit Marionetten spielen, gucken ihre Eltern entzückt zu – und merken gar nicht, dass sie selbst welche sind.

Mein Bruder setzte sich auf und horchte. Im Wohnwagen wurde geschnarcht. »Wurde auch Zeit, sie pennen.« – »Ja, wahrscheinlich schon.« – »Na, was hältst du von einem Ausflug?« – »Wohin denn?« – »Mal sehen, irgendwo gibt es bestimmt ein kleines Kaff mit einer Kneipe.« – »Zu Fuß?« – »Quatsch, mit dem Auto!« – »Du spinnst doch, du darfst doch gar nicht fahren!« – »Kein Stress, ich mache das im Elsass die ganze Zeit. Im schlimmsten Fall halten uns die Bullen an, aber die sind eh alle halbe Mafiosi, denen drückst du ein paar Scheine in die Hand und fertig.« – »So ein Schwachsinn! Du glaubst wohl, wir sind hier in *Der Pate*!« – »Selbst wenn, *Der Pate* ist astrein recherchiert, da basiert alles auf wahren Fakten.« – »Wenn du angehalten wirst, ist es eher Monopoly: *Gehe in das Gefängnis, begib dich direkt dorthin.*« – »Papa hat recht, du hast echt Angst im Arsch.« Auch mein Bruder hat es mit Metaphern, wir Chamodots sind eben Literaten. Mir hatte mal ein Lehrer gesagt, dass an mir ein Schriftsteller verloren gegangen sei. Keine Ahnung, wo, aber den finde ich schon wieder.

Auf jeden Fall hatte Fabrice einen wunden Punkt getroffen: »So ein Quatsch, ich hab keine Angst! Höchstens um dich.« – »Ich kann gut auf mich selber aufpassen. Ich hab Bock, was trinken zu gehen, und dafür brauch ich keine Erlaubnis, Punkt! Ich bin ja kein Kind mehr.« Meiner Meinung nach sind die meisten Leute noch Kinder, selbst wenn sie offiziell erwachsen sind und man ihnen Führerschein und Wahlrecht gibt, damit sie sich auch so fühlen. Aber das Alter hat gar nichts zu sagen. Jeder lebt sein läppisches kleines Leben und versucht, die Monate und Jahre rumzukriegen. Und warum sollte jemand, der im Altersheim von Montargis »Mensch ärgere dich nicht« spielt, erwachsener sein als ich?

Vor zwei Jahren, das war in der Neunten, hatte ich mir eine Umfrage für ein Referat überlegt. Ich wollte die im Seniorenheim fragen, wie man ein gutes Leben führt – die Irokesen zum Beispiel befragen häufig die Stammesältesten, aber da ich die Totenruhe meiner Großeltern nicht stören wollte, musste ich mir außerhalb meines Stammes Rat suchen. Der Lehrer fand die Idee klasse. Man konnte das Altersheim von der Schule aus sehen, und er meinte, es wäre doch großartig, von diesem Sichtkontakt zu einem echten Kontakt überzugehen, so etwas mache man viel zu selten. Um das Ganze mal zusammenzufassen: Die Alten haben gesagt: »Pass gut auf, welche Frau du dir aussuchst, und selbst wenn du gut aufgepasst hast, ist sie ziemlich sicher die Falsche.« Für die Arbeit gilt ungefähr dasselbe. Wenn man denen zuhört, gibt es im Leben nichts, was wirklich sicher ist, außer dass man irgendwann eins auf den Deckel kriegt – dafür würden sie ihre Hand ins Feuer legen. Meistens hatte das Leben sie kalt erwischt, wie ein Wolkenbruch, wenn der Regenschirm daheim liegt. Am Ende hab ich vor allem eins mitgenommen: Dass ich in den Laden um die Ecke gehen und ihnen Schokopudding kaufen sollte, weil der im Altersheim zwar wie Schokopudding aussieht, aber nicht danach schmeckt. Irgendwie war das ja auch eine Lebensweisheit: Tu jemandem etwas Gutes, auch wenn er dir nichts zurückgeben kann.

»Kommst du jetzt mit oder nicht?«, fragte mein Bruder genervt. Er hatte gemerkt, dass ich mal wieder an was anderes dachte, ist ja auch zugegebenermaßen meine Lieblingsbeschäftigung. »Ich haue jedenfalls ab!« Ich wollte auf keinen Fall mit, aber allein im Zelt bleiben wollte ich erst recht nicht. Mein Bruder zog vorsichtig den Reißverschluss auf. Die Autoschlüssel hatte er natürlich behalten, die Geistesgegenwart in Person. Er flüsterte mir zu, ich solle mich hinters Lenkrad setzen und die Tür offen lassen, den Leerlauf einlegen und die Handbremse lösen. Alles kein Problem, seit diesem Schuljahr bringt mir mein Vater am Wochenende Autofahren bei, im Wald zwischen Montargis und Paucourt, ich konnte also zeigen, was ich draufhabe. Mein Bruder schob das Auto den Feldweg entlang, das Motorengeräusch hätte sonst meine Mutter geweckt. Mein Vater schläft eh wie ein Stein. Sobald Fabrice irgendeinen Unfug vor hat, wird er zur Intelligenzbestie und seine grauen Zellen verzehnfachen sich. Das gehört auf die Liste der großen Mysterien der Wissenschaft.

»Los, rüber!«, rief mein Bruder, der das Steuer übernehmen wollte. Er schmiss den Motor an und bog links ab. Wir fuhren in die Richtung, aus der wir gekommen waren. »Ich hab da ein nettes Dörfchen gesehen.« Ich konnte mich gar nicht erinnern, hatte wohl nicht drauf geachtet. »Da war Jahrmarkt, bist du gut an der Schießbude?« – »Ganz okay.« – »Das werden wir gleich sehen.« – »Hast du was mit Christine?« Die Frage war mir einfach rausgerutscht. »Was?« – »Ich habe euch auf der Tankstellentoilette gehört.« – »Was hast du gehört?« – »Nicht viel … Es hörte sich an, als wolltest du sie abservieren.« Er schaute mich an und sagte nach kurzem Zögern: »Ja, stimmt schon, sie ist einfach zu alt für mich.« – »Find ich auch.« – »Sie kapiert es nicht und klammert. Das bleibt unter uns, Émile, ja?« – »Versprochen.«

Wir kamen zu einem kleinen Dorfplatz mit einigen Jahrmarktständen. Es gab natürlich nicht diese riesigen Achterbahnen wie im Freizeitpark, aber immerhin ein paar Schießbuden, eine Berg- und Talbahn, ein Gruselkabinett, Stände mit Pizza und Panini und natürlich Autoskooter. Klein, aber fein. Mein Bruder dachte schon gar nicht mehr daran, aus drei Meter Entfernung mit einem Luftgewehr auf Ballons zu ballern – er hatte nur Augen für den Autoskooter. »Damit darf ich aber fahren«, sagte er grinsend, »ich darf sogar allen hinten reinfahren.« Er ging Skooterchips kaufen und ein Bier auf dem Weg. Ein paar Italiener glotzten uns an, hoffentlich nahm das alles kein böses Ende. Und wenn, dann hoffentlich ein schnelles.

Mein Bruder befahl mir, mich in einen Autoskooter zu setzen. »Nein, doch nicht in den roten! Nimm den blauen, der ist schneller. Sieht man doch!« Ich hatte kurz vorher eine hübsche Brünette in einem roten Autoskooter entdeckt und wollte spontan einen in der gleichen Farbe nehmen. Wir stiegen natürlich in den blauen. »Ich will aber auch mal, Fabrice.« – »Jaja, mal sehen.« Da wurden wir schon von hinten gerammt, es war ein Knirps, der uns herausforderte. Er gestikulierte wild und rief etwas auf Italienisch, das wir nicht verstanden, und obwohl er höchstens zehn war, ging sein Temperament mit ihm durch – das geht früh los bei den Spaghettifressern. Das sage ich nur so, bin aber null rassistisch, wir werden immer für Zigeuner gehalten, und dann müsste ich selbst ja mein erstes Opfer sein.

Mein Bruder ging nicht drauf ein. Im Gegenteil, er fuhr super langsam und stupste die anderen Skooter nur minimal an – wie um zu zeigen, dass er die Spielregeln kennt. Ihn interessierte nämlich etwas anderes: Er tat zwar total cool, aber auch ihm war die Brünette aufgefallen, und während wir so unsere Runden drehten, trafen wir ganz zufällig ständig auf sie. Sie hatte etwas Trauriges an sich, aber das macht Mädchen ja besonders attraktiv, vor allem für Typen wie mich, die unbedingt die Welt retten wollen und damit am liebsten bei einem schönen Mädchen anfangen, das sie mit Küssen bedecken oder mehr, falls es sich ergibt.

Als das Mädchen zu meinem Bruder rüberschaute, sah ich ein leichtes Lächeln in ihren Mundwinkeln und sogar eine Pupillenweitstellung, ehrlich. Gerade war ein etwas jüngeres Mädchen zu ihr ins Auto gestiegen und mein Bruder zwinkerte mir zu: »Zwei mal zwei, das passt gut.«

Wir drehten weiter unsere Runden. Aus den Lautsprechern dröhnten italienische Schnulzen, die immer mit *Ti amo* endeten und in denen Sänger mit rauchiger Stimme romantischen Zeiten hinterhertrauerten, die es garantiert nie gegeben hatte. Mein Bruder hängte sich an die hübsche Brünette und ihre Freundin, die natürlich weniger hübsch war, das ist ein Grundgesetz der Statistik. Wir fuhren ihnen hinten rein und grinsten entschuldigend, von wegen »Ups, war keine Absicht«. Es sah gut für uns aus, denn sie spielten das Spiel mit. Zwischen Jungs und Mädchen ist es wie beim Autoskooter: Man kreist umeinander, tut, als würde man den anderen nicht bemerken. Man schaut hin, wenn der andere einem den Rücken zukehrt. Und dann kommt man sich näher, streift sich und irgendwann stupst man sich an. Erst nur leicht, um Kontakt aufzunehmen, und nach und nach mit mehr Karacho. Manchmal prallt man auch mit voller Wucht aufeinander, es muss richtig knallen, damit es Spaß macht. Bis es irgendwann dann doch zu schmerzhaft wird und man entscheidet, einen Bogen umeinander zu machen und auf Abstand zu bleiben, jeder auf seiner Seite mit Anwalt und geteiltem Sorgerecht. Nach der Runde versucht man es wieder, aber wenn man mal ehrlich ist, ändert sich ja doch nur die Autofarbe.

»So, jetzt du«, rief mein Bruder ohne Vorwarnung. Er stieg mitten auf der Fahrbahn aus, und ich konnte kaum bis drei zählen, da saß ich schon am Steuer. Am liebsten wäre ich jedem ausgewichen, so bin ich einfach, das ist Charaktersache. Einmal im Kreis und mein Bruder war schon verschwunden, und die Brünette auch. Wenn das Absicht war, Kompliment.

Ich brauchte die Chips auf und schlenderte danach an den Ständen entlang. Von Fabrice keine Spur. Ich kam an einem Karussell vorbei, auf dem zwei oder drei Knirpse auf Miniaturautos saßen. Die lernten da schon was fürs Leben, später würden sie sich ständig im Kreis drehen. Mein Bruder war nirgends zu sehen, langsam machte ich mir Sorgen. Manchmal war er stundenlang unauffindbar und kam dann mit einem strahlenden Lächeln zurück, ohne einen Anflug von schlechtem Gewissen. Ich beschloss, einfach zum Auto zu gehen und dort zu warten. War aber nicht nötig: Auf dem Rücksitz saß nämlich Fabrice und steckte der Brünetten die Zunge in den Hals. Seine Verführungskünste sind Science-Fiction in echt, lauter Spezialeffekte, aber ohne Nachbearbeitung. Und dann auch noch in Lichtgeschwindigkeit. Er hatte mich bemerkt und kurbelte das Fenster herunter. »Darf ich vorstellen: Natacha, sie ist Belgierin und macht gerade Urlaub.« – »Guten Abend, Natacha.« – »Uh, gut erzogen, der Junge.« – »Klaro«, sagte mein Bruder, »was denkst du denn … Natacha – mein kleiner Bruder Émile.« – »Hallo«, sie lächelte mich an. Sie war höchstens zwanzig, sah nett aus und nach Backpackerin, aber die Grunge-Light-Version ohne Dreadlocks und stinkige Shorts, nur mit kleinem Piercing und einem Minitattoo, ein ziemlicher Glücksfall. »Okay, los geht's!«, rief mein Bruder, während er sich zwischen den Sitzen nach vorn quetschte. »Eine Sekunde, ich hol schnell meine Tasche«, sagte Natacha.

Sie sprang aus dem Auto und lief Richtung Jahrmarkt. Ich setzte mich auf den Rücksitz, das Polster war noch warm. »Nicht übel, oder?«, fragte mein Bruder. »Definitiv nicht! Und du hast Schwein gehabt, sie spricht Französisch.« – »Ach, was weiß ich, viel gesprochen haben wir ja nicht«, sagte mein Bruder mit dieser dreckigen Lache, die ich manchmal mag und manchmal nicht – jetzt mochte ich sie. »Schläft sie bei uns?« – »Ja, sie weiß nicht, wo sie hinsoll, ich habe ihr gesagt, sie kann heute Nacht bei uns bleiben. Ich hab einen auf barmherziger Samariter gemacht. Nur dass der heute Nacht nicht das Gleiche machen würde wie ich«, sagte er und lachte wieder los. »Und ich, wo soll ich in der Zeit hin?« – »Du kannst im Auto pennen.« – »Och nö, das Auto nehmt ihr!« – »Auf keinen Fall. Das gehört Mama und Papa. Ich hab da meine Prinzipien.« – »Ja, und immer die passenden!« – »Nein, im Ernst, das ist viel zu riskant. Nachher wachen sic auf und ich will Mama nicht unbedingt meinen nackten Hintern entgegenrecken. Im Zelt sieht man uns wenigstens nicht.« Ich war alles andere als begeistert. »Jetzt heul nicht rum, das ist ein Fall höherer Gewalt. Du hast einen gut bei mir.«

Mit ihrem Rucksack auf dem Rücken kam Natacha angerannt. Völlig außer Atem stieg sie auf der Beifahrerseite ein und blickte sich ängstlich um. »Fahr!« Mein Bruder stockte kurz. »Was ist denn los?« – »Jetzt fahr schon! Bitte! Ich erklär's dir später.« Mein Bruder gab nach, legte den ersten Gang ein und ließ die Reifen quietschen. Wir verschwanden im Dunkeln. »Wieso schaltest du das Licht nicht an?«, fragte Natacha. »Wenn du abhauen willst, hauen wir ab!« – »Hoffentlich folgt uns niemand …« – »Keine Sorge. Das hier ist Operation Geisterwagen.« Ein paar Minuten lang fuhren wir komplett ohne Licht, diese nächtliche Spritztour wurde immer waghalsiger.

Dann machte mein Bruder die Scheinwerfer an. Anscheinend war die Gefahr gebannt und außerdem war das Auto gerade fast aus der Kurve geflogen, und das konnten wir uns echt nicht leisten. »Du schuldest mir noch eine Erklärung, oder?« – »Muss ich?« – »Du musst gar nichts, Natacha.« Sie zog einen Joint aus ihrer Tasche und fing an zu rauchen.

Diese Frau wurde immer mysteriöser, das war natürlich Futter für meine lebhafte Phantasie. War sie vielleicht eine Tramperin, die mit Haschisch dealte? Eine Verbrecherin auf der Flucht oder eine Serienkillerin, die sich ihre Opfer auf Jahrmärkten aussuchte? »Und ihr, macht ihr auch Urlaub?« – »Wir fahren nach Venedig.« Ihr Gesicht hellte sich auf. »Die

Stadt soll wunderschön sein. Vielleicht sogar die schönste der Welt.« – »Das können wir noch nicht sagen, wir sind ja noch nicht da«, sagte mein Bruder pragmatisch und ging voll auf die Bremse. Natacha knallte fast auf die Windschutzscheibe und ich gegen den Vordersitz. »Was soll der Scheiß, bist du krank?« – »Wir sind zu weit gefahren.«

Fabrice machte einen U-Turn, fand den Feldweg und bog ein. Ungefähr dreißig Meter vor dem Wohnwagen schaltete er den Motor ab, das Auto rollte leise weiter und kam genau da zum Stehen, wo wir vor zwei Stunden losgefahren waren. Dann wandte Fabrice sich zu Natacha: »Wir müssen leise sein, die in dem Wohnwagen da schlafen.« – »Eure Alten?« Er nickte. »Du fährst mit deinen Alten in Urlaub?« – »Verlängertes Wochenende. Hast du ein Problem damit?« – »Nein, ist doch süß.« Ein bisschen frech war sie schon. »Das ist überhaupt nicht süß. Wo sind denn deine Alten?« – »In Namur.« – »Und sind die schon mal in Venedig gewesen?« – »Noch nie.« So wie sie das sagte, klang das nicht nach Familie Ricoré aus der Werbung, mit Frühstück im Garten und Blümchendecke auf dem Tisch. »Also Émile und ich, wir nehmen unsere Eltern mit.« – »Cool.« – »Ja klar ist das cool. So, jetzt komm mit.« – »Und Émile?« – »Ich schlafe im Auto, ist mir eh lieber.« – »Du bist echt nett«, sagte sie und strich mir über die Wange. In mir kribbelte es. Sie war schon ziemlich süß, diese Natacha.

Mein Bruder hatte im Eifer des Gefechts ganz vergessen, mir meinen Schlafsack ins Auto zu bringen, dabei war das Teil des Schlachtplans und meiner Meinung nach strategisch entscheidend für den Komfort der Einsatztruppen. Ich traute mich nicht, ihr Manöver zu stören, also fror ich mir langsam, aber sicher einen ab – und Kälte macht nicht gerade geduldig. Zehn Minuten. Zwanzig Minuten. Gegen meinen Willen fielen mir langsam die Augen zu. Als mein Bruder die Autotür öffnete und sich neben mich setzte, war ich schon halb eingeschlafen, halb eingefroren. »Du kannst jetzt, sie ist einverstanden.« – »Wie bitte?« – »Sie will auch mit dir. Tiefer geh ich da nicht ins Detail.« – »Verarschst du mich?« – »Also mein Vorschlag war das nicht.« Ich hätte mit allem gerechnet, aber nicht damit. »Schon klar, sie ist echt komisch!« Ich war hibbelig, aber auch eingeschüchtert, aufgeregt und gerührt wegen ihres Angebots – und ich war frustriert. Das ist vielleicht eine ungewöhnliche und selbstlose Einstellung, aber ich finde, so was macht man einfach nicht. Außerdem war ich nicht wirklich Single, jedenfalls gefühlt.

»Ich kann nicht, ich hab doch Pauline«, sagte ich. »Seid ihr zusammen?« – »Nein!« – »Na siehst du. Los jetzt, stell dich nicht so an.« – »Ich weiß nicht.« – »Bist du noch Jungfrau?« – »Ja klar, sonst hätte ich dir das doch erzählt.« – »Okay, du hast Bammel, das ist ganz normal. Aber du darfst dich von der Angst nicht aufhalten lassen. Im Gegenteil: Du musst die Angst überwinden. Du musst mit ihr spielen, kapiert?« – »Das ist nicht das Problem.« – »Was denn dann?« Fabrice verlor langsam die Geduld. »Na ja, ich hätte mein erstes Mal einfach gern mit einer, für die ich was empfinde. Das würde ich schon favorisieren.« Das war genau das richtige Wort, favorisieren, es passte perfekt zu meinem Gefühl. »Ganz dumme Idee«, meinte mein Bruder, »theoretisch hast du recht, aber praktisch übt man besser mit einer, die man kaum kennt. Ansonsten bringst du es nicht bei der, an der dir was liegt, und dann hast du es richtig verkackt.« Ich dachte über seinen Rat nach und war unsicher, ob ich ihn befolgen sollte. Normalerweise finde ich es schade, dass man so wenig von anderen lernen kann. Das ist meiner Meinung nach sogar einer der Auslöser für die derzeitige Krise der Menschlichkeit. Aber bei diesem Thema war ich mir nicht ganz so sicher. Vielleicht musste jeder seine eigenen Erfahrungen machen. Vielleicht war das der einzige Weg.

Er hielt mir ein Kondom hin. »Genug geredet, los jetzt.« Ich fand das unangenehm und gleichzeitig verlockend, weil diese Natacha eben einfach unglaublich war. Wenn sie hässlich wäre, hätte ich leicht ablehnen können, aber das Leben wirft immer besonders schwerwiegende Entscheidungen in die Waagschalen, und um es nicht zu leicht zu machen, stört es ständig dein Gleichgewicht. Da kann man schon mal schwanken. Wenn man jedes Frühjahr und jeden Herbst ungeduldig auf die neuen Versandhauskataloge wartet, um sich die Seiten mit der Damenwäsche anzugucken – das gebe ich ohne schlechtes Gewissen zu, das ist eine ganz normale Phase in der sexuellen Entwicklung, so stand das in der Kolumne vom Psychodoc in Mamas Lieblingszeitung, echt beruhigend zu lesen –, na ja, wenn man jedenfalls diese Bilder im Kopf hat und plötzlich in 3-D angucken kann, denkt man schon mal drüber nach. Vor allem wenn man auch noch einen Bruder hat, der einem ziemlich einseitige Argumente liefert. »So eine Gelegenheit kriegst du nie wieder. Papa sagt immer, man muss seine Chance nutzen, jeder hat eine, nur sieht man sie oft nicht.« – »Ach, jetzt zitierst du plötzlich Papa?« – »Er redet ja nicht immer nur Mist.« Da hatte er recht. Wenn eine Wahrsagerin mit Kristallkugel von morgens bis abends Vorhersagen macht, landet sie irgendwann auch einen Treffer.

Trotzdem war ich unschlüssig, es kam mir vor, als wäre mein Bruder es gewohnt, die Mädels mit seinen Zimmergenossen zu teilen, und da wollte ich nicht mitmachen. »Ist das nicht ein bisschen nuttig?« – »Nein, wenn sie dich doch süß findet! Du denkst zu viel.« – »Ich weiß nicht genau, wie das geht, hast du ihr das gesagt?« – »Keine Angst, sie weiß Bescheid! Du wirst schon sehen, sie ist echt gut im Bett.« Ich erstarrte, das war ungefähr das Letzte, was ich jetzt hören wollte. »Jetzt mach schon, was ist denn dein Problem?« – »Ich kann nicht, Fabrice. Ich muss garantiert daran denken, wie ihr zehn Minuten vorher dagelegen habt, und dann geht gar nichts mehr. Liebe am Fließband ist echt nicht mein Ding.« – »Du weißt doch gar nicht, was dein Ding ist!« – »Jedenfalls will ich nicht.« – »Du bist so dumm.« – »Ich bin romantisch.« – »Sag ich ja, du bist dumm.«

Wir gingen zum Zelt. Als Natacha uns zusammen sah, guckte sie verdutzt. »Also da gibt es eine andere, das wusste ich nicht«, erklärte mein Bruder ihr, »deswegen will er nicht.« – »Tut mir leid, ich finde dich superhübsch, das ist nicht das Problem, es ist wegen meiner Freundin …« – »Oh ist der süß, er ist verliebt.« – »Er ist dumm, genau«, sagte mein Bruder, immer noch wütend. »Liebe macht dumm, aber sie ist trotzdem das Beste auf der Welt!« Diese Natacha hatte so eine überschwängliche, frische, spontane Art. Man hätte es schlechter treffen können. Es war kurz still, meinem Bruder und mir war ganz besinnlich zumute von ihren Worten. Über die Liebe denkt man fast nie nach, beziehungsweise nie genug. In Liedern geht es oft drum, aber die hören eher ältere Semester. »Na ja dann: Gute Nacht, Jungs.« Sie wirkte nicht mal beleidigt, eher pragmatisch.

Wir legten uns nebeneinander hin, in der Mitte Natacha. Sie hatte ihren eigenen Schlafsack ausgepackt, und eingehüllt, wie wir waren, sahen wir aus wie drei Mumien in ihren Sarkophagen. Ich grübelte vor mich hin. Hätte ich das unanständige Angebot doch annehmen sollen? Würde ich das mein Leben lang bereuen? Mein Bruder fing wie immer an zu schnarchen. Natacha hatte das Gesicht zu ihm gedreht und ich konnte nicht sehen, ob sie schon schlief. Ich lauschte ihrem Atem, roch ihr Parfum, blickte auf die dünne Kette um ihren Hals und die feinen Härchen in ihrem Nacken. Ich war etwas durcheinander. Ich konnte lange nicht einschlafen, aber irgendwann gewann der Schlaf dann doch die Oberhand.

Mitten in der Nacht, so um vier oder fünf, wachte ich wieder auf. Natacha lag auf dem Rücken und ihr Blick verlor sich nach oben, als wäre da die Kuppel einer gothischen Kathedrale und nicht die Plane von einem Minizelt aus dem Sonderangebot. Sie sah gedankenverloren und ein bisschen wehmütig aus. Eine Träne lief ihre Wange hinunter. »Alles okay?«, flüsterte ich. »Jaja, keine Sorge …« – »Weinst du?« – »Nein, höchstens ein bisschen. Ich weine oft nachts, nicht schlimm, das ist einfach so.« Sie drehte sich zu mir und schaute mich an, wie mich noch nie ein Mädchen angeschaut hatte. Wie einen richtigen Mann. »Gefalle ich dir?«, fragte sie. »Sehr.« Dann küsste sie mich. Es war ein langer und sanfter Kuss, sinnlich, sagt man dazu wohl, so einer, in dem man sich verliert oder sich wiederfindet, eigentlich beides, so ein Kuss, der dir das Gefühl gibt, im Leben nicht länger vor einem defekten Aufzug zu stehen.

Sie schmiegte sich an mich und ich verlor langsam die Kontrolle über die Situation, falls ich überhaupt jemals was unter Kontrolle gehabt hatte. Sie öffnete den Reißverschluss ihres Schlafsacks. Ich konnte ihre Schenkel sehen, ihr Höschen, die Brüste unter ihrem T-Shirt, alles unbeschreiblich schön. Sie schaute mich an, ein bisschen traurig, aber mit Leidenschaft. »Komm.« Ich warf einen Bick auf meinen Bruder, der selig vor sich hin schnarchte. Ohne groß nachzudenken, kroch ich aus meinem Schlafsack rüber in ihren. Sie küsste mich, strich mit den Händen meinen Rücken hinunter, berührte meinen Po … Dann führte sie mich in sich hinein. Ich war auf dem Höhepunkt der Erregung, ich wusste zwar, dass ein Mann sich so lange wie möglich zurückhalten sollte, aber einfach war das nicht.

Schluss jetzt, alles Weitere ist zu persönlich. Außerdem hat in der Schule jeder Sexualkunde gehabt, das vergisst man nicht so schnell, also halte ich keine Wiederholungsstunde. Eins kann ich aber vermelden: Als es zu Ende war und ich in mein trautes Heim zurückkehrte, also in meinen trauten Schlafsack, fühlte ich mich ein bisschen anders als zuvor. In mir hatte sich etwas verändert, schwer zu sagen, was genau – ich war weder selbstbewusster noch stärker und auch nicht besser oder schlechter. Ich war vor allem froh, es endlich gemacht zu haben, es fühlte sich an, als hätte ich die Weltmeisterschaft und den Davis Cup gleichzeitig gewonnen, auch wenn ich zugegebenermaßen nicht hundert Prozent kapiert hatte, was eigentlich passiert war. Ich war mal wieder in zwei Stücke gerissen wie ein Blatt, das man in den Papierkorb wirft, ich war glücklich und betrübt zugleich, natürlich kann ich Natacha nie genug dafür danken und werde das garantiert auch nie tun, aber ich hätte es natürlich viel lieber mit Pauline erlebt. Leben ist das, was passiert, während du eifrig dabei bist, andere Pläne zu machen, sagt mein Vater – er zitiert oft John Lennon, der erschossen wurde, weil er sich eine bessere Welt vorgestellt hatte.

Das Leben kam über mich wie Wellen über einen Strand, es bedeckte und überschwemmte mich. Das Wasser stieg immer weiter an, man konnte nichts dagegen tun. Am Horizont auf der anderen Seite des Meeres konnte ich mein Erwachsenenleben sehen, als wäre es Amerika mit seinen Verheißungen, den Lichtern und der Freiheitsstatue; und es war, als würde ich genau jetzt mit der Ozeanüberquerung beginnen. Wahrscheinlich würde ich unterwegs absaufen – logisch bei so einem Boot wie meinem, ein Leck neben dem anderen, wie das so ist, wenn man nicht aus grobem Holz geschnitzt ist. Aber vor Amerika lag noch Italien, und in diesem Zelt, um vier oder fünf Uhr morgens irgendwo auf der Strecke zwischen Chamonix und Mailand, mit einem Mädchen, das ich nicht liebe und noch weniger kenne, war es für einen kurzen, unvergesslichen Moment, als würde ich Venedig sehen.

Sonntag, 15. April

Der Morgen ist bekanntlich nicht immer die beste Tageszeit. Ein lautes, dumpfes Geräusch ließ uns aus dem Schlaf schrecken, es klang wie ein heftiger Schlag gegen Wellblech, so als hätte jemand einen schweren Stein gegen den Wohnwagen geknallt. Ich blinzelte noch verschlafen, da hatte mein Bruder schon seinen Kopf aus dem Zelt gestreckt. »Oh scheiße!«, war sein einziger Kommentar. Und dann noch: »Émile, guck mal schnell!« Während Natacha sich fest entschlossen den Schlafsack über den Kopf zog, krabbelte ich auf allen vieren zu meinem Bruder und schaute hinaus. Ungefähr fünfzig Meter entfernt standen zwei elegante Herren mit Golfschlägern. Ich guckte mich um und schlagartig wurde mir unsere Lage klar – wir hatten mitten auf einem Golfplatz gecampt.

Während er sich noch schnell etwas überzog, stieg mein Vater aus dem Wohnwagen und griff nach dem Ball, der gerade dagegengeflogen war. »Was soll das? So eine Frechheit!«, rief er aufgebracht. Wie zwei Auftragskiller, die ihrem Opfer gegenüberstehen, schauten die beiden ihn an. Mein Vater untersuchte die Beule unter dem Wohnwagenfenster. Er tobte: »Wir müssen sofort ein Unfallprotokoll aufnehmen! Der Wagen muss in die Werkstatt und das wird richtig was kosten, das kann ich Ihnen aber sagen! Ich hoffe, Sie sind gut versichert!« – »Sprechen Sie Französisch?«, rief einer der beiden mit italienischem Akzent. »Absolut, Monsieur, die Sprache Molières!« Kein Schimmer, warum er das jetzt erwähnte, beeindrucken konnte er damit niemanden.

»Sind Sie Franzosen oder Rumänen?«, fragte der Italiener weiter. Er war gut sechzig, mit guter Erziehung und offensichtlich gutem Einkommen, also ziemlich viel Gutes im Vergleich zu uns. »Sobald Sie einen Wohnwagen sehen, denken Sie an Rumänen? Das ist Diskriminierung, mein Herr, ist Ihnen das klar?« – »Also Franzosen?« – »Ja, und stolz darauf!« – »Rumänen pöbeln auch nicht so herum«, räumte der Italiener ein. »Sie werfen mit Steinen und jetzt bin ich derjenige, der pöbelt?« – »Sie müssen so sofort wie möglich fahren, das hier Privatgelände ist.« Bis jetzt hatte er fehlerfrei Französisch gesprochen, aber nun wurde er langsam nervös und machte kleine Fehler bei Wortwahl und Grammatik. »Selbstverständlich fahren wir«, sagte mein Vater, »man erwartet uns in Venedig. Aber vorher frühstücken wir ganz in Ruhe, ob Ihnen das passt oder nicht. Stimmt's, Schatz?«

Meine Mutter stand in der Wohnwagentür und beäugte misstrauisch die streitenden Truppen. »Ich habe Kaffee gemacht, magst du den Herren vielleicht einen anbieten?« Der Vorschlag überraschte mich, einen sechsten Sinn für Gastfreundschaft hatte meine Mutter eigentlich nicht.

»Herr Giacomelli ist Mitglied der italienischen Regierung«, erklärte unser Gesprächspartner, »er ist Minister.« – »Na und, wieso sollte uns das interessieren?«, rief mein Vater und gab sich unbekümmert. »Ganz einfach: Wenn Sie nicht sofort verschwinden, stehen hier in fünf Minuten überall Polizeiautos und dann werden Sie wohl erst mit großer Verspätung in Venedig ankommen.« Halb verzweifelt, halb geschlagen nahm ich die Nachricht auf. »Papa, wir müssen los, du hast versprochen, dass wir pünktlich ankommen.« – »Erst mal trink ich meinen Kaffee«, sagte er stur. Wir steuerten geradewegs auf die Katastrophe zu. Meine Mutter reichte ihm eine Tasse und packte alles andere zusammen.

Fabrice weckte Natacha und baute innerhalb kürzester Zeit das Zelt ab. Wie aus dem Nichts stand die hübsche junge Frau plötzlich vor meinem Vater. Er musterte sie neugierig: »Wer ist denn die junge Dame?« Unschuldig schaute Fabrice meinen Vater an, dann Natacha, dann wieder meinen Vater. »Keinen blassen Schimmer«, sagte er mit fester Stimme. »Willst du mich auf den Arm nehmen?« – »Ehrlich, Papa!« – »Émile, wer ist dieses Mädchen, das bei euch im Zelt lag?« – »Sie heißt Natacha.« – »Guten Tag, der Herr.« Sie ging auf ihn zu und gab ihm die Hand, mit einem Lächeln zum Erderwärmen, zum Dahinschmelzen von Nord- und Südpol. »Guten Tag, Mademoiselle, sehr erfreut, ich heiße Bernard.« Er ließ ihre Hand gar nicht mehr los, er hätte wahrscheinlich noch Stunden so weitergeschüttelt.

»Wir haben nicht ewig Zeit zum Kennenlernen, gleich haben wir die Bullen an der Backe!«, unterbrach Mama knallhart. Auf ihre alten Tage wurde sie noch eifersüchtig, richtig süß. Mein Bruder befahl mir, das Zelt ins Auto zu packen, zog die Keile unter dem Wohnwagen raus und koppelte ihn ans Auto. Die Italiener gafften uns an, als wären wir Tiere im Zoo.

»Mir macht so ein Minister keine Angst«, brummte Papa, als er sich hinters Lenkrad setzte, »ich fahre, weil ihr fahren wollt. Ich wäre dageblieben, die Carabinieri hätten ruhig kommen können, und von mir aus auch das Militär!« – »Für ein paar Hanseln wie uns kommt doch nicht das Militär«, sagte mein Bruder, in seiner Soldatenehre gekränkt, »die haben echt Besseres zu tun!« – »Ach ja? Was denn, wenn kein Krieg ist, außer Warten?« – »Wir warten nicht, wir trainieren!« – »Faulpelze gibt es doch überall, also erzähl mir nicht, dass es in deiner Kaserne keinen einzigen Drückeberger gibt!« – »Doch, klar«, gab mein Bruder zu, »aber wir verplempern unsere Zeit nicht mit Warten.« – »Ihr merkt es nur nicht mehr, das ist normal … Und auch nicht unbedingt schlimm! Hast du *Die Tatarenwüste* gesehen, Émile?« Superzeitpunkt für ein Gespräch über Filme. Aber er war in seinem Element: »Der ist schon älter und spielt in der Wüste, ein Film über wartende Truppen – sie warten den ganzen Film über, großartig. Das ist mit diesem unglaublich tollen Schauspieler … Wie hieß der noch gleich?« – »Schön, Bernard, aber wir warten jetzt nicht mehr, wir fahren!«, warf meine Mutter ein. Wenn man nämlich feststellt, dass man auf dem Golfplatz des Innenministers gezeltet hat, kapiert man auch ohne Offiziersausbildung, dass man besser schnell die Zelte abbricht.

Mein Vater startete das Auto und fuhr los. Natacha hatte sich wie selbstverständlich zwischen mich und meinen Bruder gequetscht und fand das offensichtlich alles ziemlich lustig: »Woher willst du denn wissen, dass das der Innenminister war?« – »Na, weil er von Polizei gesprochen hat … und die gehört zum Innenministerium.«

Es müsste wirklich einen Minister fürs Innere geben, für innerliche Leere, Hemmungen und Gefühle überhaupt, der hätte alle Hände voll zu tun. Aber der normale Innenminister kümmert sich nur ums Außen. Am liebsten bringt er Leute aus seinem Land heraus, jeden in seine Heimat, auch wenn es die nicht mehr gibt. Aber dem Gesundheitsminister geht es ja auch eher um die Kranken. Diese Titel sollen den Feind verwirren, sagt mein Vater, und der Feind sind anscheinend wir.

Wir preschten über den holprigen Feldweg, auf einmal machte der Wohnwagen einen Hopser und es krachte laut. »Das ist Paris-Dakar«, rief mein Vater fröhlich. Er bog rechts auf die Landstraße ab, Richtung Autobahn. Die Anhängerkupplung hatte anscheinend gehalten. »Wir sind aus dem Schneider!«, verkündete er siegessicher. »Moment, ich schaue mal, ob uns jemand verfolgt«, zügelte ihn mein Bruder und suchte die Umgebung ab. Er zog sogar ein Fernglas aus einem braungrünen Beutel, diese Soldaten sind echt gut ausgestattet. »Frei!« Soldaten sagen auch nicht Ja und Nein, sondern Positiv und Negativ, mit irgendwas muss man sich ja beschäftigen. Papa triumphierte: »Die haben wir fertiggemacht!« – »Von wegen fertiggemacht«, entgegnete Fabrice, »wir sind grade noch davongekommen, mehr nicht.« Etwas Gutes hatte das Ganze: Ich hatte gemerkt, dass meine Familie mir im Ausland weniger peinlich war als sonst. Bei ihren Klamotten könnten die Einheimischen zum Beispiel auf die Idee kommen, die seien bei uns in Mode, ich setzte da voll aufs kulturelle Missverständnis. Das Missverständnis an sich war sowieso unsere einzige Hoffnung.

Schnell waren wir wieder an der Autobahn, an der Auffahrt führten ein paar Polizisten Passkontrollen durch. Mich packte sofort die Panik. Die würden uns bestimmt kontrollieren, ganz sicher, und dann war alles vorbei. Doch die Carabinieri würdigten uns keines Blickes, das kam mir fast schon verdächtig vor. »Wir sind eine echte Räuberbande!«, sagt meine Mutter gern, meine Familie hat es nicht so mit der Gesetzestreue. Nicht, dass wir ständig Verbrechen begehen, aber man sollte meine Eltern besser nicht in Versuchung führen. Außerdem ist mein Vater allergisch gegen Regeln und Vorschriften, das ist schon seit seiner frühen Kindheit so, seit der Grundschule, an die hat er schlechte Erinnerungen. Verständlich, es lief wirklich nicht so gut, er war ein Jahr zu lang im Kindergarten, weil seine Mutter vergessen hatte, ihn einzuschulen – ungelogen. Anscheinend war sie sehr zerstreut gewesen oder einfach betrunken, nur darf man das nicht laut sagen, sonst regt mein Vater sich auf. Er erträgt es nicht, wenn man schlecht von Oma Ida spricht, die ich nie kennengelernt habe und die wohl eine außergewöhnliche und wunderschöne Frau war. Papa hat immer noch ein Foto von ihr im Portemonnaie, ein altes Porträt in Schwarz-Weiß, auf dem sie aussieht wie ein Hollywoodstar aus den Dreißigern. Er muss sie wirklich lieben, von Mama hat er nämlich kein Foto bei sich. Von meinem Bruder und mir erst recht nicht, auf die Idee käme er nie. Jedenfalls gibt es so viele Anklagepunkte gegen uns, dass ich sie gar nicht alle aufzählen kann, aber irgendwann wird ein Richter sie schon verlesen. So eine Missachtung der Gesetze geht nämlich nicht ewig gut, früher oder später wird man hochgenommen, das kann einem jeder berühmte Verbrecher erzählen.

Gleich an der ersten Raststätte machten wir Frühstückspause. Ausnahmsweise hatte ich nichts dagegen, denn der ganze Stress hatte auch sein Gutes: Es war nicht mal acht. Mit unserem überstürzten Aufbruch hatten wir ein bisschen Zeit rausgeholt. Ich schöpfte langsam wieder Hoffnung. Man kann die Hoffnung nicht ganz verdrängen, sie kommt aus heiterem Himmel, wie die Sonne, die plötzlich durch die Wolken bricht und dich wärmt, wenn es vorher grau und verhangen war. Aber der Blickfang des Morgens war Natacha. Sie stand seelenruhig am Tisch neben der Kaffeemaschine und schlürfte zusammen mit Fabrice und meinen Eltern, die sie wie ihre zukünftige Schwiegertochter behandelten, ihren Kaffee.

Meine Mutter stellte eine dreiste Frage nach der anderen: »Und was machen Sie so?« – »Ich reise.« – »Das ist kein Beruf, reisen.« – »Ach so, beruflich … Also ich habe in Belgien Sprachen studiert, aber dann dachte ich, Sprachen lerne ich schneller, wenn ich reise.« – »Gar nicht so doof«, sagte mein Vater, der immer noch ganz verzaubert war. »Mag ja sein, aber irgendwann müssen Sie doch Ihren Abschluss machen, sonst kommen Sie nicht weit«, meinte meine Mutter, »und wenn Sie Ihre Zeit mit unserem Sohn vergeuden, wird Ihr Italienisch auch nicht besser.« Sie schmiss mit Sticheleien wie ein Messerwerfer.

Auf der anderen Seite des Tisches konnte Natacha nur versuchen, ihnen irgendwie auszuweichen.

Mein noch etwas verschlafener Bruder ging endlich zum Gegenangriff über. »Mama! Lass sie in Ruhe, sie macht, was sie will.« – »Heutzutage darf man der Jugend aber auch gar nichts mehr sagen. Ich wollte doch nur helfen.« – »Das hilft aber nicht!« – »Meine Eltern reden auch immer so«, sagte Natacha besänftigend, »aber sie sollten mir einfach vertrauen, das würde viel mehr bringen als Ratschläge und Kritik.« – »Vertrauen muss man sich verdienen«, sagte meine Mutter unbeirrt und zeigte auf meinen Bruder, »gucken Sie sich den Tollpatsch doch an, dem haben wir vertraut – aber seit seiner Geburt hat er eine Dummheit nach der anderen angehäuft. Kennen Sie die ägyptischen Pyramiden? Die sind Miniaturen gegen seinen Haufen Dummheiten!«

»Alles klar, dann können wir ja gehen!« Fabrice fasste Natacha am Arm und zog sie mit sich. »Warte, Fabrice, wir diskutieren doch nur«, versuchte mein Vater abzuwiegeln. »Das ist keine Diskussion, das ist eine Generalabrechnung.« – »Deine Mutter übertreibt, das kennst du doch. Entschuldigen Sie bitte, die Dame!« – »Kein Problem«, antwortete Natacha. Die beiden kehrten zurück zum Resopaltisch. Jetzt ergriff mein Vater wieder das Wort, und das war wahrscheinlich besser so: »Und was werden Sie als Nächstes machen? Möchten Sie mit uns nach Venedig fahren?« – »Sehr gern, wenn Ihnen das keine Umstände macht.« – »Das wird doch eng wie in einer Sardinenbüchse, da hinten auf dem Rücksitz!«, sagte meine Mutter bockig. Den Friedensvertrag würde sie so schnell nicht unterschreiben. »Ach Quatsch, das kriegen wir schon hin, oder, Émile?«, fragte Fabrice. Vom Aufsteller mit den Videos nickte ich schicksalsergeben zu ihnen rüber. »Émile lehnt sich doch gern an Natachas Schulter, oder etwa nicht?« Mir wurde schwindelig, ich war kurz vor dem technischen K.o. mit Abbruch durch den Ringrichter. Hatte Fabrice uns etwa gehört, heut Morgen um fünf? Hatte er vielleicht nur so getan, als ob er schläft?

Vor meinem geistigen Auge spielte ich den Film nochmal ab, ich spulte vor und zurück und stoppte an ein paar Stellen. Er hatte doch die ganze Zeit geschnarcht ... Ich fing an zu schwitzen. Hatte er uns bespitzelt? Beim Militär kriegen sie falsche Pässe für geheime Missionen, dagegen ist vorgetäuschtes Schnarchen die leichteste Übung. Je länger ich darüber nachdachte, desto weniger wollte ich es wissen – ausnahmsweise fand ich Nichtwissen mal gut. Vielleicht war das ja die Lösung, alles wieder zu verlernen, um dann ganz unwissend und unbeschwert in einem Paradies auf Erden zu leben.

Ich hörte, wie Natacha für mich antwortete: »Aber klar, wir bleiben Schulter an Schulter, Solidarität gibt es nämlich auch unter jungen Leuten. Aber vorher würde ich noch ganz kurz auf Toilette gehen, wenn Ihnen das keine Umstände bereitet.« – »Stetig zu Diensten, Mademoiselle, tun Sie sich keinen Zwang an.« Mein Vater kann wahnsinnig höflich sein, genau wie ein englischer Lord in den Filmen von James Ivory, nur schlecht synchronisiert: Man merkt, dass irgendwas nicht stimmt, man weiß nur nicht was.

Natacha kam ganz frisch und strahlend von der Toilette wieder. Sie habe sich richtig aufgehübscht, fand mein Bruder. Für mich sah das eher so aus, als hätte sie ihre Alles-läuft-super-Maske aufgesetzt und wollte damit ziemlich viel Dreck unter den Teppich kehren, da würde Fabrice noch ordentlich niesen müssen. Es gibt diese Mädchen, die laufen nur an dir vorbei und zack, fieberst du ihnen hinterher. Wie eine Grippe, man sollte sich dagegen impfen lassen. Außerdem können Nebenwirkungen auftreten – erst ist man verzaubert und wahnsinnig verliebt, und später stößt man dann auf ein Scheidungstrauma oder eine schwierige Kindheit und das Mädchen ist kaum noch zu ertragen. Das hat mir Fabrice erklärt, in seiner Freizeit ist er Hobbypsychologe, und Freizeit hat er ja genug.

Mich machen Mädchen nicht unbedingt krank, sie werfen mich eher aus der Bahn. Aber ich bin auch keiner, der mit beiden Beinen fest auf dem Boden steht. »Also los?« Ihr Lächeln kam mir gezwungen vor, aber man musste ganz genau hingucken. Ihr Strahlen ging trotzdem übers ganze Gesicht. Natacha hatte eine Menge Charme und benutzte ihn auch, wie eine Art Vorhang, hinter den man allen möglichen Krempel räumt. Diese Mädchen sind Meisterinnen der Tarnung, sie toppen die besten Geheimdienste der Welt. »Wir sind schon weg!«, rief mein Vater, überglücklich, dass sich die Frauenquote im Auto verdoppelt hatte.

Es war noch superfrüh. Immer wieder wurden wir überholt, teilweise so schnell, dass man denken konnte, wir stehen einfach nur rum. Ich wies meinen Vater darauf hin, aber der zitierte Konfuzius, vielleicht auch Kant oder den allgegenwärtigen Alexandre Jardin oder das Jahreshoroskop – seine Quellenangaben sind nicht immer hundert Prozent zuverlässig. »Fürchte dich nicht, langsam zu gehen, fürchte dich nur, stehen zu bleiben«, sagte er so bedeutungsschwer wie ein Grundschullehrer beim Diktat.

Anstatt in die Luft zu gehen, betrachtete ich lieber Natacha, die zwischen Fabrice und mir eingedöst war. Sie trug kurze Shorts, ich konnte ihre hübschen Beine sehen, und ihre lockigen Haare fielen ihr in die Stirn. Eigentlich macht man das nicht, Mädchen so lange beobachten, aber sie schlief ja und ich hatte die nächsten vier Stunden nichts zu tun. Während ich sie so anschaute, musste ich an unsere Umarmung denken, an ihren Geruch und die unglaublich weiche Haut. Allmählich fragte ich mich, ob ich vielleicht nur geträumt hatte, weil es einfach zu traumhaft war. Ich bekam sogar Lust, nochmal von vorn anzufangen. Beim ersten Mal hatte ich ja gar keine Zeit zum Verstehen und Genießen gehabt, weil ich viel zu sehr damit beschäftigt war, mich davon zu überzeugen, dass es wirklich passiert. Jetzt war allerdings nicht der passende Moment für ein zweites Mal. Also drehte ich mich weg und schaute in die Landschaft, die am Fenster vorbeizog, lauter Felder und Zypressen. Der italienische Frühling war auch nicht übel.

Ich spürte, wie Natacha sich bewegte, und schaute wieder rüber. Wenn ich nicht schon vergeben wäre, hätte ich mich in sie verlieben können. Und da – vielleicht hatte sie meinen Blick gespürt – öffnete sie die Augen und lächelte mich an. Wenn sie lächelt, ist es, als würde man die Fensterläden aufstoßen, es strahlt so hell und man wird durchflutet von Licht, das tut gut. Ich lächelte unwillkürlich zurück. Freude ist ansteckend und deshalb werden die Leute zu Zynikern: Damit sie nicht auf ein flüchtiges Lächeln hereinfallen und hinterher enttäuscht werden. Als Mathe-Ass frage ich mich schon, ob die Rechnung aufgeht. Ich glaube, am Ende zahlen sie drauf.

Fabrice pennte, meine Eltern starrten konzentriert auf die Straße, wir waren fast allein auf der Welt, nur sie und ich. Der Blick ihrer großen, sanften Augen war wie eine Liebkosung. Wie kann sich ein Blick nur so wunderbar anfühlen? Dafür hatte ich keine Erklärung, nicht mal ansatzweise. Gleich würde sie etwas sagen, dieser Moment der Stille würde verglühen wie ein Raumschiff in einem Science-Fiction-Film, das in der Leere des Weltalls verschwindet. Nichts dauert ewig, das steht fest. In Kacksituationen ein Glück, aber für magische Momente ist es verdammt schade.

»Deine Haare sehen irgendwie komisch aus. Blondierst du sie?«, fragte sie leise. Was für ein Absturz aus himmlischen Höhen, die totale Bruchlandung. Damit hätte ich jetzt wirklich nicht gerechnet. Ich schüttelte den Kopf, aber mir war garantiert anzumerken, was los war. Ich fiel in mich zusammen wie ein gesprengter Wolkenkratzer, zwanzig Stockwerke, die in Zeitlupe einkrachen. »Ich frage nur, weil deine Haare hell sind und der Ansatz dunkel, das kenn ich nur von Mädchen, die sich die Haare bleichen.« Sieht man das so doll?, schrie ich innerlich in die Stille hinein. Wenn man das so doll sieht, ist mein Leben ein schlechter Horrorfilm. Ich hätte mich am liebsten in einen Sarg gelegt, um lebendig begraben zu werden. »Die sind bloß von der Sonne gebleicht«, stotterte ich. »Von der Sonne? Wo wohnt ihr denn?«, fragte sie überrascht. »In Montargis, mitten in Frankreich.« – »Und da habt ihr so viel Sonne?« – »Oh ja, da knallt die Sonne heftig.« – »Und davon wirst du so blond?« Sie kaufte mir diesen Quatsch nicht ab, in Wirklichkeit sind Belgier längst nicht so blöd wie in den Witzen, die man über sie reißt. »Sieht so aus. Ist ja auch nicht mein Spezialgebiet.«

»Ich war auch blond, als ich klein war«, schaltete sich mein Vater ein. Er hatte alles mitgehört und wollte mir beistehen, ich musste also mit dem Schlimmsten rechnen. »Sie waren blond?«, fragte Natacha verwundert. »Als ich so alt war wie Émile, sah ich genauso aus wie er! Später ist es etwas nachgedunkelt.« – »Und waren Sie auch von der Sonne so hell?« Natacha ließ nicht locker. Ein richtiger Dickkopf, dabei merkte sie doch genau, dass das verimntes Terrain war. Haarfarbe ist was Persönliches, dazu kann man doch nicht einfach tausend indiskrete Fragen stellen. Ihr fiel das gar nicht auf, sie war voller guter Vorsätze, wie der Weg zur Hölle, und damit brachte sie mich ins Fegefeuer.

»Wir helfen ein bisschen nach«, gestand meine Mutter aus heiterem Himmel. Das gab mir den Rest. Man darf nie gestehen, niemals, sonst war's das mit Im Zweifel für den Angeklagten und du kriegst die Höchststrafe aufgebrummt. Natacha drehte sich zu mir und ihren Blick – überrascht, peinlich berührt, mitleidig und angeekelt zugleich – werde ich nie vergessen. Was wir im Zelt gemacht hatten, würde nie wieder passieren, das ging nicht mehr, niemals, nicht mit einer Fake-Blondine wie mir, etwas war unwiderruflich zerstört. »Sie blondieren Ihrem Sohn die Haare?«, fragte sie so entsetzt, als wäre das eine unerhört schwere Straftat. Totenstille. So direkt hatte uns das noch niemand gefragt. Meine Mutter fühlte sich sofort verurteilt, sogar bedroht: »Er will es so«, sagte sie mit verkrampftem Lächeln, und es war unübersehbar, dass sie gern das Thema gewechselt hätte. Aber so leicht kamen wir natürlich nicht davon.

Natacha schaute mich mit großen Augen an, es war eine Qual. »Du willst, dass sie dir die Haare bleichen?« – »Aufhellen«, korrigierte mein Vater. »Ja okay, das ist doch das Gleiche.« – »Überhaupt nicht«, warf meine Mutter ein, und mein Vater behauptete: »Er hat ja auch recht, es sieht einfach besser aus.« – »Und das war deine Idee, Émile?!« – »Nein, das war unsere«, antwortete meine Mutter, »aber mittlerweile hat er verstanden, dass es nur zu seinem Besten ist und will es auch … Aber das geht Sie alles gar nichts an, und wir müssen uns auch nicht rechtfertigen, als ob wir schlechte Eltern wären.« Langsam verlor sie die Geduld. »Wenn Sie mal Kinder haben, werden Sie schon sehen«, fügte mein Vater hinzu. »Ich wollte Sie ja nicht verurteilen.« – »Doch, doch, man merkt schon, dass Sie sich Ihren Teil denken. Dabei geben wir für unsere Kinder alles. Alles. Wir haben uns das Geld vom Mund abgespart, um ihnen Tennisstunden zu bezahlen, Sprachreisen, Nachhilfe, damit sie erfolgreich in Mathe und Physik sind, und und und … Meinen Sie, das tun viele Eltern?« – »Weiß ich nicht«, antwortete Natacha skeptisch. »Wie, das wissen Sie nicht? Glauben Sie etwa, so aufopferungsvolle Eltern wie uns findet man an jeder Straßenecke?!« Sein Ton wurde langsam aggressiv. »Nein, bestimmt nicht«, räumte sie ein. »Ganz sicher nicht! Wir handeln nicht einfach aus dem Bauch heraus … Als meine Frau schwanger war, habe ich viele sehr lehrreiche Erziehungsratgeber gelesen! Das ist alles Teil eines Plans, genauestens durchdacht.«

»Das mit den Haaren auch?« – »Mein Gott, ist die vorlaut«, meine Mutter war richtig genervt. »Wollen Sie an der nächsten Raststätte aussteigen?« – »Entschuldigung, ich versuche ja nur zu verstehen, ich wollte Sie nicht in Verlegenheit bringen.« – »So ein Quatsch, wir sind doch nicht verlegen! Bist du etwa verlegen, Émile?« – »Nein.« Das war nicht mal gelogen, über den Punkt war ich längst hinaus, ich fühlte mich wie ein Ei, das man in die Pfanne gehauen hatte, irgendwie zerbrochen, mein Innerstes nach außen gekehrt. »Niemand ist hier verlegen!«, kreischte meine Mutter, und davon wachte mein Bruder auf. Er kam nur langsam zu sich, als wäre es fünf Uhr morgens.

»Was schreit ihr denn so rum, seht ihr nicht, dass ich schlafe?« – »Na, dann schlaf doch!«, rief meine Mutter wütend. Mein Bruder schaute sie fassungslos an, als hätte man ihn aus dem Tiefschlaf geprügelt. »So ein Irrenhaus«, dachte er laut, ein kurzer Geistesblitz, und schob seinen Kopf zwischen Tür und Kopfstütze. »Das ist Privatsache«, erklärte mein Vater Natacha in etwas ruhigerem Ton, »das geht niemanden etwas an, verstehen Sie?« – »Ja klar, schon verstanden.« – »Dann seien Sie bitte so taktvoll, dieses Thema in Zukunft nicht mehr anzusprechen, ist das klar?«, fragte er mit dem drohenden Unterton eines Mafiabosses. »Ja, Monsieur, Sie haben mein Ehrenwort«, antwortete Natacha feierlich, bestimmt, um ihn zu beruhigen und endlich die Diskussion zu beenden, die für alle unerträglich wurde. Ein Ehrenwort, damit gebe ich mich zufrieden, schien mein Vater zu sagen, aber das war auch das Mindeste.

Natacha nahm meine Hand und sagte mit den Augen: Oh, du Armer, ich hatte ja keine Ahnung, was du durchmachst, unvorstellbar, es tut mir von Herzen leid. Ich setzte einen zustimmend-geknickten Blick auf, um ihr zu vermitteln: Mir tut es auch leid, es ist wirklich der Horror und ich weiß nicht, wie ich da rauskommen soll. Und ob ich hier überhaupt jemals rauskomme. Mit den Augen kann man einiges sagen, das ist manchmal verdammt praktisch.

Ich versuchte noch ein bisschen zu schlafen, weil so eine Demütigung schlaucht. Oder weil Schlaf die einzige Fluchtmöglichkeit war. Ich dachte darüber nach, dass ich es auch schlimmer hätte treffen können, zum Beispiel mit Eltern, die ihre Kinder schlagen. Zugegeben: In der Statistik lag ich nicht ganz am unteren Rand. Und trotzdem hätte ich gern ein bisschen durchschnittlichere Eltern abgekriegt, allein schon für mein seelisches Gleichgewicht. Sollten mein Vater und meine Mutter jemals jemanden in einer psychiatrischen Klinik besuchen, wird man sie garantiert gleich dabehalten. Aber ich will sie nicht wegsperren lassen, ich würde sie nur gern eintauschen, gegen ein Elternpaar, das sich etwas logischer, rationaler und ein klein wenig bürgerlicher verhält. Eltern, die sauber sind und korrekt – meine sind nicht schmutzig, das nicht, aber sie lassen sich schon ein bisschen gehen. Sie haben eben andere Prioritäten, andere als ich.

Ganz plötzlich zog das Auto nach rechts, dann nach links, mein Vater steuerte dagegen und sah besorgt aus, allerdings nicht so besorgt wie Mama: »Was ist los, Bernard?! Brems doch!« – »Irgendwas stimmt nicht«, sagte er, »es ist, als würde der Wohnwagen vom Wind hin- und hergezerrt.« Ich schaute auf die Bäume draußen. »Es ist fast windstill, Papa.« Mein Vater fuhr langsamer, aber das Problem blieb bestehen. »Dann muss ein Reifen geplatzt sein«, sagte er. Verzweifelt vergrub ich den Kopf in den Händen. Wenn du Scheiße am Schuh hast, hast du Scheiße am Schuh, so viel ist sicher. Und ausgerechnet mein Vater hält sich für den größten Glückspilz der Welt, seit er einmal bei einer Tombola im Supermarkt gewonnen hat – eine Super-8-Kamera, die zuhause in der Schublade vergammelt und die wir nicht mal für Italien eingepackt hatten, weil kein Film vorhanden war und man heute sowieso Videokameras benutzt. Jedenfalls meint mein Vater seitdem, dass er das Glück gepachtet hat.

Mein Vater nahm einfach die erstbeste Ausfahrt. Wir landeten auf einem kleinen Rastplatz, weit und breit keine Tankstelle, auch kein Kaffeeautomat, nur ein paar Picknicktische voller Chipskrümel und ein heruntergekommenes Klohäuschen, aus dem es zehn Meter gegen den Wind stank. Wir stiegen aus. Mein Vater kontrollierte die Reifen des Wohnwagens. Einer war definitiv platt. »Ist er kaputt?«, fragte mein Bruder. »Es sieht schwer danach aus.« – »Wo ist denn der Ersatzreifen?«, mischte ich mich ein. »Wir haben einen fürs Auto, aber keinen für den Wohnwagen«, erklärte mein Vater, ohne mit der Wimper zu zucken. »Machst du Witze?« – »Sehe ich so aus?« Jeder ist seines Unglückes Schmied. Wir jedenfalls spielten unserem Verderben ordentlich in die Hände. »Beim Golfplatz muss was kaputtgegangen sein. Erinnert ihr euch an das große Schlagloch?« Wir nickten deprimiert. »Und jetzt? Müssen wir jemanden rufen?«, fragte mein Bruder. »Nicht nötig«, sagte mein Vater.

Ein paar Sekunden später kam er aus dem Wohnwagen, in der Hand eine Sprühdose mit einem Abdichtungsschaum. »Wir sind gerettet!«, verkündete er und lächelte mich an, er ahnte wohl, wie beunruhigt ich war. »Kommen wir so bis nach Venedig?« – »Nein, nein, das nicht, aber bis zur nächsten Tankstelle, und da können wir den Reifen reparieren. Aber danach fahren wir ruckzuck weiter.« Ich schaute auf die Uhr und während mein Vater den platten Reifen mit Schaum füllte, verkrümelte ich mich wortlos hinter einen Baum. Wie kann man eine Reise nur so an die Wand fahren? Das war definitiv die Ausfahrt Richtung Totalfiasko. Ich hatte mir das alles ganz anders vorgestellt, ich hatte mir nur ein Zugticket gewünscht, um allein und in Ruhe nach Venedig zu fahren und Pauline Geige spielen zu sehen. Ich wollte einfach nur pünktlich ankommen, lange vor dem Konzert, weil es nämlich auch Züge ohne Verspätung gibt. Aber nein, jetzt war es zu spät, das Konzert konnte ich vergessen.

Ich verfiel in tiefe Schwermut, keine Ahnung, was das genau heißt, aber es fühlte sich so an. Natacha kam zu mir, dann mein Bruder und mein Vater, und sogar meine Mutter. Sie standen im Kreis um mich herum und wollten wissen, was ich habe, aber ich kriegte kein Wort raus. »Was ist denn los, Émile?«, fragte meine Mutter besorgt. Schluchzer schüttelten mich, Tränen strömten wie die Niagarafälle und mit Ach und Krach kriegte ich ein kaum verständliches »Ich weiß nicht« heraus. Ich hatte nicht die Kraft, ihnen alles zu erklären und genützt hätte es auch nichts. »Ist es das Konzert?« Natacha war die Einzige, die mich verstand, sie hatte so eine unfehlbare weibliche Intuition und dann war sie auch noch nett. Ich nickte ruckartig, als hätte ich Schluckauf.

»Ein Chamodot kämpft immer bis zur Ziellinie«, verkündete mein Vater. Fabrice schaute auf die Uhr. »Bis vier schaffen wir das nie.« Papa redete das Problem schon mal klein: »Lad deine Freundin einfach zum Essen auf den Campingplatz ein, Geige ist zwar schön, nervt aber schnell.« Ich heulte wieder los wie ein Schlosshund, wahrscheinlich konnte man mich bis nach Venedig hören. Mein Vater merkte, dass sein Vorschlag auf wenig Gegenliebe stieß und zog sich mit Mama zurück. Fabrice verdrückte sich auch.

Langsam rutschte ich mit dem Rücken am Stamm herunter und ließ mich auf den Boden plumpsen. Natacha hockte sich neben mich und schwieg. Wenigstens sie hielt zu mir. Wenig später hörte ich plötzlich lautes Knattern, Reifen quietschten.

Direkt neben uns bremste ein Motorrad, auf dem saß mein Bruder und hielt mir einen Helm hin.

»Los, setz den auf und steig hinter mich. Ich bring dich nach Venedig, und ich schwör dir, du wirst pünktlich sein.« Ich traute meinen Ohren nicht. »Hast du grade ein Motorrad geklaut?«, fragte Natacha ungläubig. Mich erstaunte das nur mittel, weil das mit sechzehn seine Spezialität gewesen war. »Ich hab's mir geliehen«, sagte er, »na ja, Papa hat ein Ablenkungsmanöver gestartet. Das war echte Teamarbeit.« Genauer wollte ich es gar nicht wissen. »Los, steig auf!«, befahl Fabrice. Und dann sagte er zu Natacha diesen Satz, den ich nie vergessen werde, nicht mal wenn ich steinalt bin und gleichzeitig an Alzheimer, Parkinson, Arthrose und Krampfadern leide: »Mein kleiner Bruder hat eine Verabredung in Venedig, und es kommt nicht in Frage, dass er sie verpasst.« Ehrlich, das hat mich umgehauen. Mein Bruder ist eine Seele von Mensch und wer das nicht kapiert, kapiert überhaupt nichts.

Ich hörte auf zu heulen, dazu hatte ich jetzt keine Lust mehr. Ich setzte den Helm auf und lief zum Auto, um meinen Rucksack aus dem Kofferraum zu holen. Natürlich hatte ich die Konzertklamotten zur Seite gelegt, nicht ganz unten in den Koffer, ich bin ja kein Amateur. Bei einer Familie wie meiner muss man auf alles vorbereitet sein, 180°-Wenden sind bei uns Nationalsport.

Mein Bruder ließ den Motor aufheulen. Ich trat auf die Fußraste und schwang mich auf den Sitz, das ging leichter als gedacht. Ich drückte mich von hinten an Fabrice, so fest, wie ich konnte. Ich wollte Danke sagen, du bist der Hammer, wenn wir das schaffen, bist du mein Held, und wenn nicht, hätten wir es wenigstens versucht, ich bin so froh, dass es dich gibt, ein großer Bruder ist das Allerbeste. Aber bei diesem Motorenlärm hätte er eh nichts gehört und so was fünfzehn Mal zu wiederholen ist total peinlich, spätestens beim dreizehnten Mal verliert man das Gesicht. Obwohl das noch besser ist als all diese Leute, die ihr wahres Gesicht nie zeigen. Ich glaube, das ist der Grund für unglückliche Ehen und für die ganzen Weltkriege. Ich hielt mich trotzdem erst mal zurück, auch wenn mein Herz fast platzte vor Dankbarkeit.

Fabrice bretterte los, und mein Lächeln wurde immer breiter. Ein echter Raketenstart. Die vierhundert Kilometer würden wir in einer Dreiviertelstunde runterreißen. »Seid vorsichtig«, rief meine Mutter, der bei unserem Abgang wahrscheinlich ganz schwer ums Herz war. »Versprochen, Mama!« Aus dem Augenwinkel sah ich noch, wie Natacha und meine Eltern, die auch keine Zeit verlieren wollten, ins Auto stiegen.

Auf der Fahrbahn waren jetzt die Rollen vertauscht: Im Vergleich zu uns fuhren die anderen im Zeitlupentempo. Der Fahrtwind presste mir den viel zu großen Helm gegen den Hals, direkt unter dem Kinn, da, wo die Halsschlagader ist. Ich duckte mich hinter Fabrice, um nicht erdrosselt zu werden – das wäre unpraktisch hier auf dem Rücksitz eines gestohlenen Motorrads. Geliehen, meine ich, Herr Staatsanwalt, geliehen, wir geben es ja zurück, ich schwöre es, so wahr mir Gott helfe. Ich fühlte mich angenehm angesäuselt, ich hatte nicht mal Angst. Es war, als wären wir unbesiegbar und schneller als der Wind. Aber klar, beim kleinsten Fahrfehler würden wir im Graben landen und damit direkt auf dem Friedhof. Na ja, für das verpasste Konzert wäre das immerhin eine Top-Ausrede.

Die Schilder mit den Kilometerangaben nach Venedig sah man jetzt öfter. Und die entscheidende Zahl wurde immer kleiner. 340 … 305 … 270 … 220 … Nach meinen Berechnungen würden wir unser Ziel gegen fünfzehn Uhr lokaler Zeit erreichen. Wir durften nur keinen Unfall bauen oder von der Polizei angehalten werden. Ein Blitzer wäre halb so wild, die Strafe müsste ja der Besitzer zahlen, aber wenn die Polizei uns so kurz vor dem Ziel rausziehen würde, wäre das der Horror.

Wir sind von der Autobahn abgefahren und den Schildern Mestre-Venezia gefolgt, meine Uhr zeigte 14 Uhr 50. Nichts konnte uns mehr aufhalten. Wir bogen auf eine Nationalstraße ein, eine breite Trasse voller Autos, viel zu sehen gab es nicht, außer hier und da ein paar Felder. Der Weizen kam mir schon ziemlich groß vor, war aber noch ganz grün. Der Himmel darüber hatte sein schönstes Blau aufgelegt.

Mit voller Geschwindigkeit rasten wir durch eines dieser austauschbaren Stadtrand-Industriegebiete, die traurig, aber praktisch sind, am Ende vor allem traurig. Das ist übrigens extra so, ein trauriger Kunde ist ein kauflustiger Kunde, da sind sich die Wissenschaftler einig. In Montargis haben sie auch so eins hochgezogen, das hat was mit der Raumplanung zu tun, wegen der Felder und Bäume ihren Platz räumen müssen. Jetzt gibt es dort, wo früher Unkraut und Schmetterlinge waren, Lagerhallen und Parkplätze, so weit man gucken kann. Endlos viele Produkte haben sie dort, und alles höchste Quantität. Vor allem in der XXL-Apotheke im Shoppingcenter, wo sich alle Welt auf die Stimmungsaufheller stürzt – das haben sie echt clever gemacht.

Mein Bruder fuhr nervös und manchmal hektisch, aber darüber konnte ich mich ja schlecht beschweren. Ich entdeckte das Ortsschild von Mestre und erinnerte mich, dass das auf der Karte die letzte Stadt vor Venedig war. Danach fuhr man noch über eine riesige Brücke, ein bisschen wie die zur Île de Ré, und schwupps, war man da. Ein Vorgeschmack auf Venedig war Mestre nicht gerade, eine Industriestadt ohne Flair, graue Mauern, heruntergekommene Häuser und leergefegte Straßen, also eher ein schlechter Nachgeschmack. Vor Schönheit kommt oft Hässlichkeit, vielleicht für den Kontrast. Jedenfalls laut meinem

Französischlehrer, diesem Philosophen, der oft sagt, wir würden in einer Welt der Gegensätze leben und Hochs gäbe es nie ohne Tiefs, Hitze nie ohne Kälte, Stille nie ohne Lärm und so weiter. Wenn das stimmt und so viel Hass und Schrecken existieren müssen, damit es im Gegenzug Liebe und Schönheit gibt, ist der Preis ziemlich hoch.

Wir fuhren an einem Güterbahnhof vorbei, der von endlos vielen Zubringern umgeben war. Auf der Fahrbahn war eine Baustelle, so eine, die alle ausbremst – aber mit dem Motorrad schlängelten wir uns ruckzuck zwischen den wartenden Autos durch, echt praktisch. Danach durchquerten wir eine kleine Ortschaft. Ich sah im Vorbeifahren die Fassaden der Häuser, die Geschäfte und Restaurants, Trattoria da Mimmo, Pizza della Casa … Immer weiter folgten wir den Schildern *Venezia* und kamen bald auf die Riesenbrücke, die vom Festland nach Venedig führt. Das Motorrad glitt über den Asphalt, auf dem Wasser glitzerte die Sonne und das Licht spiegelte sich im Chrom der Fahrzeuge. Die Luft roch schon ganz anders und das Leben auch.

In der Ferne sah ich die Löwenrepublik, die Bezeichnung hatte ich aus dem Reiseführer. Ich konnte nicht aufhören, daran zu denken, dass Pauline in einem dieser Häuser war, Pauline mit dem durchdringenden Blick aus ihren braunen Augen, den umschmeichelnden Haarsträhnen, dem bezaubernden Lächeln, dem beschwingten Lachen, Pauline mit ihrem schlagenden Herzen, Pauline, die immer beides ist, kraftvoll und elegant, stark und zerbrechlich, glaubend und zweifelnd. Und was könnte verführerischer sein als die Vereinigung solcher Gegensätze?

Vielleicht wäre sie ja trotzdem ein bisschen baff, mich zu sehen, das hoffte ich jedenfalls. Andererseits war ich nicht völlig weltfremd und kalkulierte auch das Allerschlimmste mit ein. Vielleicht hatte sie nicht viel Zeit, vielleicht könnten wir nicht mal wie geplant eine Pizza essen gehen, sondern nur einen Cappuccino trinken – also ich eine Cola, weil ich Kaffee nicht mag. Ein kurzer Moment, um sie anzuschauen, würde mir aber auch reichen, dann hätte sich die Reise schon rentiert. Ein kleines Lächeln, mehr wollte ich gar nicht. Ein einziger zärtlicher Blick. Ein Zeichen, dass sie froh war, mich zu sehen. Gut, zugegeben, bei einem Kuss würde ich auch nicht nein sagen. Tausend Kilometer für einen Kuss, das lohnt sich, vor allem für einen Kuss in Venedig. Na ja, solange man diesen Kuss nicht bekommen und nicht gegeben hat – ein Kuss ist eines der seltenen Dinge, die man gleichzeitig gibt und bekommt, wenn nicht das einzige, das muss doch ein Zeichen für wahre Liebe sein –, solange das jedenfalls nicht passiert ist, kann man auch nicht viel dazu sagen. Man stellt Vermutungen an, macht vorsichtig einen Schritt vor, auch wenn es danach wieder rückwärts geht. Man muss es drauf ankommen lassen.

Ein Zug rollte über die Brücke und ich bemerkte, dass neben der Straße Bahngleise verliefen. Von den Waggonfenstern aus blickten die Reisenden neugierig Richtung Insel. Je näher wir kamen, desto klarer wurde meine Sicht auf die Stadt. Wie von Zauberhand schienen diese Häuser sich auf dem Meer zu halten. Irgendwie musste ich an Jesus denken. Von dem hat jeder schon mal gehört, vor zweitausend Jahren ist er angeblich auf dem Wasser gelaufen, aber was ich davon halten soll, weiß ich bis heute nicht. Die Italiener wollten ihm wohl Konkurrenz machen und weil sie ein Riesenego haben – oder einen großen Glauben, oder beides –, haben sie gleich eine ganze Stadt auf dem Wasser gebaut. Man sollte sie nicht herausfordern.

Wir kamen an einer Busstation an, vor uns lagen kleine Brücken und Kanäle, links der Bahnhof. Aber da war keine einzige Straße und kein einziges Auto mehr, nur noch Boote. Mein Bruder schaltete den Motor ab. »Du musst zu Fuß weiter. Weißt du, wohin?« Statt zu antworten, öffnete ich meinen Rucksack, aber im Eifer des Gefechts hatte ich den Reiseführer im Auto liegen lassen. »Ich hab den Stadtplan vergessen!« – »Ist nicht schlimm, frag dich einfach durch.« – »Ich kann doch kein Italienisch, wie soll ich da irgendwas verstehen?« Ich wurde panisch wie verrückt. »Reg dich ab«, sagte mein Bruder. Ob sich in der Menschheitsgeschichte wohl irgendwann mal irgendwer bei einem »Reg dich ab« abgeregt hat? »Du musst lernen, deine Gefühle besser zu kontrollieren«, fügte er kühl hinzu, »sonst kannst du zum Beispiel nie Scharfschütze werden.« – »Will ich ja auch gar nicht!« – »Schade, ich glaube, du wärst echt gut.« – »Das ist so was von unlogisch!«

Wir verfehlten mal wieder völlig das Thema, keine Ahnung, wie wir es immer hinkriegten, das falsche Gespräch zur falschen Zeit zu führen, das war echt unsere Spezialität. »Ja und was machen wir jetzt?«, jammerte ich. Mein Bruder blieb ruhig wie ein Buddha und ließ seinen Blick über den Platz schweifen. Soldaten erfassen das Gelände superschnell, da geht's ums Überleben. »Das da könnte ein Besucherzentrum sein!« In einem Affenzahn rannte ich in die Richtung, in die er gezeigt hatte.

Im Touristenbüro wurden wir von einer hübschen Frau empfangen, sie war zwischen dreißig und vierzig, braungebrannt und dunkelhaarig – genau die Richtige für diesen Job, allein ihr Aussehen sagte: Herzlich Willkommen in Italien. Ich kapierte sofort, dass sie meinen Bruder nicht kaltließ, es war klar, dass er gleich in die Flirtkiste greifen würde.

»*Hello*«, sagte er mit einem kleinen Lächeln. »*Buon giorno*«, antwortete sie, das klang hinreißend, man wollte gleich um ihre Hand anhalten. »*You speak English?*«, fragte mein Bruder weiter. »Ja, aber Französisch spreche ich auch.« Ich sah einen Schatten der Enttäuschung über Fabrices Gesicht huschen. Selbst eine Italienerin bemerkte seinen französischen Akzent beim Englischsprechen. Peinlich für ihn, aber für die europäische Integration sicher ein gutes Zeichen. »Mein kleiner Bruder muss zur Oper von Venedig, und zwar so schnell wie möglich.« – »*La Fenice*?« Sie hatte es »Feenichee« ausgesprochen, perfekt betont, hübscher ging's nicht. »Ja genau«, sagte ich. »Man kann ein Vaporetto nehmen oder laufen.« – »Was ist schneller?«, erkundigte sich mein Bruder. »Das bleibt sich fast gleich. Die Vaporetti fahren recht langsam und halten häufig.« – »Und wenn er rennt?« – »*Scusi*?« – »Wenn er superschnell läuft.« – »Ach so. Dann zu Fuß!« Sie lachte. »Aber passt auf, dass ihr euch nicht verlauft.« Sie zog einen Plan hervor und fuhr den Weg mit einem schwarzen Kugelschreiber nach. Es war mir bisher noch nicht aufgefallen, aber Venedig war ein gigantisches Labyrinth. »Wie lange braucht er dahin?« – »*Trenta, quaranta minuti*, aber nur, wenn man nicht so oft falsch abbiegt.« Es war 15 Uhr 20. Ich war schon wieder zu spät.

Avanti sind wir aus dem Touristenbüro raus – ein bisschen Italienisch konnte ich jetzt schon, Fremdsprachen sind ansteckend. »Soll ich mitkommen?«, bot mein Bruder an. »Ach nee, das geht schon.« Ich fing an abzuwägen. Mit seiner Hilfe würde ich den Weg viel schneller finden, aber ich wollte auf keinen Fall mit ihm zusammen auf Pauline treffen, dann würde es richtig kompliziert. Die Wahrscheinlichkeit, dass das passierte, war vielleicht eins zu tausend, aber selbst das war mir zu viel.

»Ich parke das Motorrad und wir gehen zusammen.« Er ließ nicht locker, bestimmt hatte er gemerkt, wie unsicher ich war. »Nicht nötig. Dass du mich hergefahren hast, ist schon der Hammer. Danke, ehrlich.« – »Nichts zu danken«, sagte er, und sein Blick rührte mich so sehr, dass ich Gänsehaut bekam. Ich drehte ihm den Rücken zu und machte mich auf den Weg. »Hast du keine Angst, dich zu verlaufen?« – »Nein, nein, mach dir keinen Stress!« – »Ach, was soll's, ich komme mit.« Jede Diskussion war zwecklos. Er riss mir die Karte aus der Hand, warf einen Blick darauf und zeigte mit dem Finger auf eine schmale Brücke. »Da lang!« Ich hätte das gern überprüft, aber die Zeit lief uns davon, also musste ich ihm wohl oder übel vertrauen.

Wie die Verrückten hetzten wir durch die Stadt, mit Scheuklappen vorbei an all den Sehenswürdigkeiten. Und trotz der ganzen Hektik war ich tief verzückt. Es gab Gassen nur für Fußgänger, Kanäle, über die Brücken mit steilen Stufen führten – die einem, wenn man schon schlapp war, den Rest geben konnten –, und wie aus dem Nichts kleine Plätze, mit Caféterrassen und weit geöffneten Kirchenportalen, dicht belaubten Bäumen und Wäsche vor den Fenstern der Häuser. So viel Schönheit, dass einem der Atem wegblieb. Vor allem wenn man sich gerade die Lunge aus dem Hals rennt. Diese Stadt war ein wahr gewordener Traum. Straßen, Bürgersteige und Abflussrinnen waren Flüssen gewichen, und statt Autos gab es elegante Boote, aus hellem, glänzendem Holz oder tiefschwarz mit Gondolieri darauf. Es war wie gemalt, nur schöner als jedes Kunstwerk, das ich in meinem Leben gesehen hatte. Diese Stadt musste man sich merken. So viel Schönheit, Poesie und Anmut – all das, was im Alltag fehlt, weil das Leben praktisch und organisiert sein soll, weil das Wachstum angekurbelt werden muss, der Konsum auch und die Arbeitslosigkeit nicht, was sie eben so sagen in den Abendnachrichten, die das Glück immer weiter von uns entfernen, indem sie es ständig versprechen –, in dieser Stadt hier waren es keine Verheißungen mehr, nein, alles war da, zum Anfassen in jeder Gasse und auf jeder Brücke, und man konnte nur noch niederknien und dankbar sein. Venedig ist ein Grund, an all das zu glauben, und viele Gründe gibt es ja nicht.

Ich schaute auf die Uhr: 15 Uhr 45. Wir rannten immer noch, wir hatten die hohe Rialtobrücke erklommen und waren danach rechts abgebogen, nicht über den Markusplatz, da mein Bruder auf dem Plan eine Abkürzung entdeckt hatte. Außerdem wurden wir auf den Touristenrouten ausgebremst, weil die es viel ruhiger angehen ließen und man sie in den engen Gassen nicht gut überholen konnte. Mein T-Shirt war jetzt schon schweißgetränkt, zum Glück hatte ich was zum Wechseln dabei. »Sind wir bald da?«, fragte ich besorgt. »Wir sind ganz in der Nähe.«

Ein paar Minuten später kamen wir zu einem Gebäude, das komplett von Wasser umgeben war, und Fabrice sagte bestimmt: »Das ist es!« Das Problem war nur: Wir konnten keinen Eingang entdecken und sahen nirgendwo einen Steg. »Bist du sicher?« – »Ja, aber anscheinend sind wir auf der Rückseite, wir müssen einmal drumrum.« Ohne Brücke war das ziemlich kniffig. Wir versuchten es linksrum, wir versuchten es rechtsrum. Beides Sackgassen. Wir kehrten um. Mein Bruder starrte konzentriert auf den Plan. Ich hatte noch acht Minuten, vielleicht zehn, wenn sie nicht ganz pünktlich anfingen. Einen Moment lang dachte er scharf nach, dann schien er die Lösung gefunden zu haben: »Hier lang!« Ich folgte ihm und überlegte, ob ich das ohne ihn besser hingekriegt hätte. Auf keinen Fall.

Und dann, nach zweimal abbiegen, tauchte die Fenice vor uns auf. Sie stand auf einem kleinen Platz, dem Campo San Fantin, etwas eingezwängt, weil direkt gegenüber eine Kirche aufragte, aber der Eingang wirkte trotzdem erhaben, ein paar Stufen führten hinauf, über der Tür flatterten Fahnen und auf einem großen Plakat stand: Festival Internazionale di Giovani Virtuosi. Gut gekleidete Menschen drängten hinein. Ich hielt eine alte, dunkelhaarige Frau an, die aussah, wie man sich eine Italienerin vorstellt, und zeigte mit dem Finger auf das Gebäude. *»Prego, la Fenice?« – »Sì, sì, la Fenice!«*, krächzte sie lächelnd. Es war 15 Uhr 55. Wir hatten gewonnen.

»Wir treffen uns um Viertel vor neun, am Campanile auf dem Markusplatz. Reicht dir das?« – »Ich denke schon.« –

»Pah, in der Zeit landest du locker bei ihr. Und zwar hoffentlich im Schlafzimmer!« Fabrice lachte laut. Schweinkram findet er immer lustig. Vor allem, wenn es dabei um mich geht. Er verabschiedete sich mit einem Komplizenhandschlag, wie bei einer Verschwörung, und ließ mich am Eingang stehen. Es machte mich ein bisschen traurig, ihn gehen zu sehen. Schon verrückt, wie ein Bruder, der dir die Fresse poliert, sobald er nach Hause kommt, plötzlich zum Wohltäter der Menschheit werden kann.

Ich stieg die Stufen zum Fenice hoch. Pauline hatte gesagt, sie würde meinen Namen auf eine Gästeliste setzen. Ich trat in die große Halle. Meine Füße versanken in einen dicken roten Teppich, so einer, auf dem selbst ein Niemand sich wie ein Star fühlt. Etwas weiter entfernt wiesen zwei schick in Schwarz gekleidete Männer die Plätze ein. Ich hatte natürlich noch keinen. Rechts von mir entdeckte ich einen Raum, in dem die Kasse sein musste. Ich kam zu einer Italienerin mit silbergrauem Dutt, die mich passend zu ihrem eleganten Äußeren mit vornehmer Zurückhaltung begrüßte. Aus ihren hellen Augen in dem symmetrischen, aber strengen Gesicht musterte sie mich. Bleich und triefend, wie ich war, sah ich wahrscheinlich aus wie ein schmelzender Schneemann.

»*Buon giorno*«, sagte ich hektisch, »sprechen Sie Französisch?« Sie schüttelte den Kopf, als würde ich stören. »*Yo soy* Émile Chamodot.« Keine Ahnung, warum ich auf Spanisch loslegte, in der Schule war das meine zweite Fremdsprache und es kam einfach so raus. »*Sobre la lista*«, fügte ich hinzu. »*La lista?*« – »*Sì!*« Sie nickte. Wundersamerweise verstanden wir uns. »*Come se chiama?*« – »Wie bitte?« – »*Il suo nome?*« – »Mein Name?« Sie nickte. »Émile Cha-mo-dot«, ich betonte jede Silbe einzeln. Aufmerksam ging sie die Liste durch. Ich betete, dass ich draufstand, aber die Gebete blieben unerhört. »*No.*« – »*I am very sur-*

prised«, antwortete ich, »Émile Chamodot, *are you sure?*« – »*Yes, I'm sure.*«

Klar war sie sicher. Ich auf einer so exklusiven Liste, das konnte gar nicht sein. Ich war natürlich vergessen oder gestrichen worden – man kann ja schlecht mit einem Fingerschnippen seinem Schicksal entkommen. Die einzige Liste, auf der ich stehe, ist die Warteliste. Und wenn das so weitergeht, stehe ich noch mein ganzes Leben lang drauf. Ach ja, und es gibt noch die Liste im Supermarkt, auf der meine Mutter und ich freitags anschreiben lassen, toll. Aber nach tausend Kilometern im Wohnwagen und auf dem Motorrad mit anschließendem Halbmarathon würde ich garantiert nicht aufgeben, nicht so kurz vor dem Ziel.

»*Yo soy un amigo de* Pauline Després.« – »*Amici?*« – »*Sì! Amici de* Pauline Després.« Sie blickte mich zweifelnd an. »*I have travelled one million kilometers to come here.*« Sie wurde noch skeptischer. »*One million kilometers?*« – »*Yes, from Paris.*« – »*One thousand?*« – »*Yes, one thousand*«, verbesserte ich mich. Sie fing an zu lächeln und ihr Blick wurde sanfter, bestimmt weil Italiener Leute mögen, die übertreiben. Oder die von weit her kommen. »*What is the name of your friend again?*« – »Pauline Després.« Sie ging die Liste noch mal durch. »*Yes, she's on the list.*« Sie gab mir meine Eintrittskarte. Ich hätte ihr am liebsten die Hand geküsst, oder die Wange oder die Stirn oder sogar die Füße, aber ich begnügte mich mit einem gestammelten *Gracias*. »*Prego*«, antwortete sie und blickte mich fast zärtlich an. Mein Vater hatte recht, Italiener verstehen *Gracias* auch ohne Spanischkenntnisse.

Ich sprintete zu den Toiletten und schloss mich ein, um mich umzuziehen. Weil das Leben es manchmal auch gut meint, war das Becken breit und tief und ich konnte mich waschen, im Schnellwaschgang, klar. Mit feuchtem Papier wischte ich mir fix über Stirn, Bauch, Achseln – alles Wichtige eben – und zog das weiße Hemd über, das zwar völlig zerknittert war, aber unter dem Jackett ging das schon. Zusammen mit der schwarzen Hose sah es gar nicht mal schlecht aus. Es klingelte schrill und lang, wie der alte Wecker von Oma, von dem mir morgens immer fast das Trommelfell geplatzt war, wenn ich bei ihr übernachtet hatte, zu zweit im Bett, weil die Wohnung miniklein war.

Ich zog meine Schuhe wieder an und ordnete meine Haare. Ich bemerkte, dass man schon wieder den dunklen Ansatz sah, meine Zotteln wuchsen einfach viel zu schnell. Das war ein Schlag ins Gesicht. Ich kann so lang ich will versuchen, alles vorherzusehen, bei mir steckt der Teufel immer im Detail. Als wäre ich gebrandmarkt, damit ich mich nicht zu weit von meiner Herde entferne. In der Schule zu den Coolen zu gehören, hatte ich mir schon vor ewigen Zeiten abgeschminkt. Denen ging ich am Arsch vorbei. Aber das war nicht der richtige Zeitpunkt für eine existenzielle Krise. Ich stopfte die dreckigen Sachen in meinen Rucksack, merkte, wie durstig ich war und trank einen Schluck Wasser direkt aus dem Hahn. Dann kam ich ein klein wenig vorzeigbarer aus der Toilette heraus, als ich hineingegangen war.

Ein paar Sekunden später betrat ich den Konzertsaal. Er war groß und prachtvoll, mit einer hohen Decke wie in der Kirche, wahrscheinlich damit die Klänge und die Seelen leichter in den Himmel aufsteigen können. Eine Platzanweiserin prüfte mein Ticket. Sie würde bestimmt sagen, dass ich fünf Etagen hoch zur Galerie müsste. Nur in Theatern blicken die Armen auf die Reichen herab. Aber sie bat mich, ihr in die Mitte des Parketts zu folgen, ich hatte einen richtig guten Platz, nicht so einen zum Hochklappen und mit eingeschränkter Sicht. Große Klasse. Das Publikum bestand vor allem aus jungen Leuten, man hörte Französisch und Italienisch, und mir fiel wieder ein, dass das Konzert mit einem Schüleraustausch zu tun hatte. Alle machten ziemlich Krach, ich hätte das nicht gekonnt, dazu war ich viel zu beeindruckt.

Ich ließ mich in meinen Sessel fallen, nach dem langen Weg tat das echt gut, Erholung pur. Mir fiel die Devise meines Vaters wieder ein: »Für einen Chamodot ist nichts unmöglich.« Zwischen dem ganzen Quatsch, den er tagtäglich von sich gibt, hatte er ins Schwarze getroffen, das hier war der Beweis. Wäre ja auch zu einfach, wenn er immer danebenläge.

Unter dem heftigen Applaus des Publikums kamen ungefähr fünfzig Musiker fast gleichzeitig auf die Bühne, alle noch ziemlich jung, so zwischen zwölf und sechzehn. Und dann sah ich nur noch sie, vorsichtig tippelte sie auf ihren hohen Absätzen hinein, in einem unglaublich eleganten kleinen Schwarzen, das einen Teil ihrer Oberschenkel freiließ und weiter oben ein Dekolleté zeigte, das mich überrumpelte und komplett verwirrte. Sie sah unglaublich verführerisch aus mit ihren Kurven und Formen. Die Vollendung der Geometrie im Raum. Ich wusste nicht, wo ich hinschauen sollte, so sehr drehte sich alles. Sie war geschminkt und hatte die Haare hochgesteckt und war noch schöner, als ich es je für möglich gehalten hätte. Ich war sozusagen positiv enttäuscht, und das bei einem Mädchen, das sowieso schon das schönste der Welt war.

Ich spürte meinen Herzschlag. Pauline in zwanzig Metern Entfernung zu sehen, brachte mich ganz durcheinander. Wenn sie näher kommen würde, wäre ich sprachlos, aber da mich hier ja eh niemand anspricht, wäre das halb so wild. Liebevoll drückte Pauline die Geige an ihren Hals und klemmte sie mit dem Kinn fest. Sie sah ganz gelassen aus, aber innendrin brodelte es bestimmt. Gesehen hatte sie mich noch nicht und das war wahrscheinlich besser so, sie brauchte ja ihre Konzentration. Sie strich mit dem Bogen über die Saiten, spielte ein paar Töne, prüfte die Spannung. Alle machten es nach, stimmten sich ein und drehten noch ein letztes Mal an den Schrauben.

Jetzt kam auch der Dirigent rein, der deutlich älter war als die Musiker. Das war ihr Vater, wenn ich es richtig verstanden hatte, und auch er sah elegant aus – im Anzug und mit Fliege, mit klarem Blick und weißem Haar. Er verbeugte sich und guckte dabei ganz streng. Keine Ahnung warum, aber ich dachte sofort, dass man tausende Fotos von ihm ansehen könnte und auf keinem würde er lächeln. Aber hieb- und stichfest war das nicht. Er drehte sich zu den Musikern, und ich konnte die kahle Stelle auf seinem Hinterkopf sehen. Er hob den Taktstock in die Luft und ließ ihn dort erstarren. Auf der Bühne wurde es ganz still, und im Saal auch, wie ein tiefes Einatmen, ein Anlaufnehmen vor dem Absprung. Dann begann der Taktstock sich zu bewegen, zerteilte den Raum und malte Phantasieformen hinein. Und die Bögen auf den Geigen setzten sich in Bewegung.

Als Pauline und der Rest des Orchesters das Andante aus dem Konzert für zwei Mandolinen RV 532 von Vivaldi anstimmten – ehrlich, so stand das im Programm –, legte sich Poesie auf die Welt. Etwas an dieser wunderschönen Melodie, die dabei so einfach und selbstverständlich war, ging mir zu Herzen, auch wenn ich nicht genau wusste, was. Eine Träne lief mir über die Wange, aber ausnahmsweise war ich gar nicht traurig. Es war, als wäre dieses Stück nur für mich komponiert worden, wie ein Brief, den man mir vor ewigen Zeiten geschrieben hatte, in einer Sprache ohne Worte, und den ich jetzt endlich lesen und verstehen konnte, mit all seinen Absichten, Nuancen und Regungen. Ich will nicht angeben, aber ich war mir ganz sicher: Diese Musik war für mich gedacht. Garantiert nicht nur für mich, aber auf keinen Fall für alle, höchstens für jeden. Ich kann schlecht erklären, was sie mir sagte, aber ich hatte das Gefühl, sie zu verstehen.

Das gesamte Konzert über lag mein Blick auf Pauline, die ein Stück nach dem anderen spielte, als wäre sie von Musik beseelt. Mein ganzes Leben lang hatte ich, ohne es zu wissen, darauf gewartet, heute hier zu sein und sie zu sehen, sie spielen zu hören und diesen Moment, diesen perfekten Moment zu erleben. Alles hatte eines Morgens im Freizeitraum der Schule begonnen, mit einem Tischtennisball. Nie hätte ich geahnt, wohin so was führen kann.

Dann war das Konzert vorbei. Das Orchester spielte die letzten Töne und erhob sich vor dem begeisterten Publikum. Unter Beifallsrufen traten die Musiker ein Stück vor und das machte Pauline nur noch schöner. Aus dem Dunkel heraus suchte ich ihren Blick, obwohl ich ihn auch ein bisschen fürchtete, ich hatte Angst, ihrem Glanz nicht standhalten zu können. Ihr perfekt fallendes Designerkleid gegen meinen verknitterten Billiganzug. Ihre glänzend schwarzen Haare gegen meinen schlecht gebleichten Strubbelkopf. Ich fühlte mich total erbärmlich, mal ganz was Neues. Übrigens kreuzten sich unsere Blicke kein einziges Mal. Sie guckte nicht ins Publikum, bestimmt aus Schüchternheit. Am liebsten wäre ich zur Bühne gegangen und hätte ihr einen Blumenstrauß überreicht, andere Musiker bekamen auch einen, aber ich hatte nichts dabei, nicht mal ein kleines, unnützes Mitbringsel, an so was hatte ich nicht gedacht. Ich musste mehr Knigge lesen, mir fehlten ja selbst die Grundlagen des Benehmens.

Die Musiker gingen hinter die Bühne und der Saal leerte sich. Ich konnte kaum aufstehen, weil ich so voller Emotionen war. Meine Mutter sagt oft »Das muss sich erst mal setzen«. Ich saß zwar schon, aber irgendwie passte das, ich hätte am liebsten noch tagelang hier gesessen. Adagio, Andante … In meinem Kopf hörte ich das Konzert noch einmal. Aber die Aufführung wurde unterbrochen: »*Prego, signore … Tutto bene?*«, fragte eine

Platzanweiserin. – »*Sì, sì, bene, bene.*« Es könnte nicht besser sein. Aber so wie sie guckte, sollte ich wohl schnellstens den Raum verlassen. Ich stand auf, um in die Eingangshalle zurückzugehen, aber zuvor ließ ich meinen Blick noch einmal durch den Saal gleiten, über die vergoldeten Logen, die eleganten Sessel, die jetzt leer waren, die Lampen, die sich gleichmäßig die Wand hochzogen, um die Porträts berühmter Persönlichkeiten herum, und ganz oben an der Decke das riesige blaue Fresko, das aussah wie das Himmelsgewölbe. Ich versuchte, mir jedes Detail genau einzuprägen, um es nie wieder zu vergessen.

Die Dame hatte mir in perfektem Französisch erklärt, dass alle Musiker durch den Haupteingang rausgehen, also setzte ich mich draußen auf die Stufen und wartete ganz entspannt. Es musste ungefähr 18 Uhr sein, jedenfalls die Zeit, wenn die Sonnenstrahlen gerade schwächer werden und es zu dämmern beginnt. Ein mildes Lüftchen umwehte mich, das war angenehm. Ich fühlte mich erstaunlich gut. Ich hatte ganz vergessen, dass das Glück am liebsten überraschend kommt, einfach so, auf den sonnenwarmen Steinstufen vor all den Touristen, zu Ehren der besten Verabredung, die man je hatte.

Aber das Glück ist meist von kurzer Dauer – diese mäkelige Bauernregel predigt meine Mutter immer und leider stimmt sie ab und zu. Ich mache es kurz und ohne Spannungsbogen: Pauline ist nie aufgetaucht. Ich habe über eine Stunde gewartet und in der Zeit kamen viele Musiker vorbei, in kleinen Gruppen, zu zweit, manchmal allein. Ihre schicken Anzüge, die Fliegen und Abendkleider hatten sie gegen Jeans und Shorts oder kurze Sommerröcke getauscht, manche hatten sogar Flipflops an den Füßen, aber man erkannte sie trotzdem, weil sie große gepolsterte Kästen mit ihren Instrumenten drin mitschleppten.

Nach einer Dreiviertelstunde waren die Stufen verlassen und ich fing an, mir ernsthaft Sorgen zu machen. Ich ging zurück zu der Dame in der Eingangshalle, die sagte, dass niemand mehr da sei und die Fenice gleich schließen würde. Ich protestierte: Ich würde noch auf jemanden warten, ich hätte genau aufgepasst, auf der Bühne wäre sie noch gewesen, früher oder später müsse sie also vorbeikommen! Aber die Frau war sich sicher, dass keine Menschenseele mehr im Gebäude war. Mir wurde ganz schwindelig vor Panik. Wie hatte ich Pauline übersehen können? Und wieso hatte sie mich nicht bemerkt? Ich konnte es mir nicht erklären. Freundlich machte die Dame mir klar, dass ich jetzt gehen musste. Ich konnte wohl nichts mehr tun.

Meine letzte Hoffnung war ein kleines Stück Papier in den Tiefen meiner Hosentasche, darauf stand eine Nummer, die Pauline mir vor der Abreise aufgeschrieben hatte, die Nummer ihrer Wohnung hier in Venedig. Ein paar Straßen weiter fand ich eine Telefonzelle. Ich tippte die Ländervorwahl ein und dann jede Ziffer einzeln. Ich hatte Schiss – mit der falschen Nummer wäre unser Treffen in Venedig gestorben. Am anderen Ende klingelte es, mein Herz klopfte wie wild. Heb ab, heb ab, murmelte ich. Ich sprach schon mit mir selbst, wie ein alter Opa. Hoffentlich war das die Wohnung von Pauline. Hoffentlich war sie da und es gab eine logische Erklärung, sie musste sich gar nicht entschuldigen, ich wollte es nur verstehen. Hoffentlich schlug sie vor, noch zusammen essen zu gehen. Ein bisschen glaubte ich noch dran. Mehrere Minuten lang klingelte es ins Leere. Niemand ging ran. In Zeitlupe legte ich auf, völlig erschöpft. Für einen einzigen Tag war das echt zu viel.

Ich stolperte durch die Gassen von Venedig. Die Kanäle, die Plätze und Kirchen sahen gar nicht mehr schön aus, nur noch deprimierend, ein bisschen wie in *Venedig in Grau*, diesem Chanson von Aznavour, das Papa manchmal im Auto singt – total schief natürlich – und das ich schon immer ätzend fand. Happy End ist anders.

Ich war kein Häufchen Elend, sondern ein ganzer Berg. Tausend Kilometer für einen Korb, das zieht einen ganz schön runter. Jetzt konnte ich nur noch nach Hause fahren, mit meiner Familie im Wohnwagen, da gehörte ich eben hin und nirgendwo sonst, was hatte ich mir da eigentlich zusammenphantasiert? Träumen war ja erlaubt, aber wenn man die Rückkehr auf die Erde vergisst, ist der Absturz vorprogrammiert. Das ist der ewige Kreis meines Lebens. Um es mit meiner Oma zu sagen: Das Leben ist kein Zuckerschlecken, man muss immer auch ein bisschen Scheiße lecken. Und selbst wenn man Zucker leckt, ist immer auch ein bisschen Scheiße versteckt. Ich hatte versucht, meinem Schicksal ein Schnippchen zu schlagen. Aber ich war auch nicht cleverer als meine Freunde, selbst wenn man mir das oft so verkaufen will. Ich musste den Tatsachen ins Gesicht schauen, sehenden Auges, Pauline hatte mich vergessen. Ich hatte nicht mal auf der Gästeliste gestanden. Ich war tausend Kilometer gefahren, für ein Mädchen, das sich nicht an mich erinnerte. Tiefer kann man in Liebesdingen gar nicht sinken. Ich hätte schon wieder losheulen können, aber anders als im Konzert. Dieses Mal hielt ich mich zurück. Langsam hatte ich echt Übung darin, meine Verzweiflung nicht zu zeigen.

Will man sich von einer Brücke stürzen, hat man in Venedig die Qual der Wahl. Sehr tief fällt man aber nicht, höchstens von der Rialtobrücke und der Ponte dell'Accademia. Außerdem würde bei den vielen Gondeln, die da pro Minute durchfahren, garantiert irgendein Italiener mit Strohhut und gestreiftem T-Shirt ankommen und einen rausfischen, bevor man überhaupt Wasser geschluckt hat. Deshalb ging ich lieber Richtung Markusplatz, um auf meinen Bruder zu warten.

Weil ich kurz vor dem Umkippen war, kaufte ich mir ein großes Stück Pizza Quattro Formaggi und eine Cola. Das machen die Chamodots bei Lebensmüdigkeit. Manche rauchen, andere trinken oder dröhnen sich zu, wir futtern. Damit man bloß genug im Bauch hat, wenn alles den Bach runtergeht. Viel zunehmen tun wir trotzdem nicht, weil meine Mutter uns regelmäßig ihr Weight Watchers Programm aufdrückt, wir kriegen ungefragt halbe Rationen, Margarine ohne tierische Fette, Quiche Lorraine ohne Boden, Nudeln ohne Ei, Salatsoße ohne Öl. Voll das Elend.

Ich fragte nach dem Weg, *Piazza San Marco per favore*, und erreichte schnell den berühmten Platz. Der ganze Glanz brachte mich auf andere Gedanken, wenigstens für ein paar Minuten, irgendwie tröstete es mich, wie schön hier alles war. Ich drehte mich nach rechts zu dem großen Campanile, wo Fabrice und ich uns verabredet hatten. Links von mir erstreckte sich neben dem Markusdom der Dogenpalast bis zum Meer. Na ja, eigentlich nicht zum Meer, sondern zum Canal Grande. Ich bestaunte kurz die zwei berühmten Säulen, auf der einen thronte ein geflügelter Löwe, auf der anderen ein Typ mit Lanze, ein griechischer oder römischer Gott oder so was. War mir auch egal, ich wollte allem nur noch ein Ende machen. Nicht, dass ich den Mumm gehabt hätte, mich umzubringen. Würde ja auch nichts ändern, wenn ich den Löffel abgebe. Klar, meine Eltern wären ein bisschen traurig, aber die würden drüber wegkommen, die haben in ihrer Kindheit schon Schlimmeres erlebt. Mein Bruder auch. Dem Rest der Welt ginge es am Arsch vorbei, vor allem Pauline, die nicht mal zu meiner Beerdigung käme. Man darf sich nichts vormachen: Wenn man einen Korb gekriegt hat, war's das. Also was bringt es, zu sterben, wenn das Mädchen, das man liebt, nicht mal am Grab um einen weint? Gar nichts. Ich verschob den Selbstmord auf später.

Unten am Campanile wartete ich auf meinen Bruder. Irgendwann sah ich ihn. Er kam auf mich zugeschlendert, mit einem Bier in der Hand und einer Fahne, als wäre es nicht das erste. »Und, das Konzert?« – »Wunderschön.« –

»Und danach?« – »Nichts danach.« – »Hast du sie nicht rumgekriegt?« – »Nein.« – »Siehst du sie morgen wieder?« – »Keine Ahnung.« Fabrice durchblickte schon, wie katastrophal es gelaufen war. »Hat sie dich auflaufen lassen?« – »Kann man so sagen, ja.« – »Boah, echt unglaublich, diese Mädels! Sie bestellt dich nach Venedig, um dich abzuservieren?! Ernsthaft?! Hast du ihre Nummer?« Ich nickte. »Ich ruf sie an, die kriegt was zu hören.« – »Das ist nett, Fabrice, aber besser nicht.« Ich wäre doch lieber gestorben, als ihn mit ihr reden zu lassen. »Nein, du hast recht, vergiss sie, genieß Venedig. Wenn sie nichts von dir will, ist sie schön blöd. Punkt.« Das so zu sehen, fiel mir etwas schwer, aber seine Meinung zu hören tat mir trotzdem gut. »Mama und Papa warten schon auf dem Campingplatz, wir müssen los.« – »Und das Motorrad?« – »Ich hab unsere Fingerabdrücke weggewischt und es dreißig Meter vor eine Polizeistation gestellt. Ich bin halt von der ehrlichen Sorte, aber das weißt du ja.« – »Klar, definitiv.«

Wir stiegen in ein Vaporetto nach Fusina. So hieß der Ort, in dem unser Campingplatz lag, und der Campingplatz selbst hieß auch so, sehr einfallsreich. Die Boote sahen ein bisschen aus wie die Bateaux Mouches auf der Seine, überall Sitzreihen, oben an der frischen Luft oder geschützt unten drin, man hatte die freie Wahl. Wir setzten uns nebeneinander, glotzten und schwiegen.

Als es zu dämmern anfing, fuhr das Boot los, perfekt abgestimmt. Der Himmel verdunkelte sich und mischte, ganz dezent und unendlich zart, rosa- und orangefarbene Schattierungen unter das Blau. Man hörte den Motor leise knattern und die Wellen schlagen, ein paar Boote kamen uns entgegen. Über die alten Gebäude am Rande des Kanals legte sich anmutig die Nacht. Dann blieb Venedig in der Ferne zurück und wir durchquerten die große Lagune.

Ich sah eine Art Fabrikgelände, mit Schornsteinen, Türmen und Maschinen. Wir hielten direkt darauf zu. »Ist da der Campingplatz?« – »Direkt neben der Fabrik«, sagte mein Bruder. »Merkt man aber nicht, keine Angst.« Da war ich mal gespannt. Als wir näher kamen, konnte ich unseren Übergangswohnort sehen, er sah wirklich nicht so fabrikmäßig aus und lag direkt am Wasser. Das Boot legte an und wir liefen zum Eingang. Der war leicht zu finden, außer dem Campingplatz und der Fabrik gab es ja nicht viel, und verwechseln konnte man die beiden nur bei totaler Umnachtung.

Wir kamen zu unserem Stellplatz, der Wohnwagen stand schon dort, genauso wie der Gartentisch und die Stühle, und nebenan war unser Zelt aufgeschlagen. Es sah aus, als wären meine Eltern schon drei Wochen da. Mein Vater blickte mit einem Glas Wein in der Hand auf die letzten Lichtschimmer über dem Meer, um ihn herum saßen Natacha und meine Mutter. »Ah mein Sohn, endlich! Hast du gesehen, wie gut wir es hier haben?« Genau in diesem Moment flog ein Flugzeug direkt über unsere Köpfe hinweg, es dröhnte ohrenbetäubend. Mein Vater lächelte milde. »Wir liegen in der Schneise zum Flughafen, das ist der einzige kleine Schönheitsfehler.« – »Zusammen mit der Fabrik nebenan«, sagte meine Mutter. »Ich verstehe das Problem nicht, die Fabrik hört und sieht man doch gar nicht.« – »Es geht aber um den Glamour.« – »Schau doch mal, wie romantisch es ist! Die Lagune, das Licht auf dem Wasser, die Möwen, ich habe sogar einen fliegenden Fisch gesehen. Und diese Sterne!«

Ich schaute hoch und sah tatsächlich die ersten drei Sterne der Nacht. »Romantik, Glamour, so was gibt es nie in Reinform. Es kommt drauf an, wo man hinschaut und vor allem auf welche Art.« – »Ja, vielleicht«, stimmte meine Mutter zögerlich zu. Mit einem Joint zwischen den Lippen nickte auch Natacha bestärkend. Mein Vater war ganz gebauchpinselt. Das war seine Droge, überzeugen, egal wovon.

»Und, das Konzert?« – »Das war super.« Ich hatte überhaupt keine Lust, mich wieder runterziehen zu lassen, aber in meiner Familie kam man nicht so leicht davon. »Und danach, konntest du deine Freundin treffen?«, fragte meine Mutter mich aus. »Deine Neugier ist wirklich chronisch«, sagte mein Vater. »Ist doch gar nicht wahr!« – »Doch, doch, du willst immer alles wissen und am liebsten im Gratis-Abo!« – »Du bist doch genauso!« – »Ja, aber diskreter.« – »Du und diskreter? Das ist ja der Witz des Tages!«

Das war die Gelegenheit für einen polnischen Abgang. »Hast du keinen Hunger?«, rief mir meine Mutter hinterher. »Nein, Mama, ich hab schon gegessen.« Mein Vater forderte einen Gutenachtkuss von mir ein und nahm das Gespräch sofort wieder auf. »Aber was ist denn jetzt mit deiner Freundin, du hast ja noch gar nichts erzählt?« Ich hatte keine Wahl, ich musste mir irgendeine Lügengeschichte ausdenken, sonst würden sie mich nie in Ruhe lassen. »Na ja, nach dem Konzert hab ich Pauline wie verabredet auf den Stufen vor der Fenice getroffen.« – »Oh, wie romantisch!«, rief meine Mutter. »Lass ihn doch mal erzählen!«, beschwerte sich mein Vater. »Was soll ich groß erzählen … Wir sind halt durch Venedig spaziert.« – »Tolle Stadt, oder?« – »Ganz toll. Und danach haben wir Pizza gegessen.« – »In trauter Zweisamkeit?« – »Ja klar, war ja kein Dritter dabei.« – »Haben ihre Augen geleuchtet?«, fragte meine Mutter. »Weiß ich nicht.«

Mir den perfekten Abend ausdenken zu müssen, war wie ein mittelalterliches Folterritual, es drehte mir die Eingeweide um. »Weiter!«, sagte mein Vater. Wenn das noch länger so ging, würde ich zusammenbrechen, ich versuchte also zum Schluss zu kommen. »Das ist alles, wir haben geredet und gelacht, und irgendwann musste sie heim.« – »Wahnsinn.« – »Ja, Wahnsinn«, antwortete ich und ging völlig fertig Richtung Zelt. »Und hast du sie geküsst?«, rief mein Vater noch. Sie ersparten mir echt gar nichts, nie. »Nein, Papa, sie ist nur eine Freundin.« – »Ja und?«, lachte er. Ich ging schneller.

»Du hast das Zelt heute Nacht für dich, Natacha und ich haben ein Mobile Home gemietet«, erklärte mir Fabrice, als ich den Reißverschluss zum Zelt aufzog. Das war eine schlechte Nachricht, ich hatte eigentlich vorgehabt, mich die ganze Zeit an sie zu drücken und wenn möglich an letzte Nacht anzuknüpfen. In Sachen menschlicher Wärme war ich am Gefrierpunkt angelangt. Mama hatte meine Klamotten schon ins Zelt gelegt, den Schlafsack ausgerollt und sogar eine Tafel Schokolade auf dem Kopfkissen platziert, Nuss, meine Lieblingssorte. So viel Zuwendung wühlte mich auf. Ich weiß, das ist dumm. Aber bei uns ist eine Rippe Schokolade der finale Trost, das Wasser in der Wüste. Ich war kurz davor, loszuheulen, so empfindlich war ich.

Als ich mit meinem Kulturbeutel in der Hand von den Waschräumen zurückkam, saß Papa auf einem Campingstuhl vor dem Zelt und schaute hoch zum Mond. Einladend klopfte er auf den Sessel neben ihm. Vor seinen Füßen stand ein großer Karton. »Siehst du die Kiste da? Die ist für dich.« – »Ein Geschenk?« – »Ja, ein Mittel für deine Haare, eine italienische Marke, die gibt es nur hier. Das macht die Haare auf natürlichere Weise heller, also nicht so viel Chemie.« – »Toll.« – »Es war im Angebot, ich hab einen ganzen Karton mitgenommen, wir sind für mindestens ein Jahr versorgt.« – »Danke, Papa.« – »Es geht uns nur um dich, verstehst du? Du bist schöner so, wirklich, wir denken uns das nicht aus, es steht dir einfach besser. Und von Natur aus bist du ja eigentlich blond. Aber wenn du aufhören willst, hören wir auf.« – »Das sagst du jetzt, nachdem du diesen Riesenkarton gekauft hast?« – »Ja gut, er hat so seine Widersprüche in sich, dein Vater.« – »Hab ich schon gemerkt.« – »Wenn du irgendwann mal den perfekten Vater triffst, zeig ihn mir. Deiner ist es jedenfalls nicht, und will es auch gar nicht sein.« Na, dann war er echt erfolgreich.

Wir schwiegen, mein Vater musterte mich, ich hatte keine Ahnung, was jetzt noch kommen würde. »Es ist nicht wirklich so gelaufen, wie du gesagt hast, oder?« Ich fiel aus allen Wolken. Unglaublich, wie schlecht ich schauspielern konnte. Ich wusste nicht, was ich sagen sollte, aber das machte nichts, weil mein Vater seine Fragen ja sowieso selbst beantwortet. »Mädchen sind kompliziert und man kriegt nicht mal eine Gebrauchsanweisung, hm?« Er sprach ganz ruhig, wie immer, wenn er grade an diesem Helfersyndrom leidet, das mir nie ganz koscher ist. Sollte ich mit der Sprache herausrücken? Vielleicht würde mein Vater dieses Riesenfiasko als Herausforderung sehen, als die perfekte Gelegenheit, um die Charts der größten Gefühlsverwirrungen aller Zeiten zu rocken. Lieber groß verlieren als klein verdienen, hat er mal gesagt. Aber eigentlich denkt er das nicht wirklich. Und ganz groß konnten wir auch nicht verlieren, dafür hatten wir gar nicht genug.

»Wir waren nach dem Konzert am Ausgang verabredet, aber sie ist nicht aufgetaucht.« Mein Vater schaute mich verständnisvoll und sogar einfühlsam an, manchmal ist er das. »Hast du eine Nummer von ihr?« Ich nickte. »Von ihrer Wohnung hier in Venedig, aber es geht keiner ran.« – »Dann probier es jetzt noch mal.« – »Es ist schon zehn!« – »Eben, jetzt sind sie bestimmt daheim.« – »Das macht man aber nicht, so spät anrufen.« – »Die Liebe hat ihre eigenen Gesetze, Höflichkeit steht da nicht an erster Stelle. Außerdem schuldet sie dir eine Erklärung, oder nicht?« – »Wenn ich um die Uhrzeit anrufe, hassen mich ihre Eltern.« – »Vergiss ihre Eltern, sie muss dich gut finden! Jetzt geht es um Mut. Mut, Mut und nochmals Mut.«

Das leuchtete mir ein. Das Problem war nur, dass bei uns aus Mut schnell Dreistigkeit wird. Wir sind wie unfähige Alchimisten, bei uns wird Gold zu Blei. »Sie wird mich abservieren, Papa. Und ich hab Angst, dass ich das nicht auch noch aushalte. Verstehst du?« – »Ja, das verstehe ich sehr gut.« Ich merkte an seiner Stimme, dass er mich wirklich verstand. Ihn hatte man auch schon mehr als einmal abgewiesen. Ganze Flure von Türen waren vor seiner Nase zugeknallt worden, und er hatte öfter draußen gestanden als drinnen. Jetzt schwieg er, was ja fast nie vorkam – wahrscheinlich wollte er sich nicht noch weiter die Blöße geben. Sogar bei Leuten, die immer reden, gibt es Unausgesprochenes. Man hört es nur nicht sofort.

»Und was soll ich jetzt machen, Papa?« – »Es gibt da einen großen Autor, mir ist gerade der Name entfallen, der hat so etwas geschrieben wie: ›In Wahrheit gibt es ziemlich viele Tropfen, die das Fass nicht zum Überlaufen bringen.‹« Wir waren bei seinen abgedrehten Zitaten angekommen, wurde ja auch Zeit. »Und was soll das heißen?« – »Dass du stärker bist, als du denkst. Geh zur Telefonzelle und ruf sie an.« Er strich mir zärtlich durchs Haar, verabschiedete sich und ging zum Wohnwagen.

Ich war hin- und hergerissen, weil mein Vater manchmal die besten Ratschläge der Welt gibt, meistens aber die schlechtesten. Das ist wie Russisch Roulette, Triumph oder Tod. Andererseits war ich sowieso schon am Ende, was gab es da noch zu verlieren. Ich stellte den Karton mit dem Haarbleichmittel in eine Ecke vom Zelt und lief zu den Telefonzellen.

»Ja?« Ich erkannte ihre Stimme sofort, das war sie. »Hallo Pauline, Émile hier. Tut mir leid, dass ich so spät …« – »Ah, Émile, gut, dass du anrufst«, unterbrach sie mich. Die Sorgen wegen der Uhrzeit hätte ich mir wohl sparen können. »Bist du in Venedig?« – »Klar, ich bin heute Nachmittag angekommen.« –

»Also warst du im Konzert?« – »Ja.« – »Wie fandest du es?« – »Super.« – »Wirklich? Oh, das freut mich mega!« – »Ich hab danach auf dich gewartet.« – »Das war wegen meinem Vater, er hat einen Anfall bekommen, er fand unsere Leistung unterirdisch, er hat mir einen Einlauf verpasst, ich hab geheult und sah unmöglich aus … Und dann waren wir noch mit irgendwelchen italienischen Schnöseln verabredet, zu denen man auf keinen Fall zu spät kommen durfte.« – »Ich hab dich nicht mal vorbeigehen sehen.« – »Wir sind durch den Hinterausgang raus, der zu dem kleinen Kanal führt, und haben ein Wassertaxi genommen.« – »Ach so, okay …« – »Tut mir echt leid, ich hätte es auch cooler gefunden, dich zu sehen. Ich musste in diesem Protzpalast rumhängen, das Buffet war der Knaller, aber die Stimmung unterirdisch.« – »Kein Stress, so lang hab ich ja gar nicht gewartet«, behauptete ich.

Ich spielte alles herunter, ich war so froh, ihre Stimme zu hören, dass ich ihr gar nicht böse sein konnte. »Hättest du morgen Zeit für ein Treffen?«, schlug sie plötzlich vor. »Klar, wann du willst!« In meinem Kopf ging sofort ein rotes Blinklicht los. Mööp! Falsche Antwort. Ein »Eventuell könnte ich es einrichten« in schwer beschäftigtem Ton wäre bestimmt die bessere Strategie gewesen. Aber bei Pauline fiel mir die richtige Antwort immer einen Tick zu spät ein. »Kommst du mich um drei abholen? Die Wohnung ist in Dorsoduro, Campo San-Barnaba 15. Du klingelst bei ›Donadoni‹, kannst du dir das merken?« – »Klar.«

Ich dachte, wir würden auflegen, aber sie fing an, mich über alles Mögliche auszufragen. Das war ein gutes Zeichen, sie interessierte sich für mich, aber ihre Neugier passte mir überhaupt nicht in den Kram. »Schläfst du bei deinen Cousins?« – »Ja.« – »Wo wohnen die denn?« Oh Gott. Ich kannte keine einzige glaubhafte Adresse in Venedig und zum Lügen braucht man wenigstens Basiswissen. Ich musste irgendwie mit der Wahrheit durchkommen: »Kurz vor Venedig, mit dem Boot zehn Minuten.« – »Ah, okay… Wie heißt die Ecke?« Ich wollte etwas erfinden, aber alles, was mir einfiel, war Mozzarella. »Fusina.« – »Ist es schön da?« – »Ja, total«, stammelte ich kläglich. Genau in diesem Moment rauschte wieder ein Flugzeug über den Campingplatz. »Was ist das für ein Krach?«, fragte sie neugierig. »Das ist mein Cousin, der startet gerade seinen Ferrari.« Manchmal haut man echt Sachen raus … Keine Ahnung, wo man die herhat. Vielleicht geerbt. »Dann mach du mal deine Spritztour, wir sehen uns ja morgen. Ich freu mich. Fühl dich gedrückt, Émile.«

Sie hatte nicht »Bis morgen« gesagt und erst recht nicht »Tschüss« oder »Ciao«, sie hatte gesagt: »Fühl dich gedrückt«. Fühl dich gedrückt. Ich drückte sie auch, ganz fest, ich drückte sie schon längst, abends vor dem Einschlafen und die ganze Nacht in meinen Träumen. Ein Mal, tausend Mal, eine Milliarde Mal. Und jetzt hatte sie mich gedrückt, einfach so am Telefon. Wow … Na ja, ich sollte mal wieder runterkommen. Aber ich war einfach so glücklich! Glücklich darüber, ihre Stimme gehört zu haben, darüber, dass sie mich nicht absichtlich versetzt hatte und dass wir für morgen verabredet waren. Ich hatte die Hoffnung doch zu schnell aufgegeben: Das Leben machte Sinn, und manchmal, in Momenten wie diesen, machte es sogar Freude.

Montag, 16. April

Es war vielleicht halb neun, als Papa an meinem Zelt vorbeikam und nichts Besseres zu tun hatte, als sofort drauflloszuquatschen. »Émile, Émile, schläfst du?« – »Ja, Papa, würde ich gern ...« Ich war noch ganz lethargisch, in einer Zwischenwelt, halb schlafend, halb wach. »Ich muss dir etwas Unglaubliches erzählen!« – »Was?« – »Etwas Unfassbares. Du wirst es nicht glauben!« – »Ist es was Eiliges?« Ich war ziemlich misstrauisch. »Auf jeden Fall so eilig, dass du es sofort erfahren musst!«

Ich strampelte mich aus dem Schlafsack, zog den Reißverschluss vom Zelt auf und blinzelte – vor mir stand ein tropfender Papa, in Badehose und mit nassem Haar. »Was ist denn los?« – »Etwas, das unser Leben verändern wird. Also ... Heute Morgen bin ich ein paar Bahnen in der Lagune geschwommen.« – »Nicht im Ernst, in diesem ekligen Fabrik-Abwasser?« – »Nein, auf der anderen Seite.« – »Ist das nicht eiskalt?« – »Kalt war es schon ... Also: Ich war im Wasser, und keine Ahnung, wie es dazu kam, aber von einem Moment auf den anderen hatte ich plötzlich etwas erfunden ... Kannst du dir schon denken, was?« – »Nein.« – »Einen neuen Schwimmstil! Einfach so, ganz ungeplant. Weißt du, was das bedeutet?« – »Ich bin mir nicht sicher.« – »Es gibt vier offizielle Schwimmstile. Eigentlich ganz schön wenig, oder?« – »Na ja, ich finde, das reicht ...« – »Nein, nein, das ist zu wenig. Und jetzt habe ich eine neue Art der Fortbewegung im Wasser erfunden, viel weniger anstrengend ...

Einen Entspannungsstil … Sehr angenehm … So wie bei Hunden oder Elefanten. Stell dir mal vor, wie viel Geld das einbringt, wenn man aller Welt einen neuen Schwimmstil verkauft?«

Bei meinem Vater fangen die Tage manchmal in der vierten Dimension an. Selbst eindimensional ist sein Wahnsinn schon zu viel, also versuchte wenigstens ich, ein bisschen geradeaus zu denken. »Glaubst du, der Erfinder des Brustschwimmens ist Milliardär?« – »Wenn er kein Patent drauf hat, nicht, aber ich lasse es mir patentieren. Und wenn es den Leuten gefällt, sind wir reich, mein Sohn. Reich!« Ich antwortete lieber nicht, sonst ging das den ganzen Morgen so weiter. Ich gähnte demonstrativ. »Weißt du, wie wir den Stil nennen?« – »Nein, Papa.« – »Krabbe.« – »Im Ernst?« – »Jetzt hör aber auf, es gibt auch Schmetterling, und der schwimmt nicht mal … Warum also nicht Krabbe?« – »Ich schlafe noch mal ein bisschen, ja?« – »Deine Mutter meint, auf sowas kommt nur ein Genie.« – »Bis gleich, Papa.«

Eine halbe Stunde später futterte ich Croissants aus dem kleinen Campingladen und schlürfte heiße Schokolade. Wir feiern ein bisschen, hatten meine Eltern gesagt. Alle waren schon wach und beschäftigt. Mein Bruder und Natacha hielten je einen Henkel einer großen Wanne und machten sich gerade auf den Weg zu den Waschräumen, um das Frühstücksgeschirr abzuspülen. Sie sahen ganz verliebt aus. »Du spülst deine Schale selber!«, sagte Fabrice im Soldatenton zu mir. Mein Vater kam in Unterhose und Badelatschen aus der Dusche, Handtuch und Kulturbeutel unter den Arm geklemmt – pure Eleganz also –, und hatte sein größtes Festtagslächeln aufgesetzt. »Behalt das bloß für dich mit der Krabbe! Nicht, dass mir jemand die Idee klaut. Kann ich mich auf dich verlassen?« Ich versprach es ihm. Er ging zu meiner Mutter, die schon fertig angezogen im Wohnwagen herumwuselte.

Vom Campingtisch aus blickte ich gedankenvoll auf die Lagune und das ferne Venedig, von dem mich die ruhige See trennte. Es war schönes Wetter, fast windstill. Ein Passagierjet riss den Himmel auf. Ich träumte vor mich hin, bis meine Mutter mich aufscheuchte.

Kurz darauf saß ich im Auto auf dem Rücksitz, neben mir Natacha und dahinter Fabrice. Mein Vater hatte sein Lieblingslied eingelegt. »ASIM … BONANGA!!!« Natacha guckte ganz verdattert, so was irritiert natürlich beim ersten Mal, und vor allem so kurz nach dem Aufstehen. Sie hatte bestimmt schon Zirkusnummern gesehen, aber hier gab es keine Manege. »Guckt nicht so, singt mit mir! ASIM BONANGA … ASIM … BONA…«

»Hat er afrikanische Vorfahren?«, flüsterte Natacha. »Ja, aber aus Weißafrika«, murmelte ich ihr zu, auch wenn mein Vater es nicht so mag, wenn man das erzählt. Schwarz-Weiß-Denken ist eben weit verbreitet.

Natacha nickte, als würde das einiges erklären, aber wirklich weitergekommen war sie wohl nicht. Wenn mein Vater singt, bin ich gerührt und peinlich berührt gleichzeitig, ich würde ihn am liebsten fest an mich drücken und parallel dazu das Weite suchen. Das ist wieder dieser Grundwiderspruch im Leben.

»Los, singt!« Mein Vater ließ nicht locker, ich glaube, er kann das gar nicht. »Der Text ist immer gleich! ASIM BONANGA! Noch mal von vorn?« – »Nein danke«, antwortete ich kühl. Wir ließen das schon über uns ergehen und hörten zu, da mussten wir ihn nicht noch anspornen. »Mögt ihr meinen Gesang nicht?« Wir blieben stumm, also drehte er ein bisschen leiser und konzentrierte sich aufs Fahren. Ich musterte Natacha, um ihren umwerfenden Charme nicht aus den Augen zu verlieren. Warum ruft ein schönes Mädchen eigentlich gleich tausend

Gefühle hervor, und Begehren und Phantasien? Welcher chemisch-neuronal-biologische Prozess wird da angestoßen? Ich hab mich nie getraut, meinen Physiklehrer zu fragen, aber vielleicht kennt nicht mal der die Antwort. Das ist wie die Streifen beim Zebra – ein großes Mysterium der Wissenschaft, es gibt Hypothesen, aber nichts ist definitiv.

»Bevor es nach Venedig geht, machen wir einen kleinen Überraschungsbesuch«, sagte Papa. »Wen besuchen wir denn?«, fragte ich verblüfft. »Sag ich nicht. Aber es ist ein wichtiger Grund für diese Reise, wenn nicht gar der Hauptgrund.« – »Ach ja? Nicht das Konzert und dass Mama den Canal Grande sehen wollte?« – »Nicht nur, nein.« Kein Schimmer, ob er nur Unsinn erzählte oder irgendetwas davon stimmte, er vermischt oft Wahrheit und Lüge, um den Feind zu täuschen. »Es ist doch nichts Schlimmes, oder?«, fragte ich besorgt. Natacha schaute aus dem Fenster und hielt sich raus, aber ich merkte, dass sie die Ohren spitzte. »Doch, sehr schlimm, aber das Leben ist nicht immer Ponyhof!« Mit diesem genialen Spruch – bei dem man mit dem Schlimmsten und dem noch Schlimmeren rechnen musste – bog er rechts ab.

Ein paar Minuten später hielten wir vor einem Friedhof. »Endstation, alle aussteigen«, sagte mein Vater. Ziemlich passende Formulierung. Unter meinen Füßen knirschte weißer Kies. Wir standen vor einem mittelgroßen Friedhof am Stadtrand, dort, wo die Häuser in Felder übergingen. Die Toten packt man dahin, wo Platz ist. Unter tiefblauem Himmel säumten ein paar Bäume den Eingang und warfen Schatten auf ein kleines Wärterhaus. Die Blätter der Zypressen zitterten im Wind, ich liebte dieses Rauschen. Dann legte sich die tiefe, warme Stimme meines Vaters darüber. »Ich möchte euch etwas zeigen.« Mein Bruder schien gar nicht überrascht zu sein, ich war überhaupt nicht auf dem Laufenden. »Ist jemand gestorben, jemand, den wir kennen?« – »Ja«, sagte Papa betroffen, »es ist jemand gestorben. Aber es ist lange her. Und nein, du hast diese Person nicht gekannt.« Mein Vater ging zum Wärterhäuschen und klopfte. Glückstreffer, die Tür ging auf und ein alter Mann ließ Papa hinein. Mama ging hinterher. Natacha hatte sich noch nicht getraut, aus dem Auto auszusteigen. Mein Bruder kam zu mir und flüsterte mir ins Ohr: »Es geht bestimmt um seine Mutter, ich glaube, die ist in Italien gestorben.« – »Ach echt? Die Mutter von Papa?« – »Ja, unsere Großmutter halt.«

Niemand kam zurück, also marschierten auch Fabrice und ich in die alte Steinhütte. Sie war ziemlich mini und angenehm kühl und es gab eine Art Theke. Gegenüber von meinen Eltern durchsuchte der Wärter, der ungefähr hundertfünfzig war, ein komplett handgeschriebenes Register mit Listen voller Namen – garantiert Verstorbene, in der nächsten Spalte standen nämlich Grabnummern. Und zwar ganz schön viele. »*Scusi, ma non vedo niente*«, sagte er mit heiserer Stimme und schüttelte den Kopf. Er war ein magerer Mann, Fett hatte er nur in den Haaren. Seine Brillengläser waren dick wie Flaschenböden, aber anscheinend trotzdem nicht stark genug für seine kaputten Augen. Der Arme sah aus, als wäre er selbst aus einem der Gräber gestiegen, die er so tapfer bewachte. Ihn zu bitten, einen französischen Namen auf einem handgeschriebenen italienischen Register zu suchen, das so alt war wie er selbst, war vielleicht keine so gute Idee gewesen. Aber wir hatten keine bessere. Ich jedenfalls nicht, meinem Vater kam natürlich doch noch die Erleuchtung: »Wir teilen uns auf und gehen einfach alle Reihen durch. Ihr sucht nach ›Ida Chamodot‹. Sie liegt hier, ich bin mir ganz sicher. Vielleicht auch ›Ida Toledano‹, falls sie unter ihrem Mädchennamen beerdigt wurde.«

Meckern war jetzt nicht angesagt, also machten wir uns auf die Suche nach meiner Großmutter väterlicherseits, die, die ich nie kennengelernt hatte, die mit dreiundvierzig Jahren unter ungeklärten Umständen verschwunden war, die nach Opa noch einen anderen Mann gehabt hatte – sie war mit einem Italiener mitgegangen, wahrscheinlich sogar bis hierher – und die meinen Vater mit zwanzig allein in Paris zurückgelassen hatte. Das war alles, was ich wusste, mein Vater sprach selten drüber. Ich hatte nicht eine Sekunde daran gedacht, dass diese Großmutter irgendwo begraben lag und man hingehen könnte, um Andacht zu halten. Wir gehen an Allerheiligen nie auf den Friedhof, wir essen Crêpes. Selbst Natacha half bei den Ermittlungen, ein bisschen fühlte es sich an wie eine Schatzsuche, zwar ohne Schatz, aber trotzdem spannend. Klar, die meisten Namen waren italienisch, aber ich sah zwei oder drei englische, einen deutschen, glaube ich jedenfalls, und welche von woanders, keine Ahnung, woher. Sorgfältig suchten wir alles ab, jeder wollte als Erster das Grab entdecken. Mein Vater ging bedächtiger als sonst, er sah verletzlich aus und nervös wie vor einem Auftritt. Er war jedenfalls noch nie hier gewesen, sonst hätte er sich dran erinnert.

Nach einer Weile mussten wir uns damit abfinden: Das Grab von Oma Ida blieb verschollen. Bedröppelt trafen wir uns auf dem großen Mittelgang. »Das kann doch nicht sein, wir müssen sie übersehen haben, sie ist auf jeden Fall hier. Ich habe letztens noch eine Rechnung vom Friedhof für die Grabnutzung bekommen, ich verlängere den Vertrag alle fünfzehn Jahre.« – »Von diesen Ausgaben wusste ich ja gar nichts«, sagte meine Mutter überrascht. »Keine Sorge, es ist wirklich günstig, nicht so eine Abzocke wie in Frankreich.« – »Aber wenn man für sein Geld nichts bekommt, ist es trotzdem zu viel«, meinte Natacha mit ihrem gesunden Menschenverstand. »Absolut!« Mein Vater liebt es, wenn man ihm zustimmt, das passiert selten genug. Aber er tut ja auch nicht viel dafür.

Genau da kam der alte Wärter auf uns zu. Er rief etwas aus der Ferne, aber wir verstanden kein Wort. Er wiederholte wieder und wieder die gleichen Worte und als er nah genug war, hörten wir, was er sagte: »*Fossa commune! Fossa commune! Fossa commune, signore!*« Er zeigte in die Reihe scharf links. Mein Vater schaute ihn an und sah dabei richtig hilflos aus, das kannte ich gar nicht von ihm. »Ida Chamodot, im Sammelgrab, sind Sie sicher?« – »*Sì, sì, signore, certo! Fossa commune! Fossa commune!*« Langsam könnte er mal aufhören, das ständig zu wiederholen, selbst mit Fußtritten würde er meinen Vater nicht härter treffen. Ein Sammelgrab, das klingt nicht gerade nach Ruhe in Frieden, eher nach einem ziemlichen Sammelsurium. Sogar für uns war das schlimm – und wir sind einiges gewöhnt. Mein Vater machte uns mit hängenden Schultern und gesenktem Kopf ein Zeichen, wir sollten ihm folgen.

Wir kamen zu einer besonders breiten Grabstätte, aber da unten waren sie ja auch ein paar mehr. Ein bisschen gerührt standen wir da, es war eine komische Vorstellung, dass sie hier lag. Wenn man im Leben sehr einsam war, ist ein Sammelgrab vielleicht eine gute Lösung – Gesellschaft bis in alle Ewigkeit, da sagt man nicht nein. Aber ich war wohl der Einzige, der dem Ganzen etwas abgewinnen konnte.

Es gab keinen Grabstein, keine Blumen, nicht mal eine Stele mit den Namen der Mieter drauf. Hier war es noch trauriger als auf dem Rest des Friedhofs. Und mein Vater wirkte auch ziemlich verzweifelt. »Er hat sie getötet, und er hat es nicht mal geschafft, ihr ein Grab zu bezahlen.« – »Wer, Papa?« – »Dieser Unteroffizier. Sie ist mit einem Legionär mitgegangen. Er hat gesoffen und er hat sie geschlagen. Aber sie war auch kein Unschuldsengel, gesoffen hat sie genauso.« Meine Mutter sagte nichts, das war nicht der richtige Zeitpunkt, um noch einen draufzusetzen. »Vielleicht hatte er nicht genug Geld für ein

Einzelgrab«, warf mein Bruder verärgert ein, »Soldaten kriegten damals nicht gerade eine Milliardärsrente … Und heute übrigens auch noch nicht!«

Während wir hier herumstanden, bekam der Familienmythos ordentlich Risse. Die Chamodots mit ihrem angeblichen Stern am Himmel enden im Sammelgrab. »Wisst ihr, Kinder, eure Großmutter war eine außergewöhnliche Frau. Dank ihr bin ich der, der ich bin.« Irgendwie rührend war das schon, aber wenn man sich das Ergebnis anguckt, musste bei der Erziehung trotzdem einiges schiefgegangen sein. Das kommt davon, wenn man säuft. »Die Arme«, machte er weiter, »sie hatte Besseres verdient. Sie war eine Prinzessin, eine Königin.«

Ich wusste nicht, wie ich ihn trösten sollte, es tat mir im Herzen weh, ihn so traurig zu sehen. »Ist doch schnurz, wie man beerdigt wird, wichtig ist, wie man lebt, oder?« Fabrice hatte todesmutig das Wort ergriffen. »Du hast recht, mein Sohn, und trotzdem ist es wichtig, die Toten in Erinnerung zu behalten. Deshalb wollte ich mit euch hierhin. Meine Mutter ist gestorben, als ich dreiundzwanzig war, und ich kann dir sagen, erst da habe ich verstanden, was Alleinsein bedeutet.« Der Satz traf mich wie eine Ohrfeige. Ich schaute schnell zu Mama, die mich beruhigend anlächelte.

Papa meinte, wir sollten eine Schweigeminute zu Ehren der verstorbenen Ida Chamodot einlegen. Wir sollten all dessen gedenken, was sie durchleiden musste – anscheinend eine ganze Menge – und dessen, was sie uns hinterlassen hatte. Da fiel mir jetzt eher wenig ein. Ich dachte an ihr Gesicht auf dem Schwarz-Weiß-Foto, auf dem sie aussah wie ein amerikanischer Star. Das Einzige, das sie in ihrem Leben wahren konnte, war der schöne Schein. Und nicht mal den bis zuletzt. Ich traute mich nicht, zu fragen, woran sie wirklich gestorben war, das war nicht der richtige Zeitpunkt dafür, aber garantiert war es ein hässlicher

Tod gewesen, einer mit Wut und Tränen, anders stirbt man nicht mit dreiundvierzig. In den sechzig Sekunden Stille dachte ich jedenfalls, dass diese Gleichung echt nicht aufging – eine Schweigeminute gegen ein Horrorleben, was für ein schlechter Tausch.

Dann blickte mein Vater sich nach allen Seiten um – niemand war zu sehen –, winkte uns zu sich und sagte mit gedämpfter Stimme: »Wir nehmen ein paar Blumen von den Gräbern, auf denen zu viele liegen, und schmücken dieses hier.« Die Idee schockierte offensichtlich niemanden außer Natacha und mich. Mein Vater guckte unschuldig wie ein Lamm. »So was macht man aber nicht«, sagte Natacha beunruhigt. »Und diese Grabstätte trist und traurig zurücklassen, obwohl ich für die Pflege zahle: Macht man das etwa?« Mein Vater wartete die Antwort gar nicht ab, sondern klaute einen großen Strauß Rosen von nebenan und legte ihn auf das Sammelgrab.

Kurz darauf schleppte mein Bruder – der gut aufpasste, dass ihn niemand sah – einen riesigen, nagelneuen Kranz an. Der Spruch auf der Schleife war auf Italienisch und für jemand anderes, also riss Fabrice sie ab und stopfte sie in seine Tasche. Meine Mutter brachte eine hübsche Topfpflanze und stellte sie daneben: »Das hält länger als Schnittblumen!« Jetzt waren wir auch noch eine Grabschänder-Familie, so ein Schnitzer fehlte noch auf unserem Kerbholz. Aber die Idee war gut, also machte ich mit, und genauso Natacha. Wenn man den Reichtum der Welt schon unter den Lebenden nicht gerecht verteilen kann, sollte man wenigstens bei den Grabpflanzen für Gerechtigkeit sorgen. Das macht den Rest nicht wett, aber immerhin. Als wir fertig waren, sah das Sammelgrab aus, als läge ein Rockstar darin. Wenn Oma Ida das vom Himmel aus sehen konnte, starb sie wahrscheinlich vor Lachen oder vor Scham. Dann war sie gleich doppelt tot. Wie Ganoven nach einem Banküberfall machten wir uns aus dem Staub.

Im Auto schwiegen wir. Jeder von uns war in seine Gedanken vertieft, ich dachte darüber nach, wo man mich beerdigen würde, auch wenn das wohl noch ein bisschen hin war, und ob es eigentlich ein Danach gab, eben diese großen Fragen ohne Antworten, die man sich manchmal stellt. Auf den Grabsteinen hatten jeweils zwei Daten gestanden, das Geburtsjahr und das Todesjahr. Und dazwischen schreit man vor Freude oder vor Schmerzen – mal so, mal so, das kommt auf den Tag an oder das Leben –, es fängt mit dem hohen Schrei des Neugeborenen an, der die Unendlichkeit zerreißt, und endet achtzig Jahre später mit einem wortlosen Schrei, einem Murmeln, unserem letzten Atemzug, und das ist dann das Leben: ein zwischen zwei Daten eingequetschter Schrei.

Um die Mittagszeit stiegen wir in Fusina in das Vaporetto Richtung Venedig. Auf dem Deck hielten mein Bruder und Natacha Händchen und schauten in die Ferne, es sah romantisch aus à la »Und sie lebten glücklich bis ans Ende ihrer Tage«. Vielleicht gab es ein Happy End ja nicht nur im Märchen. Der Gedanke munterte mich auf. Aus dem Augenwinkel sah ich, wie Papa Mamas Hand nahm und sie gefühlvoll anschaute. Wenn meine Eltern diese verliebten Gesichter aufsetzen, finde ich das schön und gleichzeitig unangenehm, weil ich mich dann fühle wie das fünfte Rad am Wagen, also eins zu viel. Ist ja mal was Neues, meistens bin ich mir selbst nicht genug. Aber vielleicht würde das heute mit Pauline ja verpuffen, wenigstens für den gemeinsamen Nachmittag. Oder für den Frühling, vielleicht ja sogar für einen Sommer mit Pauline. Oder für das ganze Leben, man weiß ja nie, träumen ist erlaubt. Wäre ja was, wenn wir zusammenbleiben, bis dass der Tod uns scheidet … Ich würde sofort unterschreiben.

Auf der Terrasse einer Trattoria aßen wir zu Mittag, direkt am Canal Grande zwischen hunderten von Touristen. Die

Sonnenstrahlen bahnten sich zwischen zwei aufgespannten Schirmen hindurch den Weg auf unsere Köpfe. Ein laues Lüftchen streichelte uns. Das Wetter war herrlich. Als unsere Getränke kamen, versuchte mein Vater wieder ein bisschen Leben in die Bude zu bringen. »So, lasst uns anstoßen!« – »Worauf?«, fragte meine Mutter. »Man muss immer auf etwas Bestimmtes anstoßen, sonst bringt es Unglück.« – »Auf Venedig«, schlug ich vor. »Und auf Natacha«, trumpfte mein Bruder auf. »Auf die Liebe«, entschied Papa als gutes Familienoberhaupt. Also tranken wir dort, auf einer Terrasse am Canal Grande, mit Cola, Roséwein und Sprudelwasser auf die Liebe.

Nach der Pizza schielte ich unauffällig auf die Uhr und fragte mich, wann ich mich wohl am besten verdünnisieren konnte, ohne den Eindruck zu vermitteln, ich wolle sie schnellstmöglich vom Hals haben. Feingefühl war gefragt. Ansonsten würden sie die beleidigten Leberwürste spielen, ihre Meinung ändern und mir verbieten zu gehen. Der Kellner kam mit der Dessertkarte, ich lehnte ab. »Ich muss los.« – »Um wie viel Uhr treffen wir uns wieder?«, fragte meine Mutter. Ich wusste nicht, was ich sagen soll. Mein Vater kam mir zu Hilfe: »Lass ihn, er kommt, wann er will. Das letzte Vaporetto fährt um zehn, hast du dein Ticket?« Ich nickte und überprüfte meine Hosentasche.

Ich überquerte die Ponte dell'Accademia und ging dann rechts Richtung Dorsoduro. Die Touristen in den Gässchen knipsten Fotos wie blöd. In Venedig wird jeder zum Profifotografen: Du drückst ab und egal, was du vor der Linse hast, alles Motive für einen Hochglanz-Bildband. Von dieser blendenden Schönheit will man natürlich etwas bewahren und mit nach Hause nehmen. Das funktioniert aber nie, es ist, als wolle man den Wind einfangen.

Irgendwann stieß ich auf den Campo San-Barnaba. Ich suchte die Nummer 15. Sie war ein großes venezianisches

Gebäude mit ockerfarbener Fassade, spitz zulaufenden Fenstern und grünen Läden. Meine Uhr zeigte 14 Uhr 50, also setzte ich mich auf die Stufen der Kirche nebenan. Wenn sie nicht da war, würde ich diesmal so lange warten, bis sie wiederkam, von mir aus den ganzen Nachmittag, die ganze Nacht, einen Monat lang oder wenn es sein musste ein ganzes Jahr wie in *Cinema Paradiso*. Da kommt das Mädchen allerdings nie. Ich versuchte mich zu beruhigen. Noch eine Schlappe würde ich nicht so gut wegstecken.

Um Punkt drei Uhr klingelte ich bei »Donadoni«. Ich hatte Gummibeine und mein Hals fühlte sich an, als würde mir gleich die Stimme wegkieksen – deshalb sagen an der Sprechanlage auch immer alle »Guten Tag, Madame« zu mir. Das ist nicht gerade ein Kompliment für meine Männlichkeit, aber man gewöhnt sich dran – beleidigt zu tun ist auch nicht besser. Die Sekunden, bis jemand abhob, kamen mir endlos vor. Na ja, es hob auch niemand ab. Ich klingelte ein zweites Mal. Und endlich hörte ich eine Stimme aus der Sprechanalage: »Émile?« Sie war es. »Ja, genau.« – »Mega pünktlich, nicht schlecht! Vierte Etage.« Ich drückte ein schweres Holztor auf und kam in ein großes Treppenhaus, das aussah wie das in einem Schloss. Ich stieg die Stufen gemächlich hoch, aber mein Herz raste, mir war ganz warm und ich zitterte vor Angst. Die Tür war einen Spaltbreit geöffnet und dahinter stand sie. Sie lächelte und freute sich anscheinend, mich zu sehen, und das beruhte definitiv auf Gegenseitigkeit. Ich hatte schon gedacht, wir verpassen uns den ganzen Urlaub lang.

Sie winkte mich in eine große Altbauwohnung mit gemauerten Wänden und schwarz-weißen Fliesen, auf denen man Riesenschach oder Dame spielen könnte. Der Flur war unendlich lang und vollgestellt mit noblen Möbeln aus einer vergangenen Zeit, keine Ahnung, aus welcher. Im Esszimmer stand ein gigantischer Holztisch und drum herum bestimmt zehn überdimensionale Stühle à la Ritter der Tafelrunde oder hier des Tafelrechtecks. Im Wohnzimmer dahinter sah man zwei riesige, elegante Polstersofas und einen länglichen Couchtisch, auf dem sich weise Kunstbücher stapelten, die nur darauf warteten, dass man sie nach ihrer Meinung fragte. Durch die Fenster sah man einen Kanal, auf dem Gondeln und Wassertaxis fuhren. Ich hätte alles getan, um hier zu wohnen, aber für Pauline war das anscheinend ziemlich normal. »Bist du allein?«, fragte ich verwundert. »Meine Eltern machen Mittagsschlaf und meine Cousins sind unterwegs.« Umso besser. Ich wollte Paulines Gesellschaft mit niemandem teilen. Wie soll ich das erklären … Mit Pauline allein zu sein, das hieß, nie mehr allein zu sein.

»Kommst du?«, fragte sie. Ich dachte, dass wir in ihr Zimmer gehen, und stellte mir kurz vor, wie wir uns auf ihr Bett legen, uns näherkommen und küssen, uns langsam ausziehen und lieben – während ihre Eltern im Nebenzimmer schlafen, das wäre gewagt und total erregend. Aber wir sind in die Küche gegangen, weil sie ihr Mittagessen noch nicht aufgegessen hatte. Im Leben gibt es meistens einen minimalen Unterschied zwischen dem, was man erwartet, und dem, was passiert.

Sie entschuldigte sich noch mal für gestern und fragte, ob ich mitessen wolle, es gäbe »Antipasti von gegrilltem Gemüse und italienischem Käse«, aber ich sagte, dass ich gerade erst gegessen hatte. Sie fragte, ob ich auch Nachtisch gehabt hätte, und nahm ein Stück Tiramisu aus dem riesigen Kühlschrank hinter mir. Ich hatte davon noch nie gehört, aber ich tat natürlich so als ob. Es war eine Art italienischer Kuchen, mit wenig Kuchen und viel Creme, und Kaffee, den ich normalerweise gar nicht mag, aber so schon. »Das Tiramisu kaufen wir beim Traiteur vor der Tür. Nicht schlecht, oder?«, meinte sie, als sie sah, wie gut es mir schmeckte. »Super gut.« – »Komisch, dich hier zu sehen.«

Ich hatte keine Ahnung, was sie damit sagen wollte … Positiv komisch oder negativ komisch? Ich war unsicher, deshalb preschte ich nach vorn. »Also ich finde es cool.« – »Auf jeden Fall, voll cool«, stimmte sie zu.

Dann veränderte sich ihr Blick. Irgendwas schien nicht in Ordnung zu sein, etwas, das sie bisher noch nicht gezeigt hatte. »Geht es dir nicht gut?« Sie schluckte, ihr Blick verdunkelte sich, als wäre direkt über ihrem Kopf eine Wolke hängen geblieben. »Meine Eltern haben sich wieder gezofft, ich hab keinen Bock mehr auf die Stimmung hier, das ist der Horror, ehrlich.« Sie stand auf, ging ohne ein Wort aus der Küche und verschwand hinter einer Tür am Ende des Flurs. Und dann – nichts. Die stille Wohnung, der brummende Kühlschrank, die tickende Uhr, das Tiramisu, das mich verlockend anschaute.

Die Minuten vergingen. Pauline tauchte nicht wieder auf. Ich machte mich also auf die Suche nach ihr. Ich kam zu der Tür, hinter der sie verschwunden war, und klopfte vorsichtig. Nichts. Ich schob sie auf. Im Halbdunkeln sah ich sie, sie lag mit dem Rücken zur Tür zusammengekrümmt auf dem Bett. Ich glaube, sie weinte. Ein feiner Lichtstrahl drang durch die schweren Vorhänge und streichelte ihren schönen Körper, der so verführerisch aussah wie nie. Ich ging ins Zimmer und schloss die Tür hinter mir. Ich zog meine Schuhe aus. Puh, diesmal hatte ich kein Loch in der Socke. Ich legte mich neben sie, ohne sie zu berühren, und ließ sogar einen Fünfzig-Zentimeter-Abstand zwischen uns. So was nennt man Respekt. Das war die Entfernung, die ich noch überwinden musste. Nach tausend Kilometern hätte mir das lächerlich vorkommen können, aber es war wie ein unbezwingbarer Abgrund. Sie lag ganz still, als hätte sie mich gar nicht bemerkt, aber eigentlich musste sie mich gehört haben. Sie weinte jedenfalls nicht mehr. Vielleicht schlief sie. Vielleicht aber auch nicht.

Ich kam mir vor wie das größte Trampeltier. Ich wollte ihr übers Haar streichen, hielt aber im letzten Moment inne, irgendwie war das fehl am Platz. Ich hatte eine Höllenangst. So, als ginge es in diesem Moment um Leben und Tod, als wäre die Welt eine andere, wenn ich wieder aus diesem Zimmer herauskäme und entweder der Sieger war, der sich einen Kuss erstritten hatte, oder der Besiegte, abgewiesen und mit gebrochenem Herzen.

Das war wie in *Rot und Schwarz*, das Buch hatten wir in der Schule gelesen. Da gab es diese Stelle, an der Julien Sorel die Hand von Madame de Rênal ergreift. Das erste Mal hatte sie ihn zurückgewiesen, aber dann hatte er sich ins Zeug gelegt und sie war schwach geworden. Ich musste es einfach wagen. Ich hatte nur so große Angst, alles zu versauen. Vielleicht würde sie mich anschreien. Was mir denn einfiele, für wen ich mich eigentlich hielte, was ich denn gedacht hätte, sie sei total enttäuscht und ich solle verschwinden. Nein, da sterbe ich lieber. Wir bleiben besser Freunde. Einfach Freunde sein, das war ja schon echt super, das durfte ich auf keinen Fall verlieren. Also machte ich lieber gar nichts. Und sie auch nicht.

Dass ich nichts tat, frustrierte mich, ich krümmte mich zusammen und drehte mich von ihr weg. Ich war ein erbärmlicher Angsthase. Aber dann geschah das Undenkbare. Sie bewegte sich, rückte an mich heran und drückte sich sanft an mich, ihre Brust berührte meinen Rücken, ihre Hand meine Taille, ihre Nase kitzelte meinen Nacken. Es war unglaublich. Wunderschön. Das Herz schlug mir bis zum Hals. Eigentlich hätte ich glücklich sein müssen, ich war meinem großen Traum so nah, aber ich hatte viel zu viel Angst. Und sie hatte den ersten Schritt gemacht, also wäre ich mit dem nächsten dran, was auch immer dann passieren würde. Ich kriegte das hin, nur noch einen kurzen Moment und dann los.

Ich spürte ihren warmen Körper an meinem, das langsame Auf und Ab ihrer Atmung, ihre Hand an meiner Hüfte, auf all das hatte ich so lange gewartet. Ich hätte fast geweint. Eine Sekunde reihte sich an die nächste, aber ich machte nicht die kleinste Bewegung. Ich atmete lautlos und versuchte, mein Herz in die Hand zu nehmen – also jetzt bildlich gesprochen. Ich stellte mir die Bewegung vor, die ich machen musste, ich zerlegte sie in meinem Kopf: Ich würde mich langsam rumdrehen, sodass wir uns anschauen, und sie in dieser Position behutsam in den Arm nehmen. Dann, wenn sie sich der Umarmung hingibt, würde ich ihre Lippen suchen und ihr einen Kuss geben, den zärtlichsten, sanftesten, aber auch leidenschaftlichsten Kuss, den je ein Mädchen bekommen hat. Und dann noch einen. Und noch einen. Und danach, mal sehen. Das war ein guter Plan. Einfach und effektiv. Man musste nur auf Gott vertrauen und loslegen.

Als meine Entscheidung gerade gefallen war, machte sie sich abrupt von mir los. Sie stand auf und lief aus dem Zimmer, in Sekundenschnelle, als wäre sie auf der Flucht. Ich war hilflos, ohnmächtig und wie betäubt, ich war innerlich leer. Ich fragte mich, ob sie wiederkommen würde, aber die Minuten vergingen. Der Zug war abgefahren. Einen kurzen Moment lang hatte sie mich küssen wollen und dann ihre Meinung geändert. Eine Sache von Sekunden, wie bei einer verpassten Torchance im Finale der Weltmeisterschaft, der Ball streift den Pfosten, der Schiedsrichter pfeift ab und mein Team hat verloren. Es war nur noch zum Heulen.

Ich stand auf und ging aus dem Zimmer. Ich lief den Flur entlang zur Küche, aber da war niemand, also ging ich weiter ins Wohnzimmer. Pauline saß auf dem Sofa, vor ihr stand ihr Vater. Als sie mich sahen, verstummten sie. »Papa, das ist Émile, ein Schulfreund.« – »Guten Tag«, sagte er flüchtig, ohne mich richtig anzuschauen. »Guten Tag, Monsieur«, stammelte ich. Ich ging auf ihn zu, um ihm die Hand zu schütteln, aber er bewegte sich kein Stück, also machte ich auf dem Absatz kehrt und tat, als wäre nichts gewesen. Selbst ohne das Dirigentenoutfit war er beeindruckend. Eine Art Feindseligkeit ging von ihm aus, sein eisiger Blick ließ mir das Blut in den Adern gefrieren – fast wie der Fingerzeig dieses Superhelden, der einen zu Eis erstarren lässt. Bei so was versuche ich immer, einen guten Eindruck zu machen, das ist ein Reflex, selbst wenn es alles noch verschlimmert. Ich setzte also mein breitestes Lächeln auf.

»Ich war beim Konzert gestern, echt super.« – »Sie haben ja keine hohen Ansprüche«, sagte er und verdrehte die Augen, »ich engagiere mich in pädagogischen Projekten mit Kindern und Jugendlichen, zuerst bin ich immer ganz begeistert, aber am Ende ist die Musik doch mehr als unreif, um es mal freundlich auszudrücken.« – »Du bist wirklich hart, Papa.« – »Hart? Das meinst du hoffentlich nicht ernst! Es war fürchterlich. Einer schlimmer als der Andere.« – »Vielen Dank.« – »Jetzt nimm doch nicht alles persönlich, ich spreche vom Orchester allgemein.« – »Ich gehöre dazu, falls dir das noch nicht aufgefallen ist.« – »Das Orchester ist eine Einheit, da kann man nicht einen Teil aus dem Ganzen lösen. Hör bitte auf, dich für den Mittelpunkt der Welt zu halten, Schätzchen.« – Ich musste sie einfach verteidigen: »Jeder ist der Mittelpunkt seiner eigenen Welt, das geht doch gar nicht anders.«

Verwundert schauten sie mich an, als wollte ich ihnen ihren Streit wegnehmen. »Oh, ein Philosoph, dein kleiner Freund hier«, sagte Paulines Vater von oben herab. »Das ist normal, er ist Mathe-Ass.« Sein Gesicht hellte sich auf. »Das ist gut, junger Mann!« – »Danke«, antwortete ich verwirrt. »Mathematikern liegt die Welt bald zu Füßen, Sie werden sehen. Ich sage das meiner Tochter immer wieder, aber sie ist und bleibt Literatin.«

Damit verließ er den Raum. Pauline machte einen auf Chamäleon und wurde so weiß-gelb wie die Sofakissen. »Echt bezaubernd, mein Vater, wie du siehst. Alle sind neidisch auf meine Mutter und mich, aber nur, weil sie ihn nicht besser kennen.« – »Also ich finde ihn nett.« Das Wort nett passte überhaupt nicht zu ihm, aber mir war kein anderes eingefallen. »Als ich noch ganz klein war, hat er mir Geige und Bogen in die Hand gedrückt und mich zum Unterricht geschickt. Den Druck damals kannst du dir nicht vorstellen … Nichts war gut genug. Und jetzt, zehn Jahre später, wo ich endlich einigermaßen spielen kann, zieht er auch das wieder in den Dreck. Unfassbar, oder?« – »Und, machst du trotzdem weiter?« – »Anscheinend bin ich Masochistin.« – »Vielleicht bist du ja auf den Geschmack gekommen?« Sie seufzte, als wollte sie verhindern, gleich loszuheulen. »Immerhin interessiert er sich dann ansatzweise für mich. Dabei kommt aber nicht viel rum, hast du ja gesehen. Außer man will unbedingt eins draufkriegen, dann funktioniert es super. Jetzt will er mich ernsthaft in ein Internat in London stecken.« Ich wurde blass. Das war die dümmste Idee, die ich in meinem Leben je gehört hatte.

Paulines Mutter kam rein, ein bisschen weniger schön als damals. Sie trug einen schicken Morgenmantel, aber mitten am Tag sah das trotzdem verlottert aus, vor allem zusammen mit diesen zerzausten Haaren. Als wäre sie gerade erst aufgestanden, und zwar nicht nur vom Mittagsschlaf. Außerdem redete sie auch noch wie in Zeitlupe. »Hast du meine Tabletten gesehen, Schatz?« – »Mama, du hast heute Morgen schon mehr als genug genommen.« Unauffällig zeigte mir Pauline eine Bonbonschachtel, die sie in ihrer Tasche hatte. »Außerdem musst du dich beeilen, heute Abend ist doch der Ball.« – »Ach stimmt ja, der Ball.« Paulines Mutter schaute mich an. »Werden Sie meine Tochter begleiten?« – »Äh, keine Ahnung …« – »Klar begleitet er mich«, unterbrach Pauline sie. »Apropos: Wir müssen los, wir brauchen ja noch Kostüme für heute Abend!« Schnell zog sie mich aus der Wohnung, sonst wäre sie wohl erstickt, Fenster öffnen hätte nicht gereicht. In Familien herrscht oft dicke Luft und man kann kaum noch atmen. Und trotz dieser kleinen Problemchen wären solche Eltern mein Traum. Die wirkten sogar beim Streiten noch vornehm.

Seite an Seite liefen wir durch die Straßen von Venedig. Ich konnte meinen Blick nicht von Paulines weichen, schönen Lippen abwenden. Ich ärgerte mich so sehr über mich: Wieso hatte ich die Gelegenheit in ihrem Zimmer nur verpatzt? Mir fiel diese Wendung ein, dass man seine Zunge im Zaum halten muss. Ich hätte meine Zunge bei Pauline lieber außer Rand und Band lassen sollen, damit sie sich mal richtig austobt. Danach hätte ich den Mund nicht mehr aufgemacht und Stillschweigen bewahrt. Weil alles, was man sagt, missverstanden werden kann, es braucht nur etwas Lärm im Hintergrund, eine falsche Interpretation oder taube Ohren.

Und dann geriet mein Leben aus den Fugen, in einem Sekundenbruchteil. Hinter einer Biegung, ungefähr dreißig Meter entfernt, entdeckte ich meinen Vater und Christine in einer Gondel, Arm in Arm wie ein Liebespaar. Reinstes Schreckensszenario. Mir wurde schwindelig, und ich fiel fast in Ohnmacht. Das war wie ein Bombenangriff, sofort lag ich begraben unter Trümmern. Ich musste hier raus, irgendwie Ordnung in meine Gedanken bringen. Entweder Christine war gleichzeitig mit meinem Vater und meinem Bruder zusammen … Nein, das konnte nicht sein, auch Albträume hatten irgendwo Grenzen. Oder mein Bruder hatte gelogen und meinen Vater gedeckt. Das war wahrscheinlicher. Trotz der Vorsichtsmaßnahmen von Fabrice explodierte die Wahrheit jetzt vor mir, wie eine Granate, die dich voll erwischt, ein Angriff auf alle Vitalpunkte, die man in der Selbstverteidigung anvisiert, um den Gegner umzulegen. Ich war k. o., ich war ausgelöscht, liquidiert, neutralisiert. Meine Familie hing am seidenen Faden.

Ein Überlebensreflex ließ mich zurückweichen, und ich versteckte mich hinter einem Eisverkäufer. Meinem Vater in die Augen zu blicken, während er diese Frau im Arm hatte – das hätte ich nicht gepackt. Und noch viel weniger, mir auf dem Campingplatz seine miesen Ausreden anzuhören. Hier in den Gassen von Venedig verpuffte der angebliche Glanz der Chamodots wie ein nasser Knallfrosch. Ich würde Papa gar nichts mehr glauben, nie mehr. Er war schlimmer als der schlimmste Mistkerl. Und was war mit Mama? Ich wollte ihn umbringen. »Was ist los?«, fragte Pauline besorgt, die gemerkt hatte, wie unsicher ich plötzlich auf den Beinen war. »Ach, das ist wegen meiner Eltern … Es ist gerade echt kompliziert.«

Genau da sagte sie aus dem Nichts, mit einem großen Seufzer: »Meine lassen sich scheiden. Mein Vater geht ständig fremd.« Ich wollte sagen: Meiner auch, ich habe es eben herausgefunden, schöne Scheiße. Aber ich ließ es bleiben. Ich versuchte lieber, das Ganze herunterzuspielen. »Bist du sicher? Manchmal sagen sie superharte Sachen und checken es nicht mal …« – »Sie waren schon beim Anwalt. Das Verfahren läuft.« – »Oh. Das ist mies.« – »Aber du hast recht, sie checken einfach gar nichts. Als wenn man mit dem Alter immer mehr verdummt, oder?« – »Total.« Würden sich meine Eltern auch scheiden lassen? Und wenn ja, würden sie das Haus überhaupt noch bauen? Jedes zweite Wochenende und die Hälfte der Schulferien im Wohnwagen, das wäre ätzend, und wenn ich am Ende von einem Wohnwagen zum anderen pendeln müsste, dann gute Nacht.

Ich hatte keinen Bock mehr auf den Ball, alles, was ich wollte, war, dass Pauline und ich uns fest umarmen und uns beteuern, dass wir uns das Leben erträglich machen würden, und sogar mehr als das. Ein einziger Blick würde reichen, um uns daran zu erinnern, wie wichtig wir uns waren, alles andere wäre völlig egal. Aber wir waren schon bei einem Geschäft für Kostüme und venezianische Masken angekommen. Pauline kramte sich durch einen Kleiderständer und hielt mir ein Harlekinkostüm hin, mit Quadraten in Gelb, Rot und Grün. Ich war eher mäßig begeistert. »Ist das nicht etwas lächerlich?« – »Nein, gar nicht, also mir gefällt's. Harlekin ist der Schlauste von allen. Probier es mal an!« In der Umkleidekabine stand ich stramm vor dem Spiegel und musterte mich von Kopf bis Fuß, als wäre ich ein General vor dem Parademarsch. Nur dass ich nicht respektabel und anständig aussehen wollte, sondern unwiderstehlich. Leider sah ich aus wie ein Clown.

Pauline kam in einem weißen Colombina-Kostüm aus ihrer Kabine, mit einem heißen Dekolleté, das mich definitiv nicht kalt ließ. Das Kleid machte ihre Taille noch schmaler und ließ ihre Schultern ein Stück frei. Sie sah aus wie eine Mohnblume am Feldesrand, die vergessen hatte, rot zu werden. Sie war wunderschön. »Wie findest du es?«, fragte sie mit einem schüchternen Lächeln. Ich musste mich zurückhalten. »Schön.« – »Du siehst auch nicht schlecht aus. Wusstest du, dass diese verschiedenfarbigen Stoffstücke Flicken darstellen? Harlekin war Bettler, Landstreicher.« Na super, wenn ich mich schon mal verkleidete, hätte ich ja wenigstens als Prinz von Venedig oder Scaramouche gehen können, so als sozialer Aufstieg auf Zeit, wofür machte man das sonst. Aber meine Herkunft klebte an mir wie ein altes Kaugummi unter der Schulbank.

»Wo in Montargis wohnst du eigentlich, Émile?« Paulines Vater trat in einem schwarzen Gewand aus einer anderen Umkleidekabine, keine Ahnung, wann der überhaupt in den Laden gekommen war. »In der Nähe der Schule, am Waldrand.« – »In einem Haus oder einer Wohnung?« Er wirkte interessiert.

Das war vielleicht nett gemeint, aber jetzt wurde es heikel. »Haus«, antwortete ich hektisch. Das war ja nicht ganz falsch, wir mussten es nur noch bauen. Bis dahin sagte ich lieber nichts vom Wohnwagen, sonst könnte ich mich gleich reinsetzen und zur Grenze fahren. »Und was machen deine Eltern?« Was für ein Hinterhalt, ich war nicht mal verhaftet worden und saß schon im Kreuzverhör. Eine Antwort hatte ich natürlich nicht parat. Ich wurde rot wie eine Tomate. »Hast du vergessen, was deine Eltern machen?«, wunderte er sich. »Stimmt«, sagte Pauline hinter mir, »das hast du mir noch nie erzählt.« Als hätte sie gemerkt, dass ihr Vater gerade einen wunden Punkt getroffen hatte. Hier half nur noch die Wahrheit. Jede Lüge könnte gegen mich verwendet werden. »Mein Vater ist im Bereich Haustürgeschäft tätig«, stammelte ich. »Vertreter?«, fragte Paulines Vater amüsiert. Ich nickte. »Dein Vater ist so ein Typ, der bei fremden Leuten klingelt und ihnen irgendwelchen Schrott andreht?«, fragte Pauline und lachte, so albern fand sie die Idee.

»Ja genau«, sagte ich mit Tränen in den Augen. So eine Demütigung ist eine emotionale Vernichtung, eine Hiroshima-Bombe auf die Seele, die dich zerreißt und verbrennt. Aber sie kapierten gar nichts, sie waren viel zu sehr damit beschäftigt, sich zurückzuhalten und mich nicht komplett zu verhöhnen – auch Pauline. Nur ihre Mutter, die in einem violetten Kleid aus einer Umkleidekabine kam, meinte, mich verteidigen zu müssen: »Das ist überhaupt nicht lustig, der Job ist sicher hart.« Ich wusste nicht, was schlimmer war, der Spott oder das Mitleid. Jedenfalls war es zu viel. Ich zog den Vorhang zu. Als auch alle anderen wieder in ihren Kabinen standen, nutzte ich die Gelegenheit und machte mich aus dem Staub, ohne Tschüss zu sagen, ich flüchtete aus dem Laden.

Ich war haushoch geschlagen worden und hatte mich auf und davon gemacht – ein Riesendesaster, ein Totalfiasko. Ich lief so schnell ich konnte durch die Straßen von Venedig, damit mich bloß niemand einholte. Wenn ich gekonnt hätte, hätte ich geheult. Natürlich folgte mir keiner. Völlig außer Atem blieb ich stehen und hustete mir die Lunge aus dem Leib. Ich beruhigte mich ein bisschen. Ich konnte mich noch so sehr anstrengen, ich würde immer das hässliche Entlein bleiben, das war einfach so. In dem Märchen, das ich früher so geliebt hatte, verwandelt sich das hässliche Entlein am Ende in einen stolzen Schwan. Aber man muss realistisch bleiben, ich würde garantiert keine Metamorphose durchmachen. Ich konnte mir die Haare bleichen und ein Ganzkörperkostüm anziehen – vorzeigbar würde ich trotzdem nie sein.

Ich nahm die Fähre Richtung Campingplatz. Ein paar Möwen begleiteten sie und machten sich mit ihren Schreien über mich lustig. Ich hätte diese Reise nach Venedig nie anleiern sollen. Dann hätte ich auch nicht mitbekommen, dass mein Vater es mit der Nachbarin treibt. Ich konnte die Folgen noch gar nicht absehen, gerade war es einfach nur das Grauen. So was von enttäuschend. Mein Vater hatte zwei Frauen in seinem Leben und ich, sein Sohn, würde es wohl nie schaffen, auch nur eine zu erobern. Diese Tür hatte sich heute Nachmittag einen Spaltbreit geöffnet, aber ich hatte mich nicht getraut, sie aufzustoßen. Das Glück ist echt komplizierter, als man denkt, vor allem, wenn man sich nicht damit auskennt. Das ist wie bei einem Gewinn im Lotto, manche Leute kommen nie damit klar.

In meinem Kopf liefen in Dauerschleife die Minuten im Zimmer von Pauline ab, bis zu der Stelle, an der sie so abrupt vom Bett aufgestanden war. Warum hatte sie plötzlich ihre Meinung geändert? Und da wurde mir auf einen Schlag alles klar: Als ich ihr den Rücken zugedreht hatte, hatte sie dagelegen, die Nase in meinen Haaren vergraben. Dabei musste sie bemerkt haben, dass sie gebleicht sind! Unmöglich, das aus nächster Nähe zu übersehen. Ich erinnerte mich an ihr Zurückweichen, ja klar, das war Ekel gewesen. Jedes andere Mädchen hätte genauso reagiert. Dieser bescheuerte Haaransatz hatte alles versaut.

Als ich am Campingplatz ankam, hörte ich laute Musik von dieser Bar-Restaurant-Pizzeria-Postkartenverkauf-Kombination, es klang nach einer spaßigen Abendveranstaltung, also so ziemlich das Allerletzte, worauf ich jetzt Lust hatte. Am Wohnwagen machten Natacha und mein Bruder gerade etwas zu essen. Fabrice deckte den kleinen Campingtisch, während Natacha Tomaten für den Salat schnitt. Sie wirkten so vertraut, dass man glatt neidisch werden konnte. »Du kommst genau richtig, wir essen gleich«, sagte Natacha. »Hattest du einen schönen Tag, Bruderherz?« Fabrice hielt mir eine Cola hin und machte sich selbst sein nächstes Bier auf. »Sehr schön«, sagte ich todunglücklich. Ich wollte auf keinen Fall näher drauf eingehen.

Ich stieg in den Wohnwagen, meine Mutter guckte eine Spieleshow auf RAI Uno. »Dein Vater ist noch in Venedig, er kommt bald zurück«, sagte sie. Wenn die wüsste. Ich warf mich in ihre Arme und drückte sie fest: »Ich hab dich so lieb, Mama.« – »Ich dich auch, Émile, ich dich auch.« Aber sie interessierte sich mehr für die Sendung und den Quizmaster-Schönling, der aussah wie aus Plastik.

Dann fragte sie: »Wie war es denn mit deiner Freundin?« – »So mittel.« – »Ach Mensch, wir hätten dir vorher die Haare blondieren sollen …« – »Stimmt, Mama!« Ich lief zum Zelt und holte dieses italienische Zeugs. Wir stellten einen Hocker mitten in den Wohnwagen und bei laufendem Fernseher bleichte sie mir die Haare. Es tat gut, wie sie sich um mich kümmerte. Nach der Einwirkzeit spülte sie alles aus, rubbelte mir den Kopf mit einem Handtuch ab und fönte kurz drüber.

»Und, wie ist es?«, fragte ich, weil hier ja kein Spiegel hing wie beim Frisör. »Sehr schön. Ein bisschen heller als sonst, aber sehr hübsch.« Diese Antwort gefiel mir gar nicht. Ich stürzte ins Minibad. Dort vor dem Spiegel sah ich die Katastrophe: Das Aschblond war jetzt strohgelb. »Oh nein, das geht gar nicht, Mama! Das ist viel zu hell!« – »Überhaupt nicht, das ist doch mal was Neues!« – »Ich will aber nichts Neues! Das fällt doch jedem auf!« – »Du sagst einfach, du warst in Italien, es war schönes Wetter, da sind deine Haare eben heller geworden.« – »Den Schwachsinn glaubt mir doch keiner!« – »Wart mal ab … Niemand wird dich drauf ansprechen!« – »Alle werden drüber lästern!« – »Na und, kannst du da nicht einfach drüberstehen? Nur der Schwache schert sich um den Blick der anderen, der Starke nicht.« Ich hatte echt null Bock zu philosophieren. »So kann das nicht bleiben, Mama, im Ernst, das geht nicht.« Ich zitterte am ganzen Körper, bei mir war komplette Alarmstimmung. »Soll ich dir die Haare braun färben? Dann kannst du sehen, was hässlich ist.« Genervt stieg sie aus dem Wohnwagen und ließ mich allein zurück. Ich war am Boden zerstört. Und ich war auch noch selbst schuld … Ich hatte es ja nicht anders gewollt.

Durch das Fenster sah ich, wie mein Vater breit lächelnd ankam, in der Hand balancierte er mehrere Pizzakartons. »Hier gibt es mittags Pizza, abends Pizza! Ich hoffe, es hat keiner was dagegen?« Wie lange wollte er uns noch etwas vormachen? Am liebsten hätte ich ihn angeschrien: Na, wie war die kleine Bootstour? Aber damit hätte ich nur meiner Mutter wehgetan. Ich hielt also die Klappe. »Venedig ist ein Traum, oder?«, sagte er zu Fabrice und Natacha. Ein Albtraum, genau – aber mich hatte er ja nicht gefragt. »Also mein Traum wäre es, hier alt zu werden«, sagte Mama. Ich schwor mir, alles zu tun, um das möglich zu machen. »Träumen ist wichtig«, fuhr mein Vater fort, »aber Träume sind universell, das Schlimmste für einen Traum ist es, wenn er eine Nationalität bekommt.« – »Was meinst du damit?«, fragte mein Bruder neugierig. »Na ja, zum Beispiel der amerikanische Traum. Ist doch offensichtlich, das Problem, oder?« Wir waren uns alle einig, da gab es nichts zu widerlegen. »Habt ihr euch die Hände gewaschen?«, fragte meine Mutter besorgt. Klar, Sauberkeit ist wichtig, aber zu viele Leute waschen ihre Hände ständig in Unschuld und dadurch wird die Welt Stück für Stück schmutziger.

»Kommst du essen, Émile?« – »Nein, ich bleibe im Wohnwagen. Und ihr bleibt draußen!« – »Was hat er denn?«, fragte Natacha besorgt. »Ach nichts, er schmollt, das geht vorbei«, antwortete meine Mutter, »bring ihm ein Stück Pizza.« Sie reichte meinem Bruder einen Teller. Fabrice versuchte die Tür zu öffnen, aber ich hatte abgesperrt. »Mach auf, Émile!« – »Nein, lasst mich in Ruhe!« – »Okay, okay … Ich gebe dir die Pizza durchs Fenster.« Weil ich einen Bärenhunger hatte, ließ ich ihn machen, passte aber gut auf, dass mich niemand sah. »Ich sollte ihm die Haare bleichen und jetzt gefällt es ihm nicht«, erklärte meine Mutter der versammelten Runde. Genau da hörte ich eine Stimme, die hier gar nichts verloren hatte: »Guten Tag!« Eigenartigerweise klang das ziemlich nach Pauline. »Entschuldigen Sie bitte, dass ich beim Essen störe, aber ich suche Émile Chamodot, kennen Sie ihn?« In ihrer Stimme lag so etwas wie Misstrauen, vielleicht sogar Abscheu. »Sind Sie Pauline?«, fragte mein Vater. »Absolut.«

Jetzt gab es keinen Zweifel mehr. Sie war es. Keine Ahnung, wie sie mich gefunden hatte, und dann auch noch genau jetzt, wo doch gerade erst die größte menschengemachte Katastrophe meines Lebens passiert war und ich wahrscheinlich kurz vor meinem ersten Schlaganfall stand. Ich fühlte mich wie ein Seiltänzer, der im Sturm zwischen zwei Hochhäusern balanciert und dann zack, das Gleichgewicht verliert. Alles dreht sich, ich stürze ins Leere und das Schlimmste wartet unten auf mich.

Trotzdem konnte ich mir einen kurzen Blick nach draußen nicht verkneifen – durch ein Loch an der Tür lugte ich hinaus.

Pauline hatte ihr Colombina-Kostüm ausgezogen und schien sich zu fragen, wie sie hier eigentlich gelandet war. Und ich fragte mich das mindestens genauso sehr wie sie. Wenn ich etwas unbedingt verhindern will, passiert genau das – das ist ein verdammter Fluch. »Émile kann nicht weit sein, er kommt sicher gleich«, erklärte mein Bruder, »wollen Sie vielleicht kurz warten?« Ganz wohl war ihr nicht. »Ich gehe lieber zur Bar, könnten Sie ihm vielleicht sagen, dass ich dort bin?« Das war mal eine gute Idee. »Das ist doch lächerlich«, mischte mein Vater sich energisch ein, »setzen Sie sich.« Pauline war zu höflich, um abzulehnen, und hockte sich auf einen Klappstuhl, der ein kleines Stück von den anderen entfernt stand. »Haben Sie Hunger?«, fragte meine Mutter und bot ihr ein Stück Pizza an. Sie schüttelte den Kopf, aber auch darauf bestanden meine Eltern. Pauline hatte keine Chance.

Ich blieb in meinem Versteck, aber ich sah und hörte alles, und ich betete, dass sie möglichst schnell wieder abhauen würde. Aber alle waren völlig aus dem Häuschen, sie endlich kennenzulernen, und würden sie garantiert nicht so schnell gehen lassen. Mir fiel dieser berühmte Satz von Jean-Paul Sartre ein, die Hölle, das sind die anderen, langsam wurde für mich ein Schuh draus. »Und Sie sind also Cousins von Émile?«, fragte Pauline höflich. Stille – eine Stille, in der meine ganze Familie kapierte, was Sache war, dass ich sie unter den Teppich gekehrt hatte wie Staub. Ich hätte am liebsten Harakiri gemacht. Sie würden mich hassen bis ans Ende meiner Tage. Sie alle, meine verleugnete Familie und die belogene Pauline. Ich wäre am liebsten auf die Knie gesunken und hätte jeden von ihnen um Entschuldigung gebeten, entschuldigt bitte, ich liebe euch doch, aber ich blieb im Wohnwagen in Deckung und rührte mich nicht vom Fleck.

»Ja, sehr nahe Cousins«, sagte mein Vater lachend, als wäre das alles gar nicht schlimm. »Émile hat uns viel von Ihnen erzählt.«
So ein Quatsch, nicht mal den kleinsten Pups hatte ich erzählt.
»Das kann ich leider nicht zurückgeben«, antwortete Pauline.

Wir waren auf dem direkten Weg zur Apokalypse, zum Ende der Welt, jedenfalls von meiner. Das einzig Positive war, dass sie mein Versteck nicht verrieten, keiner packte aus, sie warteten wohl darauf, dass ich aus freien Stücken rauskam. Aber das war natürlich völlig unmöglich. »Waren Sie beide heute Nachmittag nicht zusammen unterwegs?«, fragte mein Vater.
»Doch, aber plötzlich ist er verschwunden, keine Ahnung, warum ... Und weil er mir erzählt hatte, dass er in Fusina wohnt, habe ich mit unserem Concierge gesprochen. Er hat ein Boot und konnte mich herfahren. Er hat auf die Tube gedrückt, wir waren vielleicht fünf Minuten unterwegs. Und als ich gesehen habe, dass es in Fusina nur einen Campingplatz gibt, habe ich am Eingang gefragt, ob hier irgendwo Chamodots wohnen, und sie haben mir die Stellplatznummer gegeben. Ganz einfach.«
Ich hätte mich besser in ein dummes Mädchen verlieben sollen, die hätte es nie bis hierher geschafft und mir die schlimmste Demütigung meines Lebens erspart.

Im Laufe des Gesprächs merkte Pauline nämlich, dass diese angeblichen Cousins eigentlich mein Vater, meine Mutter, mein Bruder und seine Freundin waren, und niemand anderes. Ich schämte mich in Grund und Boden, weil sie hier, unter den schlimmstmöglichen Umständen, erfahren musste, wo ich herkam und dass ich nicht dazu stand. Der Todesstoß für unsere Freundschaft. Und noch viel mehr schämte ich mich vor meinen Eltern, die nach und nach kapierten, wie ich sie vor diesem Fräulein verleugnet hatte. Das Wasser stieg an und ich saß auf einem maroden Floß, das langsam, aber sicher auseinanderfiel. Ich würde gnadenlos untergehen.

Doch dann geschah ein Wunder. Mein Vater fing an, Witze zu machen und war plötzlich gut drauf. Ich war ihm unendlich dankbar, er brachte alle zum Lachen, vor allem Pauline. Sie fand ihn wohl immer sympathischer und lachte über seine dümmsten Sprüche. Vielleicht, weil er das Gegenteil von ihrem Vater war. Und trotzdem hatte ich das Gefühl, dass das für sie nur ein exotisches Abenteuer war, eine Show, wie wenn der Staatspräsident bei normalen Franzosen zu Abend isst. Er verbringt eine gute Zeit, aber nie im Leben lässt er sich noch mal blicken, weder am nächsten Tag noch einen Monat später, das Ende vom Lied ist, er kommt nie wieder.

»Ich hätte so gern eine Tochter gehabt«, sagte mein Vater zu Pauline, »ich habe zwei Söhne gekriegt und bin stolz drauf, aber eine Tochter, das ist was anderes.« Wenn das so weiterging, würde er ihr noch vorschlagen, sie zu adoptieren. »Ich wollte immer Söhne«, erwiderte meine Mutter, »und ich war mir auch sicher, dass ich nur Jungs bekomme.« – »Deshalb haben wir es auch kein drittes Mal versucht«, ergänzte mein Vater. Und da kam mir die Erleuchtung, wie ein Blitz in der Nacht: Sie hatten vor meiner Geburt bestimmt darauf gehofft, ein Mädchen zu bekommen. Und damit ich aussehe wie die blonde Göre in ihren Träumen, haben sie mir die Haare gebleicht. Mir Kleidchen anzuziehen und Zöpfe zu flechten, haben sie sich nur nicht getraut. Der Gedanke war wie eine Blutgrätsche von hinten, voll auf den Knöchel, dass es kracht. Währenddessen machte mein Vater einfach weiter mit seiner Show.

»Ich liebe es ja, wie die Italienier *ciao* sagen, ist Ihnen das schon mal aufgefallen, Pauline? Sie sagen *chaaaooooo* … schmachtend und voller Sehnsucht … Oder *arrivederci* … Einfach phantastisch, *arrivederci* … Sie sagen ›Auf Wiedersehen‹, und man hat das Gefühl, sie sagen ›Bis gleich‹. Eine hübsche Sprache, oder?« – »Wunderschön«, stimmte Pauline zu. Ob sie schon einmal so eine Quasselstrippe getroffen hatte? »Italienisch ist wirklich musikalisch«, sagte sie noch. »In der Tat. Wenn ich mich recht erinnere, sind Sie doch Musikerin, Pauline, und da hätte ich eine Frage an Sie. Angeblich war Vivaldi ja Pfarrer, haben Sie davon gehört?« – »Ja, er war katholischer Priester«, antwortete Pauline, »aber laut der Forschung hat er aufgehört, Messen zu halten, um sich ganz der Musik zu widmen.«

Mein Vater kann jedem das Gefühl vermitteln, eine herausragende Persönlichkeit zu sein, er gibt den Leuten Gelegenheit, in Gesellschaft zu glänzen. Lässig hält er Gesprächsthemen hin und jeder greift zu, selbst wirklich intelligente Menschen, man kann einfach nicht anders. »Ist es wichtig, das Leben eines Komponisten zu kennen, um seine Musik zu verstehen?« – »Eine spannende Frage. Es kann auf jeden Fall etwas über ihre Art zu komponieren aussagen, oder über den Geist, in dem ihre Werke entstanden sind. Aber Musik kann man, glaube ich, nur aus sich selbst heraus erklären. Sie ist gleichzeitig Frage und Antwort.« – »Toll, wie Sie das sagen.« – »Na ja, eigentlich sagt das mein Vater, aber ausnahmsweise bin ich einer Meinung mit ihm.« – »Also ich bin auch einer Meinung mit ihm ... Aber vor allem mit Ihnen.« Ich glaube, ich spinne! Mein Vater flirtete mit Pauline!

»Und du, bist du Student?« – »Nein, Soldat. Ich hab mich für fünf Jahre verpflichtet.« Pauline war höflich und interessierte sich für alle, auch für meinen Bruder, das warf natürlich ein schlechtes Licht auf einen Pazifisten wie mich. »Ich hab mein erstes Jahr an der Uni nicht gepackt, also dachte ich, warum nicht.« Sie nickte lächelnd und wandte sich an Natacha. »Und ihr beide, seid ihr schon lange zusammen?« – »Seit gestern«, antwortete Natacha, als wäre es das Schönste überhaupt. »Vorgestern«, berichtigte mein Bruder. »Ach so, ja, vorgestern.

Na ja, die Nacht von vorgestern auf gestern.« – »Schon okay, keine Details«, sagte Pauline. »Also ich hab nichts zu verbergen, ich mach's gleich am ersten Abend«, stellte Natacha in ihrer direkten Art fest. »Ich auch«, sagte mein Bruder. Pauline lachte laut, und die anderen stimmten ein, ohne genau zu wissen, warum – aber es tat ihnen gut, das merkte ich.

»Und wenn wir den Abend am Restaurant ausklingen lassen? Es gibt da so eine mobile Disko«, schlug mein Vater vor. Pauline schaute ihn ungläubig an. »Sie müssten vorhin daran vorbeigekommen sein.« – »Ach so, die Feier am Eingang vom Campingplatz?« – »Genau die. Warum nicht, wir alle zusammen auf der Tanzfläche? Émile ist bestimmt auch da oder kommt noch. Sie werden sehen, das wird nett.« Pauline stimmte schon wieder zu. Mein Vater ist manchmal dermaßen überzeugend, der kriegt einen echt zu allem rum.

Sie waren gerade gegangen, da kam mein Bruder zurück und klopfte an die Tür. Ich öffnete einen Spaltbreit. »Los, jetzt komm endlich, oder brauchst du 'ne extra Einladung? Die ist nur wegen dir hier! Und sie ist der Hammer, wieso hast du das nicht gesagt?« – »Und ich, hast du gesehen, wie ich aussehe?« Er machte das Licht an. »Ach, es geht, und außerdem ist es schon dunkel, da sieht man das kaum.« Ich schaute prüfend in den Spiegel. »Klar sieht man das!« – »Ist doch scheißegal! Du kannst doch nicht hier im Wohnwagen versauern, während die Kleine auf der Party wartet. Oder willst du, dass sie dir jemand wegschnappt?!« Er knallte die Tür zu und ging. Mein Spiegelbild schaute mich mit einem komischen Gesichtsausdruck an. Ich drehte den Wasserhahn auf und machte meine Haare nass. Feucht sind sie dunkler, das kaschiert die Problemzone, könnte man sagen. Ich wiederholte das Ganze. Dann stieg ich tropfend aus dem Wohnwagen und ging Richtung Bar. Viel zu verlieren hatte ich sowieso nicht mehr.

Die Tanzfläche war Open Air, mit Blick auf die Lagune, und unter ein paar alten Eichen hampelten Leute aller Generationen zu wechselnden Rhythmen herum. Zwischen all den anderen Paaren, die zu den rauchigen Stimmen der italienischen Sänger hin- und herschwankten, tanzten auch meine Eltern, eng aneinandergedrückt, und warfen sich mal zärtliche, mal leidenschaftliche Blicke zu. Ich konnte es nicht glauben, sie wirkten so verliebt wie am ersten Tag. Ich verstand die Welt nicht mehr. Auch Pauline schaute an einen Baum gelehnt meinen Eltern zu – es war eigenartig, sie hier zu sehen. So leise wie möglich ging ich auf sie zu. Sie lächelte mich an. »Warst du duschen?« Ich nickte und lächelte zurück.

»Ich hab deine Familie ein bisschen kennengelernt … Dein Vater ist echt unglaublich! Eine echte Type!« Wenn sie wüsste, dachte ich mir, sagte aber nur: »Wenn man ihn jeden Tag um sich hat, kann er echt anstrengend sein.« – »Ich finde ihn super. Und deinen Bruder auch, er hat so eine freundliche Ausstrahlung … Deine Mutter ist etwas zurückhaltender.« Ich konnte nicht glauben, dass sie meine Familie mochte, ich träumte bestimmt und würde noch aufwachen, oder irgendeine Kleinigkeit würde sie gleich daran erinnern, wie uncool wir waren. Aber den Wohnwagen hatte sie schon gesehen, und den Campingtisch und die Badelatschen auch … und anscheinend hatte sie nichts davon gestört. Meine Eltern auf der Tanzfläche waren immer noch unzertrennlich. Mein Vater liebte meine Mutter wirklich, das war nicht zu übersehen, und sie liebte ihn auch. Das konnte so eine Christine nicht kaputt machen, das war ein paar Nummern zu groß für sie.

Der DJ, dem ich für seine Songauswahl gerade ein Denkmal errichten wollte, legte ein altes Lied von Eros Ramazzotti auf, ich hatte das schon mal gehört, *Una storia importante*. Das war garantiert der einzige DJ der Welt, der noch Slows spielte, und genau der war heute Abend in Fusina, es gibt also einen Gott und er ist DJ auf diesem Campingplatz. Und keine Ahnung, was mit mir los war, aber ich ergriff die Initiative: »Tanzen wir?« – »Einen Slow, sicher?« – »Ja, ganz sicher.« Ich legte meine Hände an ihre Taille, sie schlang ihre Arme um meinen Hals und Eros Ramazzotti erledigte den Rest. Na ja, nicht den ganzen Rest. Wenn dir beim Tanz mit der Traumfrau dein Vater zwei Schritte entfernt zuzwinkert, von wegen »Los, mein Sohn, schnapp sie dir«, und dein Bruder nebenan permanent Natacha die Zunge in den Hals steckt, lenkt das etwas ab. Nicht gerade perfektes Ambiente. Um mich abzuschotten und ganz allein zu sein, nur mit Pauline, gab es deshalb nur eine Möglichkeit – ich schloss die Augen und drückte sie an mich und sie machte das Gleiche. Die Welt um uns herum verschwand. Da waren nur noch ihre Brüste, die mich leicht berührten, ihre Finger in meinem Nacken, ihre Taille unter meinen Händen und die Stimme von Eros Ramazzotti. Ich vergrub meine Nase in ihren Haaren und saugte ihren Geruch ein. Es war wie im Traum, alles war möglich.

Das Lied war bald zu Ende und ich war unsicher, ob ich sie küssen sollte, aber diesmal nur wegen der ganzen Menschen drum herum. Ich hatte die Augen noch geschlossen, als ich ihre unendlich sanften Lippen auf meinen spürte. In meinem Körper wurde eine chemische Reaktion angestoßen, eine überwältigende Welle von Wohlgefühl. Das war noch viel besser, als erwartet, alles, wovon immer geredet wurde, stimmte tatsächlich, das verstand ich jetzt, und ich wollte, dass die Zeit für immer stehen blieb … Aber plötzlich stockte sie und ihre Lippen lösten sich von meinen. Ich öffnete die Augen und merkte, dass sie auf einen Punkt hinter mir starrte. Ich drehte mich um.

Da stand ihr Vater und funkelte sie an. Er trug noch sein venezianisches Kostüm, eine Art dunkler Prinz, das machte seine Erscheinung mitten auf dem Campingplatz noch unwirklicher.

»Steig ins Auto«, befahl er und zeigte auf die große Limousine ein Stück entfernt. Ob Pauline sich jetzt wehren würde oder eher klein beigab? »Schrei hier nicht so rum!« – »Steig ins Auto, los jetzt!« Sie bewegte sich keinen Millimeter, er war fuchsteufelswild. »Ich habe dir gesagt, pass auf, mit wem du dich abgibst! Kannst du mir bitte erklären, was du hier zu suchen hast?« – »Ich wollte zu Émile, dem, über den wir uns lustig gemacht haben.« – »Wir haben uns nicht lustig gemacht, wir haben zusammen über den befremdlichen Beruf seines Vaters gelacht, da ist doch nichts dabei.« Den Blick meines Vaters, als er das hörte, werde ich nie vergessen. »Jedenfalls hast du gewonnen, herzlichen Glückwunsch, du kommst ins Internat!« Pauline wurde blass und flehte ihn an: »Papa, ich schwöre, ich hatte ja keine Ahnung, was das hier für ein Ort ist!« Um sich zu verteidigen, würgte sie uns eins rein, na danke. »Hör auf zu diskutieren, du sputest dich jetzt und wir fahren zurück. Deine Mutter wäre vor Angst fast gestorben. Wenn der Concierge mir nicht gesagt hätte, wo du bist, hätte ich die Polizei gerufen.«

Mein Vater war wohl der Meinung, es sei Zeit für eine kleine Vorstellungsrunde: »Guten Tag, ich bin Émiles Vater, und ich kann Ihnen versichern, dass Ihre Tochter hier in keinster Weise in Gefahr ist. Entspannen Sie sich und genießen Sie das Fest.« Dieser Ratschlag gefiel Paulines Vater gar nicht und er versteifte sich vor Ärger: »Vielen Dank für Ihren Rat, aber primo: Ich denke, ich kann auf Ihre Expertise zur Sicherheit meiner Tochter gut verzichten. Und secundo: Das ist nicht meine Art von Veranstaltung.« Mit einem »Du hast zwei Minuten zum Verabschieden« verschwand er zu seiner Riesenkarre.

Mein Vater zog die Augenbrauen hoch, was für ein charmanter Mann, dachte er wohl. Er nickte uns zum Abschied resignierend zu, nahm meine Mutter bei der Hand und ging mit ihr Richtung Wohnwagen. Natacha und Fabrice hatten sich schon verdünnisiert, als ich die Augen noch geschlossen hatte. Sie waren garantiert in ihrem Mobile Home. Pauline schaute mich mit Tränen in den Augen an, sie hatte gerade eine schlimme Zeit durchgemacht, und das in nur einer Minute dreißig. »Was für ein Blödmann, unglaublich … Ich will einfach nicht mehr ich sein.« – »Sag das nicht«, versuchte ich sie zu trösten. »Du hast keine Ahnung, was für ein Riesenglück du mit deiner Familie hast.« Von allen Kommentaren seit den Ursprüngen der Sprache war das hier echt der letzte, mit dem ich gerechnet hätte. Ich hätte sie bitten sollen, das zu wiederholen und aufzunehmen oder schwarz auf weiß festzuhalten und dann zu unterschreiben – das war das Gegenteil von allem, was ich bisher geglaubt hatte, die Welt auf dem Kopf, das, was für einen Chamodot unmöglich ist.

Pauline küsste mich auf die Wange, aber so nah am Mund, dass das kein Zufall sein konnte. »Ich muss jetzt wirklich gehen. Das wird eh schon die Hölle.« Sie drehte mir den Rücken zu, lief zur Straße und stieg in die Limousine, die mit quietschenden Reifen davonraste. Einen Augenblick lang stand ich wie versteinert da. Dann ging ich zurück in mein Zelt, um die Ereignisse des Tages in diesem Heft festzuhalten. Jetzt bin ich fast fertig und ich glaube, ich versuche zu schlafen, etwas Besseres fällt mir nicht ein. Keine Ahnung, ob Pauline mich so sehr liebt wie ich sie, aber anscheinend mag sie mich zumindest ein bisschen. Das sind die positiven Aussichten für die Zukunft. In keinem Science-Fiction-Film, den ich in meinem Leben gesehen habe, sind so verrückte Dinge passiert wie heute in echt, und ich weiß gar nicht mehr, wo mir der Kopf steht, es war einfach zu viel auf einmal.

Ich wollte gerade meine Taschenlampe ausschalten, als ich Schritte hörte, gefolgt von der Stimme meines Vaters: »Émile, schläfst du?« – »Nein, Papa.« – »Sag mal, wieso hast du uns vor Pauline für deine Cousins verkauft? Sind wir dir peinlich?« – »Überhaupt nicht, Papa, das war nicht wegen euch, das war wegen meiner Haare …« – »Wir lassen uns doch nicht für dumm verkaufen, mein Freundchen! Du hast es jedenfalls geschafft, deine Mutter weint.« Jetzt fühlte ich mich so schuldig wie der Staatsfeind Nr. 1, wie ein Monster, ein wahrhaftiges Monster. »Es gibt Tage, da enttäuschst du mich sehr.« – »Es tut mir leid.« Aber das machte ihn noch wütender und er wurde laut: »Es tut dir leid? Das ist alles, was du dazu zu sagen hast, es tut dir leid?! Du kommst jetzt sofort raus!« – »Ich liege schon im Bett, Papa.« – »Raus, hab ich gesagt! Los jetzt!« Umständlich wand ich mich aus meinem Schlafsack und zog den Reißverschluss vom Zelt auf, ich zitterte vor Angst. Ohne Vorwarnung gab er mir eine schallende Ohrfeige. »Sind wir nicht gut genug für dich?! Wir tun alles für dich und das ist der Dank?!« Er knallte mir noch eine, noch härter. Meine Wangen brannten, ich bedeckte meinen Kopf mit den Armen, schützte mich so gut es ging und murmelte: »Tut mir leid, tut mir leid, Papa!« Er wurde noch wütender. Wenn das so weiterging, würde er mich komplett niedermetzeln.

»Bernard, hör auf!« Mama tauchte hinter meinem Vater auf und er hielt inne. »Geh auf die Knie und entschuldige dich bei deiner Mutter«, befahl er. »Das ist nicht nötig, Bernard.« – »Von wegen! Das ist so was von nötig!« Ich spurte, das hätte jeder an meiner Stelle gemacht. Ich kniete mich hin, senkte den Blick und stammelte eine Entschuldigung. »Es tut mir leid, Mama.« Sie antwortete nichts. »Los, gehen wir schlafen«, sagte mein Vater. Und sie gingen. Ich krümmte mich auf dem Boden zusammen, ich wusste nicht mal, was mir am meisten wehtat. Ich kroch ins Zelt und heulte in mein Kissen. Ich wollte am liebsten sterben, oder sie beide töten.

Dienstag, 17. April

Ich bin früh aufgewacht heute Morgen, der ganze Campingplatz schlief noch. Na ja, der ganze Campingplatz waren vielleicht vier oder fünf Wohnmobile aus Holland, und vor acht Uhr morgens ist ja sowieso tote Hose. Auch im Wohnwagen wurde noch geschnarcht, also zog ich mich an, setzte ein Käppi auf, um meine knallgelben Horrorhaare zu verbergen, und ging rüber zum Laden, auf eine heiße Schokolade. Ich fühlte mich ganz komisch, irgendwie benommen, wie bei einem Kater. Betrunken war ich zwar noch nie, aber so musste sich das anfühlen. An der Theke wurde ich von einer schönen Italienerin bedient, an allen strategisch wichtigen Punkten des Landes stellten sie schöne Frauen auf, mein Vater nennt so was Verkaufskniff. Als ich meine Schale mit heißem Kakao nahm und mir einen Platz suchen wollte, entdeckte ich Natacha, die allein an einem Tisch saß und frühstückte. Sie winkte mich zu sich. Ich setzte mich. Natürlich war auch ihr Zauber schon mit aufgestanden, der ließ sie ja nie allein. »Bist du auch Frühaufsteher?« – »Nicht wirklich … Kommt auf den Tag an.«

Wir schwiegen uns an, aber das war gar nicht unangenehm – das gibt es nur mit besonderen Menschen, dass man sich ohne Worte versteht. Sie zündete sich einen Joint an, um gleich schwebend in den Tag zu starten. »Kommst du mit uns zurück?«, fragte ich sie. »Ich weiß nicht, ich überlege. Es ist schön mit Fabrice. Andererseits suchen sie eine Bedienung für die Bar und würden mich einstellen, sie könnten mich gebrauchen, weil ich mehrere Sprachen spreche.« – »Das Leben ist kompliziert.« – »Ach, nicht wirklich«, sagte sie lächelnd, »man muss nur entscheiden und loslegen, gibt Schlimmeres, oder?« Wenn sie das so sagte, klang es gar nicht so kompliziert. Mir fiel vor allem das Loslegen schwer. Tonnenschwer.

»Sie wirkt nett, deine Freundin.« – »Sie ist der Hammer.« Ich hätte gern was in Richtung »Glaubst du, ich gefalle ihr?« gefragt, weil Mädchen dafür spezielle Antennen haben. Aber ich hatte zu viel Schiss vor der Antwort. Die volle Dröhnung musste ich mir so früh am Morgen ja noch nicht geben. Natacha hatte mich ohnehin schon verstanden. »Fragst du dich, ob sie dich liebt?« Frontal ins Gesicht, klare Ansage. Aber sie hatte ja recht, darauf lief alles hinaus. Um den heißen Brei herumreden war jetzt Quatsch, also nickte ich. Mir war übel. Natacha sagte vorsichtig: »Ich habe sie beobachtet, weißt du, und ich glaube schon.« Ich konnte es nicht fassen, das kam mir einfach unmöglich vor. »Sonst wäre sie nicht hergekommen.« – »Also glaubst du, sie liebt mich?« – »Auf jeden Fall.«

Das war zu viel für mich, das war der Tsunami, der das Fass zum Überlaufen brachte, der mich einfach umhaute, die Welt schwanken ließ und alles erschütterte. Ich ging zu den Toiletten, völlig durcheinander – also gefühlsmäßig –, das sollte nicht jeder mitbekommen. Natacha kam mir nachgelaufen, nahm mich in den Arm und flüsterte: »Du bist einer der besten Menschen, die ich je getroffen habe.« – »Willst du nur nett sein?« – »Nein, ich meine das so.«

In meinen Augen war sie vor allem nett. Als ich wieder ein bisschen runtergekommen war, ging sie zurück zu ihrem Mobile Home.

Zurück in meinem Zelt, fiel mein Blick auf die Kiste mit dem italienischen Haarbleichmittel. Ohne zu überlegen, schnappte ich mir den Karton und lief zur Lagune, ich wollte alles reinpfeffern. Was für eine tolle Vorstellung: Diese ganzen kleinen Fläschchen würden auf dem Wasser schwimmen und »Nie mehr« schreien. Aber in letzter Sekunde überlegte ich es mir anders. Ich wollte nicht wegen Körperverletzung angeklagt werden. Die armen Fische hatten es nicht verdient, einfach so und ungefragt zu Blondinen gemacht zu werden. Oder, schlimmer noch, das Zeug zu schlucken und elendig zu verrecken. Ich entschied mich für den Müllcontainer. Ich warf alles hinein. Es fühlte sich komisch an, erst war ich erleichtert und dann schuldbewusst, als wäre ich gemein gewesen und würde dafür später noch die Quittung bekommen … Aber selbst wenn: Das war's wert.

Als ich zu unserem Stellplatz zurückkam, wuselten alle herum und verbreiteten Aufbruchstimmung. Papa und Fabrice machten das Auto schon am Wohnwagen fest. Die Abreise stand kurz bevor. Meine Mutter kam mit der Rechnung in der Hand vom Empfang. Ich fragte Fabrice, ob ich das Zelt abbauen solle, aber er schüttelte den Kopf. Das Zelt blieb nämlich hier, für Natacha … die auch hierblieb. Ihre Reise würde weitergehen, unsere war fast zu Ende. Wir warfen unsere Taschen in den Kofferraum und es wurde Zeit, Natacha Auf Wiedersehen zu sagen. Ich blieb ganz nüchtern und trocken, ausgeschüttet hatte ich mein Herz ja schon genug.

»Milliarden Mal danke für alles«, murmelte ich ihr dann doch noch ins Ohr, als sie mir zwei zärtliche und gleichzeitig verführerische Küsse aufdrückte. »Du wirst mir fehlen«, antwortete sie, »ihr werdet mir alle fehlen.« Mein Vater nahm sie in den Arm und konnte noch ein paar weise Worte loswerden: »Weggehen ist ein bisschen wie sterben, und sterben ist ziemlich viel wie weggehen.« Sie lachten beide und Natacha meinte, für sie wären wir definitiv nicht gestorben. Auch meine Mutter umarmte sie und reichte ihr eine Tupperdose, deren Inhalt – zusammen mit ihren Worten – für ihre Verhältnisse die reinste Liebeserklärung war: »Ich habe dir Apfel-Clafoutis gebacken.«

Für meinen Bruder war der Abschied schwieriger. Er zog Natacha ein Stück weg von uns und sagte ihr, dass er sie unbedingt wiedersehen wollte – das hat er mir später erzählt. Als die beiden händchenhaltend zurückkamen, sah er halb traurig, halb glücklich aus. Mein Vater rief »Auf los geht's los!« und wir stiegen alle ins Auto.

Natacha schaute uns nach und winkte. Aus den geöffneten Fenstern winkten wir zurück. Es war schade, sie zurücklassen zu müssen, aber es war auch schön, dass uns jemand verabschiedete. Vor allem jemand wie Natacha. Sonst interessiert sich ja nie jemand dafür, wenn wir abreisen. Wir ruckelten auf die Campingplatz-Straße und entfernten uns von unserem Stellplatz. Natacha wurde kleiner und kleiner. Mein Vater drückte auf die Hupe wie bei einer Hochzeit. Dann bogen wir links ab und Natacha verschwand aus unserem Blickfeld. Wir verließen den Campingplatz, kamen an Feldern und einem Wasserlauf vorbei. Nach ein paar Kilometern entdeckte ich im Rückspiegel das rote Auto von Christine, die uns mit ungefähr hundert Metern Abstand folgte. Diese Geschichte war definitiv noch nicht vorbei.

Wie zur Ablenkung machte mein Vater sein Lieblingslied an. »ASIM … BONANGA«, johlte er. Und urplötzlich – keine Ahnung, was mit uns los war – sangen mein Bruder und ich aus vollem Hals mit. »ASIM … BONANGA!!!« Papa war außer sich vor Freude. Mama grinste über beide Ohren. »Los, sing mit, Schatz.« Und sie stimmte ein. Mein Vater rief »ASIMBONANGA« und wir grölten fröhlich im Chor: »ASIM … BONA …«

Wir fuhren also frühmorgens durch das bildhübsche Italien und weckten Marienkäfer und Schmetterlinge mit unseren schiefen Tönen. Und als wir so zusammen sangen, bei geöffneten Fenstern und in voller Lautstärke, grundlos glücklich, da dachte ich kurz, dass ich diese Familie, in die ich an einem Oktoberabend vor fünfzehn Jahren um 20 Uhr 30 hineingeboren worden war, gegen keine andere unter der Sonne eintauschen würde. Aber nur kurz.

Mittwoch, 18. April

Wir sind gestern Abend spät zuhause angekommen. Wir hatten den ganzen Rückweg in einem Rutsch zurückgelegt, weil mein Vater heute wieder zum Arbeiten nach Paris muss, wir konnten also nicht groß rumtrödeln. Als ich heute Morgen aufwachte, packte mein Bruder schon seine Sachen zusammen – er musste auch los, sein Urlaub war fast zu Ende. Ich ging ins Bad, Zähneputzen. Im Spiegel strahlten mir wieder diese gelben Haare entgegen, das war ein Schlag ins Gesicht, an den Anblick gewöhne ich mich garantiert nie. Fabrices Haarschneider lag noch neben dem Waschbecken. Ich ging ins Zimmer und wedelte damit vor seiner Nase herum: »Rasier mir die Haare ab!« – »Im Ernst?« – »Ja, ich hab drüber nachgedacht, das ist die einzige Lösung.« – »Du wirst echt komisch aussehen, das kann ich dir jetzt schon sagen.« – »Ist mir egal.« – »Willst du nicht vorher Mama fragen?« – »Auf keinen Fall. Meine Haare gehören mir.« – »Okay, setz dich hin.«

Ich ließ mich auf der Bettkante nieder. Fabrice steckte die Maschine ein. Sie vibrierte wie ein normaler Rasierer. Kurz vor meinem Kopf hielt er inne: »Sicher, dass du das nicht bereuen wirst?« Ich nickte. Also mähte er los. Ganze Haarbüschel fielen auf den Boden, eins nach dem anderen, das war echt beeindruckend. Ich schaute auf die Fransen dort auf den Fliesen und auf ihre ätzende, ordinäre Farbe. Man könnte eine ganze Perücke draus machen, so eine, wie sie die Minirock-Frauen an der Route Bleue vor Montargis immer tragen. Mit dieser Matte auf dem Kopf hätte mich früher oder später auch ein Perversling angemacht.

Als mein Bruder sein Werk vollendet hatte, strich ich mir über den Kopf, er war weich, fast seidig. Meine Haare waren höchstens noch ein paar Millimeter lang und ich fühlte mich ganz nackt. »Noch kürzer?«, fragte Fabrice. »Nein, ich glaube, das reicht.« Er spülte den Haarschneider im Waschbecken ab und stopfte ihn in seine Tasche. Er zeigte auf den Boden. »Geh hier mit dem Staubsauger durch.« Bevor Fabrice sich aus dem Staub machen konnte, fragte ich ohne Vorwarnung: »Warum hast du mich angelogen wegen Christine?« Er schaute mich überrascht an. »Ich habe sie mit Papa in einer Gondel gesehen.« – »Ach scheiße. Tut mir leid … Ich wollte dir das ersparen.« Das Leben erspart einem gar nichts, aber das ist ja nichts Neues. »Und Natacha, wirst du sie wiedersehen?« – »Das würde mich wundern.« Er schulterte seinen Rucksack, ging aus dem Zimmer und sagte dabei, er würde noch kurz zum Bäcker gehen und Brot kaufen. Ich ging rüber ins Badezimmer, um meinen Glatzkopf zu begutachten. Den Kopf frei bekommen – also das hatte ich geschafft. Ich sah aus wie ein Krebspatient oder ein Minderjähriger in einer Jugendstrafanstalt der sechziger Jahre – über die hatte ich mal einen alten Schwarz-Weiß-Film gesehen. Auf jeden Fall hatte ich was von einem harten Kerl, das würde den Mädchen bestimmt gefallen. Oder auch nicht, allzu große Hoffnungen machte ich mir besser nicht.

Ich ging zum Frühstück in den Wohnwagen, und als meine Mutter meine Platte sah, fiel sie fast vom Stuhl. Sie zuckte zusammen, als wäre ich ein Einbrecher, und starrte mich ungläubig an: »Sag mal, geht's dir noch gut, warum hast du das gemacht?« – »Lieber so als blondiert«, sagte ich bestimmt. »Alle werden denken, dass du Läuse hattest!« – »Ist mir egal, was alle denken.« Ich dachte, damit hätte ich es ihr gezeigt, aber sie lächelte, als wäre sie stolz auf mich. Ich verstand meine Eltern einfach nicht.

Genau da kam mein Vater rein, mit einem Brief in der Hand und völlig außer sich. »Wir haben die Baugenehmigung!« – »Nicht im Ernst!?« – »Doch, guck mal! Der kam gerade!« Er gab meiner Mutter einen Brief, sie überflog ihn. Ein Lächeln breitete sich auf ihrem Gesicht aus und sie fiel Papa in die Arme, die beiden küssten sich und hüpften auf und ab. »Du hast es geschafft, Bernard! Du hast es geschafft!« Der Wohnwagen wackelte, wenn das so weiterging, würden die Keile ihn nicht mehr lang halten. Das Postzentrum beanspruchte jetzt doch das andere Grundstück, nicht unseres. Unser Stern am Himmel leuchtete so hell wie noch nie. Mein Bruder kam mit Croissants aus der Bäckerei zurück und stieg in die allgemeine Euphorie ein. So ein vergnügtes Frühstück hatten wir lange nicht gehabt.

Danach mussten Papa und Fabrice los, sie fuhren zusammen nach Paris und hatten nicht mal Lust, miteinander zu streiten. Aber das würde sich schnell wieder ändern. Wir machten ein bisschen mehr Aufheben als sonst um den Abschied, auf einmal kam es mir komisch vor, dass wir vier jetzt auseinandergehen würden. Sogar mein Bruder ließ sich Zeit beim Tschüsssagen. Ich lief hinter dem Auto her bis zur Straße und sie winkten mir aus den heruntergelassenen Fenstern zu. Kurz bevor sie abbogen, hupte mein Vater zwei Mal, als wollte er sich damit unvergesslich machen. Das war echt nicht nötig.

Mama und ich blieben allein im Wohnwagen zurück. Sie schaltete den Fernseher ein, als wolle sie diese Monsterleere vertreiben, die uns fast verschlang, und befahl mir, meine Hausaufgaben für nach den Ferien zu machen. Sie guckte aber nicht hin, deshalb konnte ich mein Tagebuch nehmen und reinschreiben.

Am Nachmittag gingen wir für ein paar Einkäufe in die Stadt. Nichts Großes, wir machten nur einen Abstecher in den Zeitschriftenladen und dann brauchte Mama noch eine Feuchtigkeitscreme von den Nouvelles Galeries. In dem Regal neben den Cremes standen die Haarfarben und Bleichmittel, aber Mama tat, als würde sie die gar nicht sehen. Auf der Straße gingen wir Seite an Seite. Ich bin zwar aus dem Alter raus, aber ich drückte mich fest an sie. Die ganze Rue Dorée sollte sehen, dass sie meine Mutter ist.

Montag, 30. April

Heute war der erste Tag nach den Ferien. Meine Haare waren ein kleines Stück gewachsen und ich hatte jetzt einen Bürstenschnitt – ziemlich aus der Mode, aber was soll's. In der Schule angekommen, wollte ich nur eins: Pauline wiedersehen. Seit Italien hatte ich nichts von ihr gehört und mich nicht getraut, mich bei ihr zu melden. Bestimmt bereute sie es, mich geküsst zu haben. Hoffentlich war sie überhaupt noch da und nicht von ihrem Vater ins Internat gesteckt worden. Meiner brachte mich ausnahmsweise im Auto zur Schule, weil er noch Zeit hatte, bevor er nach Paris musste. Er parkte das Auto am Eingangstor und hielt mich kurz zurück, er wollte mir noch etwas sagen: »Also, Émile. Ich weiß, dass du mich mit Christine in Venedig gesehen hast.« Ich geriet in Panik, es war, als hätte man mich in flagranti erwischt. »Und?«, krächzte ich. »Auch wenn dir das sicher schwerfällt: Bitte verurteile mich nicht. Es gibt Dinge, die verstehst du einfach noch nicht.« Das hatte ich schon tausend Mal gehört, immer dann, wenn es richtig unangenehm wurde. »Bei einem kannst du dir jedenfalls ganz sicher sein: Ich liebe deine Mutter.« – »Okay.« Ich wollte nicht mehr drüber sprechen. Er machte eine Pause und strich mir zärtlich über den geschorenen Kopf. »Und dich liebe ich auch.« Ich wusste nicht, was ich sagen sollte.

Ich dachte, das Gespräch wäre hiermit beendet, aber bei meinem Vater ist es wie im Konzert, es gibt immer noch eine

Zugabe. »Weißt du«, sprach er also weiter, »als ich vor fünfundzwanzig Jahren deine Mutter kennengelernt habe und wir angefangen haben uns zu treffen, habe ich ihr gleich gesagt, dass ich ein schlechter Mensch sei und es besser wäre, wenn sie geht. Mit jemandem wie mir lässt man sich besser nicht ein. Aber sie ist geblieben.« Ich nickte schweigend. Ich versuchte zu verstehen, was er mir eigentlich sagen wollte, aber das war echt nicht leicht. »Das heißt, Mama weiß Bescheid?« – »Nein, das heißt, ich habe sie vorgewarnt.« Was soll man auf so was antworten? »Kann ich dir vertrauen? Das ist unser kleines Geheimnis.« – »Zusammen mit Fabrice?« – »Ja, unser kleines Geheimnis zu dritt.« Ich sagte »okay«, mir blieb ja nichts anderes übrig. »Hab eine schöne Woche, Papa.« – »Schöne Woche, mein Sohn.«

In der Pause suchte ich überall nach Pauline, aber ich konnte sie nirgends finden. Ich versuchte mich damit zu beruhigen, dass sie oft auf sich warten lässt, das war ja fast ihr Markenzeichen. Aber auch in der Kantine – keine Pauline. Am frühen Nachmittag klopfte ich beim Vizedirektor. Er ist ungefähr fünfzig und aus Korsika, Monsieur Panucci, nicht gerade einer von der freundlichen Sorte. »Was gibt's?«, brummelte er. »Ich würde gern wissen, ob Pauline Després noch dieses Etablissement besucht.« Zugegeben, das war vorformuliert. »Was geht dich das an?« Ich hatte keine Lust, mich zu rechtfertigen. Aber so wie ich guckte, war die Frage auch überflüssig. Er blätterte in seinen Aktenordnern. »Nein, sie ist umgezogen. Die Schulleitung hätte es bevorzugt, dass sie noch bis zum Ende des Schuljahrs bleibt, aber das war wohl nicht möglich.« – »Ihre Eltern lassen sich scheiden?« – »Genau.« – »Danke, Monsieur Panucci.« Ich war schon fast raus aus dem Büro, da fragte er: »Mochtest du sie?« Er war nicht gerade gefühlsduselig und machte sich bestimmt lustig über mich. Aber das war mir jetzt egal. »Ja, sehr.« Eine Sekunde lang dachte ich, er würde weich werden. Aber kaum hatte ich einen Fuß über die Schwelle gesetzt, da brüllte er schon: »Tür zu!«

Ich ging zurück auf den Schulhof. Es war früher Nachmittag und einige Schüler warteten auf den Gong zur nächsten Stunde, aber mir kam trotzdem alles einsam und verlassen vor.

Anstatt nach Hause zu fahren, radelte ich zum Haus von Pauline, Rue Carnot 27. Die Läden waren zugeklappt und auf einem großen Schild stand »Zu verkaufen«. Für mich las sich das eher wie: »Du wirst sie nie wiedersehen.«

Ich ging zum halboffenen Tor und sah einen Umzugswagen und zwei kräftige Möbelpacker. »Entschuldigen Sie, sind die Després schon weg?« – »Ja, Junge, hier ist niemand mehr…« – »Und wissen Sie, wo sie sind?« – »Ich denk mal, da, wo die Möbel hinkommen … London.« Ich konnte nicht verbergen, wie traurig mich das machte. Das war einfach am Ende der Welt.

Ich blieb stehen und schaute zu, wie sie ein Möbelstück nach dem anderen in den großen Wagen stapelten. Irgendwann trugen sie einen kleinen Schreibtisch aus dem Haus – das war garantiert der von Pauline –, und ein paar Stifte und ein Tischtennisball fielen heraus. Der Ball sprang zwei- oder dreimal auf und ohne groß darüber nachzudenken, lief ich hin und hob ihn auf. Und da sah ich es: Es war meiner! Ehrlich, man sah deutlich das kleine »E« für Émile, das ich immer mit Filzstift draufmale, damit ich meine Bälle nicht verliere. Unglaublich. Das war der Ball von unserem Kennenlerntag. Ich hatte keine Ahnung, wie sie an den rangekommen war, aber sie hatte ihn sogar aufgehoben. Meine Beine zitterten und meine Lippen auch. Etwas anderes war nämlich noch viel unglaublicher. Um das kleine »E« von Émile hatte sie ein kleines Herz gemalt. Manche Mädchen schmieren überall Herzen hin, das finde ich total lächerlich, aber das hier war was anderes, noch nie in meinem Leben hatte mich etwas so umgehauen. Man macht sich gar keine Vorstellung davon, was das bedeutet, so ein kleines Herz.

Danksagung

Nie hätte ich so schnell damit begonnen, diesen Roman zu schreiben, wenn nicht meine Freundin Laure Saget an einem Theaterabend im Pariser Herbst auf die Idee gekommen wäre, mir Alice d'Andigné vorzustellen, meine zukünftige Lektorin.

Ich möchte ihnen beiden für das Vertrauen danken, das sie mir während des gesamten Schreibprozesses entgegengebracht haben. Ihre einfühlsame und bereichernde Begleitung, die erhellenden Anmerkungen und die unerschütterliche Ermutigung waren mir eine Unterstützung von unschätzbarem Wert.

Nicht zu vergessen sind auch die Mitarbeiterinnen und Mitarbeiter aus all den verschiedenen Abteilungen meines Verlags Flammarion, die sich für den Roman eingesetzt und an seinem Erscheinen mitgewirkt haben.

Von ganzem Herzen danke ich außerdem Victoire Berger-Perrin dafür, dass sie fast zeitgleich mit meinem Schreiben die Seiten dieses Textes mitgelesen hat. Ich danke ihr für ihre scharfsinnigen und enthusiastischen Kommentare, die mir auf eine Weise den Rücken gestärkt haben, die ich ihr nie vergessen werde.

Ich danke auch meinen Freunden Astrid du Lau d'Allemans, Sébastien Turcat, Laurent Aknin, Isabelle Grellat, Anne Charrier, Johanne Rigoulot, Olivier Kahn, René Sidelsky, Audrey Botbol, Audrey Schecroun, Olivier Casas und Jacques Schecroun, die mit großem Wohlwollen die Geburt dieses Buches mitverfolgt haben, so wie sie es im Übrigen bei all meinen Arbeiten tun. Ihre Ansichten und ihre Anwesenheit bedeuten mir viel.

Dieses Buch widme ich meiner Familie und allen meinen Vorfahren.

Ich widme es außerdem Marie Roig, Stéphan Caillaud, Bertrand Juilliard, Marie-Christine Hanus, Clément Calvet, Thierry Villeroy, Amélie Guittet, Laurence Piscou, Paul-David Régnier. Es ist auch geschrieben in Gedenken an Laurence Pesselier.

Autor und Verlag danken außerdem Claude Lemesle, Gérard Davoust und Christian Piget für ihre Erlaubnis des Abdrucks eines Ausschnitts aus dem Chanson »Venise n'est pas en Italie.«

Dieser Roman ist ein fiktionales Werk. Keine der Figuren, die in ihm vorkommen, hat wirklich existiert.

Die Originalausgabe ist unter dem Titel
Venise n'est pas en Italie
2015 bei Flammarion in Paris erschienen.

Die Arbeit der Übersetzerin am vorliegenden Text wurde
vom Deutschen Übersetzerfonds gefördert.
Ihr besonderer Dank gilt Patricia Klobusiczky, die das Projekt
als Mentorin intensiv begleitet hat.

ISBN 978-3-351-03776-5

Blumenbar ist eine Marke der Aufbau Verlag GmbH & Co. KG

1. Auflage 2019

Einbandgestaltung zero-media.net, München
Gesetzt aus der Whitman durch Greiner & Reichel, Köln
Druck und Binden CPI books GmbH, Leck, Germany
Printed in Germany

www.aufbau-verlag.de
www.blumenbar.de

Elisa Shua Dusapin
Ein Winter in Sokcho
Roman
144 Seiten. Gebunden
978-3-351-05051-1
Auch als E-Book erhältlich

Preisgekröntes Debüt

Im eiskalten Sokcho, einem Küstenort kurz vor Nordkorea, begegnen sie sich: die junge Angestellte der Pension und der Künstler aus der Normandie. Während er die Stille von Sokcho zum Zeichnen sucht, möchte sie ihr entfliehen. Mit jedem Gespräch, jedem Spaziergang durch das winterliche Nirgendwo kommen die beiden einander näher. Zwei Gestrandete, die sich nach einem Neuanfang sehnen und ihn jeder auf seine Weise wagen.

»Ein erster Roman von einzigartiger Schönheit.« Le Figaro Littéraire

»Ein Winter in Sokcho ist ein kleines Meisterwerk.« Jury Robert Walser Preis

Regelmäßige Informationen erhalten Sie über unseren Newsletter. Jetzt anmelden unter: www.aufbau-verlag.de/newsletter

Blumenbar

Maryam Madjidi
Du springst, ich falle
Roman
224 Seiten. Gebunden
ISBN 978-3-351-05050-4
Auch als E-Book erhältlich

Revolution im Bauch, Hunger im Herzen

In diesem autobiographischen Debüt erzählt Maryam Madjidi von ihrer Kindheit im Iran, vom Kampf der Eltern für den Kommunismus und davon, wie sie ihr Spielzeug an die Kinder im Viertel verschenken musste. Heimlich vergrub sie die Lieblingssachen im Garten und steckte sie später in den Koffer für Frankreich. Hier sollte das neue Leben anfangen – ohne Kampf, ohne Gefängnis. Aber die kleine Maryam fühlt sich fremd, weil alles fehlt: die eigene Sprache, echte Freunde, die geliebte Großmutter. In Paris sind die Hände des Vaters plötzlich nutzlos, die Augen der Mutter müde. Als junge Frau fährt Maryam nach Teheran zurück, verliebt sich und bricht mit allem. »Du springst, ich falle« gewann 2017 in Frankreich den Prix Goncourt für das beste Debüt des Jahres. Ein kraftvoller Roman über das, was unsere Zeit bestimmt – die Suche nach Identität und Heimat.

»Maryam Madjidi verwandelt die Tragik des Lebens in glasklare Poesie.«
Julia Schoch